김승덕 첫 번째 장편소설

붉은 점

붉은 점

발행일	2022년 7월 29일

지은이	김승덕		
펴낸이	손형국		
펴낸곳	(주)북랩		
편집인	선일영	편집	정두철, 배진용, 김현아, 박준, 장하영
디자인	이현수, 김민하, 김영주, 안유경, 신혜림	제작	박기성, 황동현, 구성우, 권태련
마케팅	김회란, 박진관		
출판등록	2004. 12. 1(제2012-000051호)		
주소	서울특별시 금천구 가산디지털 1로 168, 우림라이온스밸리 B동 B113~114호, C동 B101호		
홈페이지	www.book.co.kr		
전화번호	(02)2026-5777	팩스	(02)2026-5747

ISBN	979-11-6836-405-9 03810 (종이책)	979-11-6836-406-6 05810 (전자책)

(주)북랩 성공출판의 파트너

북랩 홈페이지와 패밀리 사이트에서 다양한 출판 솔루션을 만나 보세요!

홈페이지 book.co.kr   •   **블로그** blog.naver.com/essaybook   •   **출판문의** book@book.co.kr

김승덕 첫 번째 장편소설

붉은 점

고통의 순간들을 의미하는 슬픈 이야기

 북랩

차례

제1장

쥐불놀이

저녁이 되고 아침이 되니 이는 하룻날이라.

해는 뜨고 해는 지되, 그 떴던 곳으로 빨리 돌아가고. 바람은 남으로 불다가 북으로 돌아가며, 이리 돌고 저리 돌아 그 불던 곳으로 돌아가고. 어디서 와서 어디로 가는 것을 만물이 알지 못하듯, 정처가 없는 인생들은 회돌이 바닷물처럼 회 돌다 정처가 없는 곳으로 사라진다. 안개와 같은 인생, 이제 붉은 점들을 거두어 넣고 쥐불놀이라도 해야겠다.

"이봐! 젊은이, 지하철 2호선은 어디서 타야 하는가?"

서면 지하상가에는 많은 사람이 양방향을 향해 분주히 오가고 있었다.

"아, 네, 이쪽으로요. 저도 그쪽으로 가니, 같이 가세요."

노인은 그러자며 경구의 뒤를 부지런히 따라 걸었다. 얼마쯤 갔을까? 뭔가 이상했다. 경구는 고개를 갸우뚱하며 옆 가게 직원에게 물었다.

"저기요, 2호선이 어느 쪽인가요?"

여직원은 입을 다문 채 손가락을 가리켰다. 노인과 걸어왔던 반대 방향을 가리켰다. 어이구, 오랜만에 2호선을 타서 그런가, 민망스러운 표정으로 경구는, 노인과 함께 반대 방향으로 다시 되돌아 열심히 걸었다. 노인은 급히 왼쪽으로 가야 한다며 경구의 소매를 끌었다. 경구는 노인이 지시한 길로 내려가 달려오는 지하철 문안으로 의심 없이 몸을 실었다.

얼마쯤 갔을까, 플랫폼 상단에 동백역이라고 보인다. 아차, 반대편으로 탔구나, 경구는 이상하다는 표정으로 이게 벌써 몇 번째냐며….

알 수 없는 인생의 한 귀퉁이를 펴들고,

'글쎄 이게 뭐냐고! 왜 이렇게 자꾸만….'

춘자는 아빠의 얼굴이 물들기 전 세모난 가정에서 태어났다. 엄마는 어린 딸을 키우기 위해 식당 험한 일도 마다하지 않았고, 겹벌이 세 겹벌이로 고된 일과를 받아들이기에 여념이 없었다.

춘자는 늘 혼자였다. 엄마는 일 가시고 늦은 오후 10시 반이나 11시쯤 들어왔다. 춘자는 늘 졸음에 지쳐 쓰러진 다음, 엄마가 문고리를 따는 소리를 들어야 했다.

목구멍이 포도청이라, 엄마는 딸의 성장과 돌봄에는 신경 쓸 여력이 없었다. 세상에 그냥 던져진 순서 없는 인생, 가족 구성원이 서로 애정으로 결합하지 못하는 열악한 환경이었다. 누군가 아빠와 정답게 거닐며 사랑받는 모습을 보기라도 하면, 가슴은 오그라들며 쥐방울만 하게 수축하곤 했다. 언제나 굶주려 허기진 하이에나처럼 쓸쓸함에 몸서리쳤다.

고등학교 2학년 사춘기의 격동을 이해하기도 전에 동네 오빠 경구에게 강간당했다. 집 앞 편의점에서 아르바이트했던 그는, 춘자가 평소에 늘 좋아하던 과자를 사러 가면 미소로 친절히 다가왔던 잘생긴 오빠였다. 어느 날 다정히 다가와 천사의 미소를 보내면서 평소 너를 마음에 두고 있었고…. 입술에 꿀을 발랐다.

"…"

현란한 미사여구로 경험해보지 못한 이성의 유혹에 정신이 혼미해졌다. 그 오빠는 날씨도 좋으니 둑길을 같이 걷자며, 춘자의 손을 덥석 잡으며 미소진 윙크까지 하니, 마음은 금방 녹아버렸으며, 말할 수 없는 끌림에 어쩔 도리가 없었다. 오빠의 얼굴이 꽤 잘 생겼고, 키도 훌쩍 커서 솔직히 싫지는 않았다.

봄바람이 하늘거리는 오월, 건강하고 잘생긴 남자 손에 이끌리어 둑길을 두근두근 설레는 맘으로 걸었다. 처음 느껴보는 이성 간의 짜릿한 느낌이 들었다.

얼마나 갔을까? 인기척이 없는 곳에 다다르자 오빠는 잠시 쉬어가자며 춘자의 손을 끌어 앉게 했다. 처음부터 네가 좋았다는 둥, 늘 지켜보고 있었다는 둥, 여린 가슴을 헤집어놓으며, 외로운 아이의 가슴을 늑대처럼 다가와 사냥했다. 그리고….

　그의 손은 현란하게 공격해 들어왔다. 춘자는 몸을 비틀면서 반항해보았지만, 그의 힘으로는 어쩔 수 없었다. 첫 경험의 산을 춘자는 18세에 주홍글씨로 깊게 등록하게 되었다. 춘자는 성문을 깨트린 죄인처럼 웅크리고 앉아 훌쩍였다. 왠지 울컥거리는 울음을 참을 수 없었다. 어깨를 흔들며 울부짖는 춘자의 어깨를 감싸며 오빠는 위로에 말을 되풀이하면서 춘자의 마음을 가져갔다. 한 번도 경험하지 못한, 성을 잃어버린 허탈감에 머리가 빙글빙글 돌며 하늘로 올라가고 있었다. 춘자는 애당초 처음부터 성관계할 생각이 없었으나 끊임없는 경구의 유혹으로 약해진 마음과 통제력과 절제력을 잃은 상태에서 충동적 행위로 성관계를 했다. 아무런 생각도 준비도 없는 무지각 상태 또한 춘자의 소극적 의사표현도 한몫을 하였다. 임신이 가져다주는 일들이 여자에게서 무엇을 의미하는지 아무 생각이 없었다. 여학교라면 반드시 교육받았을, 성관계 시 피임약을 먹거나 콘돔을 사용한다든지 기타 임신 예방에 관한 교육을 받고 미리 예방하였을 텐데, 이 둘은 무방비 상태로 바짝 마른 산에 불을 질렀으니 얼마나 빠른 속도로 불길이 번졌겠는가 말이다. 아무런 대책도 없이 단지 외로움과 결손 가정에서 오는, 다정다감한 눈길 유혹 앞에, 춘자는 큰 산을 내어

주는 후회막급한 실수를 하였다.

그해 여름방학이 시작될 무렵, 어느 날 저녁 식사를 준비하는 엄마의 손길이 바쁜 그때쯤, 이상한 일이 벌어졌다. 춘자는 직감적으로 몸에 이상이 왔다는 느낌을 알 수 있었다. 식탁에 수저를 놓다 말고 춘자가 향한 곳은 화장실이었다. 차분히 되짚어 생각해보니, 경수가 있어야 할 날이 벌써 지났건만 소식이 없었다. 전에는 알 수 없었던 매스꺼움이 파도처럼 일렁거려왔다.

"이게 뭐지? 혹시? 아닐 거야!"

춘자는 쓸데없는 생각을 한다며, 자신을 나무라며 고개를 여러 번 갸우뚱했다. 엄마는 갑작스럽게 사라진 춘자를 부르며, 국 식겠다며 고래고래 소리를 질렀다.

"빨리 와, 밥 무거라. 내 딸아! 어서 오너라."

춘자는 핏기없는 얼굴로 엄마와 마주하며 저녁을 나누었다. 엄마는 자기 생활을 이해하라며, 딸의 눈언저리를 죄인처럼 바라보며, 계란말이 한 토막을 집어 춘자 밥그릇에 올려놓았다.

"춘자야, 엄마가 할 말이 있는데, 일 때문에 지방에 한 보름 다녀와야 해."

엄마는 작은 목소리로 춘자에게 일방 통보했다. 춘자는 무슨 얘기를 하는지 통 알 수는 없었으나 그냥 고개만 끄덕거렸다. 한두 번 있는 일이 아니었기에 체념에서 나오는 침묵 의례였다.

왜? 무엇 때문에 하는 질문을 하기에는 서로 간 거리는 너무 멀리 떨어져 있었다. 춘자는 엄마의 얘기를 듣는 둥 마는 둥 수저를 놓고 자기 방으로 들어가 버렸다. 자기 덩치만 한 하얀 곰 인형이 듬직하게 검은 눈동자를 굴리며 앉아 있었다. 책상 위엔 오빠가 건네준 쪽지 몇 장이 희얗게 쌓여 있었다. 대책 없는 무책임한 한 번의 실수가 이들을 단테의 신곡을 외우게 했다. 창밖에는 소나기 떼를 몰고 온 바람살이 힘겨워 앵돌아진 할미꽃이 천연스럽게 보였다.

　여름방학을 앞두고 학교 점심을 먹기 위해 식당으로 우르르 아이들이 재잘대며 몰려갔다. 새로운 국어 남자 교생을 어째 한번 유혹할 수 있을까, 아이들은 부끄럼 없이 낄낄대며 꼬리 치는 방법들을 연구 발표하기에 여념이 없었다. 춘자는 옆 짝지 경자와 식판 위에 밥과 반찬을 배식받고, 오른쪽 두 번째 칸 구석진 곳에 나란히 앉았다. 그날은 갈치조림과 미역국, 가지조림, 달걀조림이 나왔다. 밥을 먹으면서도 옆에 친구들은 잘생긴 교생을 어찌 한번 안될까 싶어, 이상한 군침을 서로 염치없이 흘리고 있었다.
　숟가락으로 미역국을 떠넣는 순간, 울컥하며 토를 하는 춘자의 모습에 놀란 경자는 어디 체했냐며 그의 등을 퉁퉁 두드렸다. 춘자의 직감은 그 자리에서 일어나게 했다.

"경자야! 속이 좀 안 좋네, 밥은 그만 먹어야겠다."

천천히 먹고 오라며, 춘자는 그 자리에서 일어나 식판 청소를 하고 교실로 돌아왔다. 아무래도 요 며칠간 소화도 안 되고, 속이 울렁거려 안 좋더니, 하면서 갑자기 안색이 흐려졌다.

춘자는 귀갓길에 약국에 들렀다. 아무래도 생리가 불규칙하다 해도 있어야 할 것이 없었기 때문이다. 여자의 직감은 날아가는 화살보다 빨라 뭔가 께름칙한 느낌이 들었기 때문이다. 그냥 스트레스가 요즘 많아서 좀 늦나 생각하다가 급기야는 임신 테스트기를 구매해 확인하는 게 제일 속 편한 일이라 생각하고, 확인해 봐야 마음이 편할 것 같았다. 집에 가기 전 한 정거장 전에 내려 행복약국을 찾았다. 약국에 들어서니 할머니 한 분과 손님 세 분이 더 계셨다. 춘자 뒤로 두 명이 더 들어왔다. 차례가 되어 약사가 물었다.

"손님 뭘 드릴까요?"

모두 처방전을 들고 왔으나 춘자는 빈손으로 왔으니 했던 얘기였다.

"네, 임신 테스트기 하나 주세요."

약사는 춘자의 얼굴을 빤히 동물원에 원숭이 쳐다보듯 살펴보았다. 춘자는 갑자기 죄인이 된 듯한 모습으로 몸을 움츠리고, 이내 돈 계산을 하고 약국을 도망치듯 돌아 나왔다. 꼭 뭘 훔치다

들킨 사람처럼 말이다. 심성이 착한 춘자는 갑자기 얼굴이 붉어지는 것 같았다. 서둘러 집으로 뛰어들어갔다. 책가방을 "휙" 던져놓고 급히 화장실로 향했다. 설마 임신은 아니겠지…. 내가 좀 예민해서 그렇지…. 하는 생각으로 조심스럽게 시험을 해보니 아니나 다를까? 두 줄이 선명히 나타났다. 테스트기를 든 손이 바들바들 떨려왔다. 순간 춘자는 입을 다물 수가 없었다.

'이게 뭐냐? 임신이라는…. 이게 무슨 씨나락 까묵는 일이고, 제기랄….'

춘자는 도저히 믿을 수 없었다.

'행복약국이 나한테 불량품을 팔았을 거야! 나쁜 양반!'

춘자는 죄 없는 행복약국 약사한테 입에 담을 수 없는 험담을 끌어모으고 있었다.

'아이다, 아닐 거다. 그래 이건 불량품일 거고….'

다시 다른 거로 해보겠다며 맞은편 소망약국으로 달려갔다.

"아저씨 임신 테스트기 하나 주세요!"

이번에는 뻔뻔스럽게 내뱉었다.

약사는 안경을 내려 춘자를 째려보며 물건을 건넸다. 춘자는 덜컹거리는 마음을 안고 집으로 곧장 달려왔다. 춘자는 하나님, 부처님, 알라신까지 부르며 무탈을 기원했다. 입술은 바싹 타들어 속에는 벌써 불기둥이 하나씩 무너져 내리고 있었다. 마음을 진정시키고 다시 한번 테스트기로 시험을 하니, 그렇게도 보기 싫었던 두 줄이 선명하게 다가와 춘자의 온몸과 정신을 혼동케 하니 이번에는 털썩 주저앉고 말았다.

오후 5교시 종이 울리고 아이들은 국어 교생이 들어오는 시간이라 모두 들떠있었고, 여기저기서 손거울을 꺼내 들고 얼굴 다듬기에 여념이 없었다.. 립스틱을 찐하게 발라 햇살에 반사된 입술들이 칠판 위를 둥둥 떠다니고 있었다. 마침, 앞 교실 문이 열리고 아이들의 로망이 출석부와 국어책을 가지런히 들고 등장했다.
늘 낮잠을 자던 순자와 미경이는 그날따라 졸지도 않고 뚫어지라고 교생의 눈망울을 쳐다보고 있었고, 간혹 뒷모습으로 걷노라면, 빵빵하면서도 살짝 튀어 오른 엉덩이 모습에 아이들의 손이 오그라들었다. 공부에는 관심 없는 미경이가 손을 들고 말도 안 되는 질문을 하며, 한시라도 치근덕거리며 교생의 얼굴을 쓸어 담기에 정신이 없었다. 그날도 누가 갖다 놓았는지 모르는 박카스가 교단 위에 의젓하게 놓여 있었다. 교생은 김소월 시를 칠판에 적고, 산유화를 나근나근하게 낭독했다.

「산유화」

산에는 꽃 피네
꽃이 피네
갈 봄 여름 없이
꽃이 피네

산에는 꽃 지네
꽃 지네
갈 봄 여름 없이
꽃이 지네

산에
산에
피는 꽃은
저만치 혼자서
피어있네

산에서 우는 작은 새여
꽃이 좋아
산에서
사노라네

산에는 꽃 지네
꽃이 지네
갈 봄 여름 없이
꽃이 지네

처음도 끝도 없는 거대한 우주적 질서 속에서 존재가 되어 우주 혹은 자연과 함께 어울려 있는 꽃과 새의 모습을 그리는 우리의 민족어가 도달할 수 없는 수준 높은 시적 가능성을 입증한 시라며, 홍 교생의 산유화 강의는 이미 진달래꽃처럼 불이 붙어 아이들 가슴 속, 깊은 곳으로 여기저기 날아다니고 있었다. 미경이는 특히 정신을 못 차리고 터진 입을 다물 줄 몰랐다. 학교에서는 벌써 입소문을 타고 그가 지나가는 통로 뒤에서는 웅성웅성 입방아를 찧었고, 작년에 전근해 온 음악선생이 입을 댄다느니, 서면 먹자골목에서 둘이 걸어가는 걸 봤다느니, 한시도 입을 그냥 두지 못하고 재잘대며, 잘생긴 교생을 흠모하여, 좁은 가슴에 쓸어 담기 여념이 없었다. 심지어 음악 시간에는 선생님에게 대드는 사건이 발생하기도 했다. 모두 다 질투에 눈이 멀어 음악선생과 원수가 되어 있었다. 다들 피어오르는 청춘을 주체 못 하고 뜨거운 아래가 힘겨워질 때, 춘자는 태산 같은 걱정 앞에 아이들의 봄 노래에는 흥미조차 없었다.

'어쩌면 좋을까? 이제는 어떻게…. 그럼, 내가 미혼모가 되는 거가? 미혼모가 뭐꼬?'

춘자는 사전을 뒤지며 개념을 살펴보았다. 몇 가지 설명이 되어 있었다. 법적으로 결혼하지 않은 남자와 관계에서 아이를 곧 분만할 예정이거나 분만한 여자…. 합법적이고 정당한 결혼 절차

없이 임신 중이거나 출산한 모든 여성….

'미혼모라?'

상상치도 못한 일이 자신에게 일어났다는 충격적인 사실 앞에 얼굴이 하얘지며 굳어져 갔다.

'이제 이떻게 하나? 배는 산처럼 불어올 텐데….'

텔레비전에서 자주 나오는 이야기의 주인공이 자신일 줄은 차마 알지 못했다.

'내 나이 18세, 성에 대한 지식이 있어 봐야 얼마나 있었을까? 감성, 그 꿈 같은 꿀을 발라 먹이는데 어찌 판단력이 어디 있었겠나? 아직 미성년인 내가 얼라 엄마가 된다니…. 요즘은 10대들이 미혼모가 제일 많다고 하던데….'

주마등처럼 이어지는 아픈 질문에 춘자는 넋을 잃고 있었다. 창밖 너머로 새 떼들이 기역 자로 줄지어 날아갔다. 선두에 한 마리는 위풍도 당당하게 거침없는 전진에, 동료들 누구 하나 대열에 이탈 없이 선을 이루어 하늘을 안방처럼 날아다녔다.

얼마쯤 지났을까, 하늘은 안색을 바꾸며, 소낙비가 내리고 있었다. 땅이 촉촉하게 젖을 만큼 하염없이 내렸다.

하늘은 낮게 깔리고 산등성으로 지나가는 바람들이 세로 군단으로 줄지어 저쪽 산으로 날아가면, 또 다른 비들이 포승줄에 묶이어 바쁘게 따라갔다. 고갈산 중턱이 보이질 않을 만큼 하늘은 골짜기 깊은 곳까지 침투해 한 걸음씩 마을로 내려오며 험상궂게 다가왔다. 어디서 시작했는지 모를 소낙비들이 오후부터 밤새 요란한 바람살로 귀신 울음소리를 내며 창문을 두드리고 있었다.

춘자는 이제 자신이 곧 미혼모라는 굴레의 길로 간다는 두려움에, 깊은 절망과 신음에 물들지 않을 수 없었다. 복잡한 심경으로 노을을 바라보고 있을 때, 경구 오빠로부터 메시지가 들어왔다.

"요 앞 카페에 있는데 시원한 커피 한잔하고 가라."

이내 춘자는 달려갔다. 그 이유도 모른 채….

시원한 아이스가 식도를 타고 내려가 각 내장에 얼음을 나누어 주니, 이마의 땀들은 차분히 점차 사그라져갔다.

"와, 무슨 일 있나? 어제 엄마와 싸웠나? 안색이 왜 그리 까칠하노?"

경구는 빨대를 연신 빨면서, 춘자의 눈을 응시하며, 닭 쫓듯이 말을 붙여나갔다.

춘자는 갑자기 정색하며 물었다.

"오빠 나 사랑해?"

뜬금없는 질문으로 경구의 마음을 해부했다.

"뭐 그런, 씨나락 까먹는 소릴 하노? 당연히 좋아하지, 너도 안 그렇나?"

경구는 역정을 부렸다. 소리가 컸는지 주변 손님들의 시선이 순간 몰리는 느낌을 받았다.

춘자는 스스로 이 사태에 대한 내용을 어떻게 얘기하는 것이, 다혈질인 경구가 냉정히 이 사태를 수습할 수 있을까에 대한 생각들로 머리가 어지러웠다. 그러나 돌아갈 마음은 없었다. 가슴 위로 흰소끔 끓이오른 뜨기움이 조금씩 식이갔지만, 정공법을 택했다.

"오빠! 나. 임신했어!"

이 짧은 독백이 떨어져, 경구 귓전으로 도달하기 전에, 이미 경구는 감전이 된 듯한 표정을 지었다.

"뭐, 뭐라고? 다시 말해봐! 너, 지금 뭐라 했노?"

춘자는 더욱 힘주어 말했다.

"나. 임신했다고."

"뭐라 캐 샀노? 지금, 내하고 장난치는 거가?"

갑자기 경구는 온몸이 풀리는 듯 이상한 말만 횡설수설하며, 자꾸만 본질을 비켜나가고 있었다. 경구의 얼굴은 한겨울의 바싹 마른 찬 가지처럼 창백했고, 눈썹이 실룩거리며 경련이 일어나 떨리고 있었다. 아이의 출산에 대한 눈곱만치도 생각이 없었던, 아니 영화에서나 나올법한 대사가 앞에 앉아 있는 여자 친구의 조그마한 입술로 공표될 때마다, 경구의 심장을 조금씩 도려내고 있었다.

"어쩔 건데?"

춘자의 격앙된 목소리는 피에 사무치듯 애리 하게 정곡을 찌르고 있었다. 이렇게 황당할 수가 있나, 마른하늘에 날벼락도 유분수지, 이게 무슨 똥강아지 잡는 소리도 아니고 경구는 떨리는 목소리로 말했다.

"그…그러니…니까, 네가 얼라를 가졌단 말이가? 네가 그걸 나한테 믿으라고 하는 소리가, 장난질하려고 그냥 해보는 소리가?"

"임신 3개월이란다. 어제 저 건너편 일신 산부인과에 갔다 왔다. 간호사도 놀라고 의사 선생님도 놀라, 안타까운 표정으로 임신 사실을 알려줬다."

아니길 간절한 맘으로 기도했건만, 차디찬 그 한마디가 얼마나 원망스러웠는지 알 수가 없었다. 이제 어떡해야지! 춘자는 혼란한 상황을 농담처럼 여기는 그놈의 심장에 비수를 꽂고 싶었다.

경구는 아, 이게 거짓이 아닌 현실이라는 사실 앞에, 이내 아연실색하며 앞으로 닥칠 폭풍 눈보라를 상상하는 그림조차 부정하고 싶었다. 갑자기 경구는 미친놈처럼 껄껄 웃었다.

"하하 겁나게 재미난 일이 생겼네! 하하. 하하."

어딘가 실성한 놈처럼 독백하는 경구의 눈 속에, 검은 까마귀가 날고 있었다.

누구에게나 불행 하나는 있다지만, 다만 무게가 다를 뿐, 경구의 심장은 천만 근으로 늘어나 있었다.

경구 아버지 김필두는 어릴 적부터 아무 이유 없이 경구를 쥐어박고 때렸다. 조그마한 실수에도 역정을 내며, 어린 경구가 숨소리도 제대로 못 내도록 두들겨 팼다. 경구 엄마 정순이는 이 일로 속이 상해, 매일같이 술을 미셨디. 툭히면 아비지의 고함이 계속됐고, 드론처럼 재떨이는 기본적으로 날아다니며 활개를 쳤다. 어떤 때는 엄마의 이마에 부딪혀 이마가 찢어지며, 피가 온 방 안에 퍼져나간 볼썽사나운 일도 벌어지기도 했다. 처음에는 아버지가 왜 그리 못된 벌꿀오소리처럼 날뛰는지 이해가 되질 않았다. 그러나 이러한 행패를 일삼는 이유를 깨달은 때가 있었다. 중학교 2학년 때 그 궁금증을 알 수 있게 되었다.

그 까닭은 그랬다. 생물 시간에 혈액형 조사방식을 공부하고 알게 되었는데, 부모의 혈액형을 알면 자동으로 자식이 받을 수 있는 혈액형이 정해진다는 사실과 그 법칙은 벗어날 수 없다는 선생님의 가르침에, 호기심이 발동하여 이리저리 뒷조사를 통해 부모 혈액형을 알아낼 수가 있었다.

차마 상상도 하지 못했던 충격적 사실 앞에 설마 설마를 외치며 급히 학교 옥상으로 올라가 아지트 구석에서 아무도 모르게 훔쳐 두었던 "꼬바리" 담배를 물고, 깊은 연기를 폐부 속으로 끝까지 당겨 슬프게도 마셨다. 하늘은 꾸물거리며 금방이라도 빗방울이 터져 나올 것만 같았다. 아버지가 A형이고 어머니가 O형이면, 나는 A형이나 O형이 되어야 하는데, 지금 나는 B형이다. 그러면 아버지가 다르다는 결론이 나오는 것이었다.

아무리 공부 못하는 경구도 그것은 이해할 수 있는 일이었다. 설마 했는데….

"버러지 같은 내 인생, 다 보겠네. 내 아비는 그럼, 누구란 말인가?"

갑자기 출생의 비밀이 와전된 상황에서, 사춘기 경구의 눈동자는 흰자가 하늘로 가버리고 없었다.

'아! 그래서 아버지는 내를 그렇게 구박하셨구나! 그러면 이 사실을 아버지는 왜 엄마에게 말하지 아니했을까?'

날마다 술로 가슴을 회 치는 부모의 초상을 더럽게 보아온 경구는 남은 담배 끝자락을 끝까지 빨아당겼다.

"쓰레기 같은 인생인가 벼. 쓰레기 같은…. 내 아비는 누군 겨. 진짜 누군겨."

경구는 이때부터 삐딱하게 세상을 살기로 굳은 결심을 했다. 삐딱 세상에 삐딱하게 태어나서 삐딱하게 사는 건, 너무도 당연하다는 나름의 철학을 단단하게 세웠다.

"그래, 그래서, 내보고 어쩔 건데, 내보러 어쩌라고…."

경구는 또 삐딱한 놈이, 대를 이어 태어난다는 형편없는 현실 앞에 분노가 하늘을 찌르고 있었다. 경구의 주체 못 하는 성격을 이미 아는 터라, 춘자는 입술만 굳게 깨물고 있었다.

　엄마는 일찍 출근했다. 부산 공동어시장에서 고기 경매하고 나면, 옆으로 빠지는 고기들을 싼값에 사다가 다듬어 가까운 식당으로 팔거나, 자갈치 귀퉁이에서 찬바람을 겨우내 맞으며, 생선고기 대가리를 "탁탁" 치며 내장을 분리한 다음, 굵은 소금을 "휙" 한번 능수능란하게 뿌리고, 검은 봉지에 게 눈 감추듯이 싸서 손님들에게 주곤 했다.

　생선고기 비린내 나는 얼음 진 손인 엄마가 내 곁에 다가오면, 생선고기 비릿한 냄새가 밸 것 같았다.

　"저리 가, 냄새난단 말이야, 좀 씻고 다니라!"

　앙칼진 말투로 어미의 젖은 가슴을 도끼 패듯이 때렸다.

　비가 청승맞게 내렸다. 이런 날이면 손님이 별로 없어, 일찍 마치고 인근 대폿집에서 경자 엄마와 결국 대포 한잔하면서, 과부의 설움을 달래고 있을 게 분명했다. 경자 엄마도 애가 둘이 있는데 큰 애는 직장 따라 서울로 갔고, 둘째 애는 늦둥이 경자다. 입시 준비로 열심히 학원 다니면서 늦게 집에 들어갔다. 누구보다도 둘의 관계는 뭐라 할 거 없이 잘 통했다.

"애자야! 오늘 한잔할래?"

뒤에서 귀에 익은 소리가 들려왔다.

"어, 경숙이 아이가 벌써 마쳤나?"

"아이고, 이래 비가 질질 오는데, 손님이 있더나?"

"마, 그거 다 정리하고 나하고 한잔하러 가자."

"요 옆에 미드나이트 엊그제 개업했다 하던데, 내 아는 언니가 마담 아이가."

"가서 인사도 하고 한잔 팔아줘야지, 안 그렇나?"

"아, 그리고 물도 괜찮다 카더라, 어찌 아노?"

"괜찮은 놈 만나면 꿩 먹고 알 묵을란지."

"아이고, 가시나 니는 어찌 남자가 없으면, 못 살겠더나? 썩을 년!"

애자는 키득거리고 웃으며, 경자 엄마의 배시시 한 얼굴을 웃음으로 화답했다. 애자는 이미 손은 작업 마무리로, 마음은 벌써 가라오케 음악이 흐르는 낯선 그곳으로 달려가고 있었다. 머리에 묻은 빗방울을 수건으로 털고 대충 손을 비누로 씻어 내렸다.

하늘은 시커멓게 내려앉았다. 가랑비는 양에 차지 않았든지 빗방울의 굵기가 종전보다 굵어졌고, 우산 끝에서 흐르는 빗줄기는 빠른 속도로 흘러내렸다.

그래도 언제부턴가 앵돌아져 버린 인생이지만, 희망과 꿈을 내려놓는 일은 결코 없었다. 복사꽃 같은 웃음 빛과 빨간 뿔테 안경이 어우러져 애자는 아름다운 여신으로 변모되어 있었다.

"경숙아! 가자."

애자는 언제 갈아입었는지 빨간 스카프와 빨간 구두가 제법 어울리게 변신 되어 있었다. 한 오 분 정도 걸어서 오른쪽으로 돌아보니, 간판에 미정 나이트클럽이라는 글귀가 반짝거리며 애자 눈 속에 들어왔다. 둘은 우산을 접고, 지하 계단으로 한 계단씩 조심스럽게 내려갔다. 좁은 통로를 지나 방으로 문을 열고 들어갔을 때, 웨이트들이 달려왔다.

"언니 잘 왔습니다."

"오늘 만남은 제가 책임지겠습니다."

조금 일찍 왔음에도 좌석 삼분지 이는 손님들로 북적거렸다. 고개를 숙이고 친구와 담론을 벌이는 사람들, 무대에는 날씬한 중년 신사와 손놀림에 의지한 여자는 빙글빙글 돌며, 지르박을 능수능란하게 추고 있었다. 실내는 그야말로 왁자지껄 개구리 번식기 때처럼 개골개골 시끄러웠다. 어느 남자 노랫소리가 밖에 내리는 빗소리처럼 구수하게 들려왔다. 배호의 「돌아가는 삼각지」였다.

"삼각지 로타리에 궂은비는 오는데…. 떠나버린 그 사랑을 그리워하며…."

외로움에 지친 영혼들이 헐떡이는 술로 달래며, 뽀얀 담배 연기는 온 테이블로 옮겨가며, 불을 자지러지게 붙이고 있었다.

"어. 애자 언니 왔네."

살갑게 가슴팍에 7번을 달고 있는, 각두기 머리를 한 강호동이가 달려왔다.

"오. 누님. 왜 이리 이뻐졌습니까? 몰라보겠네!"

그는 옆에 와서 아양을 떤다.

"언니들 저쪽 3번 테이블에 싱글 남자 두 명 있는데, 소개해볼까요? 누야. 어떻노?"

"내가 보기에는 괜찮은 것 같은데!"

힐끗 경숙이는 먼저 시선이 그쪽으로 달려갔다.

"호동아! 우린 금방 왔으니, 한 두잔 묵고 생각해볼게."

"응."

"누야 그러면 좀 있다가 누야가 요청하면, 바로 해 줄게."

그는 믿음직한 손짓으로 사인을 보내왔다. 경숙이는 바로 가고 싶은 눈치였다.

"하여튼, 저년은 남자라면, 자다가도 튀어나올 년이야! 어이구, 미친년!"

맥주 3병과 기본 안주가 나오고, 여전히 인생의 겁 없는 풀이를 한 쪽에선 하고, 한쪽에선 또 답하고, 빙글빙글 시끄러운 노랫소리와 소음으로, 소리 없이 내리는 빗방울과 울고 웃고 있었다.

술이 살금살금 들어가니, 제집 고향에 온 듯한 포근한 기운이 회전 마차를 타고 오르락내리락하며, 흐르는 음악 운율에 몸이 흐느적거렸다. 웨이트들은 탁자를 돌며 언니들을 챙기기에 여념이 없었다. 만남이 많아야 술 매상도 올라가고, 다음에 솔깃한 생각으로 다시 오게 되는 게, 사람의 심리였다. 술 몇 잔이 들어가고 흥분되어 가든 차에, 경숙이의 눈이 반질거리며, 애자 귀를 잡아당기며 귀엣말로 속삭였다.

"애자야! 너도 알제, 합석하면 우리 술값 남자들이 다 내는 거. 우리는 그냥 꿩 먹고 알 먹으면 되는 기라."

경숙은 무슨 대단한 비밀을 가르쳐 주는 양, 키득거리며 설레발을 쳤다.

3번 테이블에는 오랜 동창이자 친구인 덕칠과 정우가 있었는데, 오랜만에 만났다. 정우가 국립호텔에서 출소한 지 겨우 보름이 지났을 때였다. 정우는 노름방에서 지킴이를 해주고 돈을 뜯어 생활하고 있었다. 나이는 중년에 지났건만 아직도 어깨가 짝 벌어지고 하체가 탄탄했다. 마누라를 잘 만나 그렇게 개차반을 지려도 마누라는 잔소리 한 번 하지 않고, 가정을 잘 지키며 딸아이 하나를 잘 키워 올 삼월에 독일 유학까지 보냈다. 사위도 잘 보고 했으면, 그런 일을 접을 만도 한데, 노름방에서 타자 흉내를 내다 덜미를 잡히고, 결국에는 빵 신세도 졌다. 출소한 지 얼마되지 않아, 친구 덕칠을 우연히 자갈치에서 만나 이곳에 오게 된 것이었다.

"덕칠아! 너는 요즘 어찌 지내노?"

덕칠은 긴 담배를 손가락에 끼워 불을 붙였다. 허연 연기는 정우가 싫은지 멀리 도망가기에 바빴다. 여전히 백구두에 요즘 유행하는 티셔츠를 입고, 슈트를 걸친 모습이 중년의 여유 있는 아우라가 절로 품어져 나왔다. 정우는 남겨진 맥주잔을 들이키며, 허기진 갈증을 달래기에 여념이 없었다.

"아, 그래 요즘 뭐 하는가 물었제? 내가 해봐야 뭐하겠노? 배운게 거긴데, 어딜 가겠나?"

그는 싱긋이 이빨을 드러내며 웃었다.

"야! 재미나는 거 있으면 좀 나눠 먹자, 친구야! 혼자 먹지 말고!"

정우는 삼각 눈을 만들어 덕칠이 눈으로 보냈다.

"자갈치 어시장 뒤에 배들이 들어오면, 우리가 배 지켜준다고 보초를 서 준다. 그러면 밤에 생선고기 냉동된 거, 몇 짝씩 뺀다이가. 선장들도 다 알면서도 눈 감아 준다, 노는 놈이 그거라도 챙겨야지, 이런 데 와서 술도 한잔할 거 아니가."

덕칠은 뭔가 자신에 차 있는 거 보니, 안주머니에 노란 돈이 두툼하게 실린 모양이었다.

이들이 술잔을 기울이고 있을 사이, 경숙이는 지나가는 호동이를 불러 세웠다. 테이블 밑으로 만 원짜리 두 장을 건네주며 말했다.

"호동아, 쟤들 3번 애들 붙여주라."

넌지시 여우 꼬리를 흔들었다.

호동이는 배시시 웃으며 말했다.

"누야, 이거 안 줘도 알아서 다 챙겨줄 건데."

그러면서도 받아서 든 지폐를 안쪽 깊숙이 쑤셔서 넣었다.

"아이고 저 가시나, 발동걸렸네."

애자는 말은 그렇게 하면서 내심 자기도 좋아했다. 호동의 사인을 받은 덕칠과 정우는 이내 오케이 사인을 보내며, 흐뭇한 미소를 지었다.

덕칠은 정우에게 말했다.

"오늘 비도 오고 기분도 껄껄한데 한번…?"

덕칠의 직설적인 표현에 정우도 동조하며 입맛을 다시었다.

"덕칠아! 여기는 시끄럽고 하니, 조용한 방으로 가서 한잔하는 게 어떻겠노?"

"좋지."

호동이는 이 바닥에서 둘째라면 서러울 정도로 베테랑이었다. 그의 수첩에는 애들과 누님들의 전화번호가 빼곡히 적혀 있었다.

이 인물 정보는 호동이 밥줄과 다름이 없었다. 어찌 되었든 간에, 테이블 매상이 올라야 호동이가 가져가는 매출 수당이 늘어나는 거고, 수입의 근원이 되는 것이었다. 이렇게 만남을 성사시키고, 호동의 잔머리는 이 팀에서 오늘 얼마까지 매상이 나올 건가에 대한 견적이 번개처럼 스쳐 지나가며, 그를 미소 짓게 했다. 적어도 룸에 들어갔으니 양주 두 병은 기본이고, 거기다 맥주, 기분 좋으면 양주 한두 병 추가될 터이고….

경숙이의 원대로 3번 방으로 안내되어 들어갔다. 애자는 잠시 화장실에 다녀온다며 나갔다. 화장실에서 볼일을 보며 긴 거울 앞에 섰다. 눈화장이 흐트러졌는지 속눈썹을 약간 매만지고 흐트러진 머리도 손을 봤다. 거울 앞에 선 아직 중년의 젊음을 간직한 애자는, 그 나름대로 매력적인 이미지를 가지고 있었다. 간단하게 화장을 고치고 돌아온 사이 경숙이는, 뭐가 그리 좋은지, 깔깔대며 호들갑을 떨고 있었다.

오늘 이렇게 만난 것도 인연인데, 기분 좋게 놀다 가자며, 덕칠이가 건배 제의를 했다. 모두 맥주잔을 치켜들며 만남을 자축했다. 덕칠은 애자에게 마음이 있었고, 경숙은 점잖은 정우가 마음에 들었다. 이심전심이 통했는가? 서로 자리를 짝대로 바뀌어 앉고, 따르는 술잔에 입술을 대며 주는 대로 받아마셨다.

룸에는 노래반주기가 설치되어 누구라 할 거 없이 마이크를 잡고 외로움을 사냥하고 있었다. 경숙이가 잠시 화장실에 나간 사이, 음악이 블루스 타임 곡이 흘러나오자, 애자 파트너 덕칠은 긴 손을 내밀며 춤을 신청했다. 애자는 한사코 못 춘다고 어린양을 보이다가 무엇에 이끌린 듯, 좁은 공간 앞으로 나가서 낯선 남자의 향취에 녹아들고 있었다. 돌은 정신없이 돌고 있을 때 정우는 들고 다니던 조그마한 백에서 무언가 작은 물병을 꺼내, 애자와 경숙이 술잔에 두 방울씩 떨어트렸다. 그리고 부족한 맥주잔은 채워지고 이내 경숙이도 돌아와 착석했다. 경숙이의 입술이 반짝거렸다. 정우는 술잔을 치켜들고 우리의 건강을 위하여, 건배사를 외쳤다.

"위하여, 위하여, 위하여!"

세 번 합창이 끝나고, 원샷으로 방금 부어놓은 술잔을 간단히 비워 버렸다. 얼마나 지났을까, 노래 두서너 곡을 부르다가 애자와 경숙은 갑자기 몸이 하늘로 붕 떠는 느낌이 들어 정신을 차릴 수 없었다. 정우가 술잔에 탄 것은 "GHB"였다.

GHB를 일명 '물뽕'이라고 부르는데, 이는 복용 시 음료수 등의 액체에 타서 마신다는 이유로 붙은 이름이다. 여기서 '뽕'은 메스암페타민을 지칭하는 속어인 '히로뽕'에서 나왔다. 즉, 물에 타서 먹는 히로뽕이라는 뜻이었다.

정우는 이 분야에 전문가였다. 전에도 이런 약취유인으로 국립호텔에 다녀온 적도 있었는데 그 나쁜 버릇을 끊지 못했다.

두 남녀는 돌아오는 기차역을 뒤로하고 향락의 고갯길을 달리는 비와 함께 선을 넘고 있었다. 시간이 좀 지나자 약 기운이 돌면서, 둘은 파김치가 되어 깊이 곯아떨어졌다.

기상청에서 그냥 스쳐 지나갈 것이란 예보와 달리 밤이 깊을수록, 빗방울의 강도가 화가 난 시어머니의 삿대질처럼 포악스럽게 쏟아지고 있었다.

춘자가 시계를 들여다보니 11시가 넘고 있었다. 친구하고 술 한잔하고 들어간다는 짧은 기별만 전하고, 아침에 끓여놓은 김치찌개와 밥을 먹으라며 선심 쓰듯 얘기하며, 엄마는 전화를 끊었었다. 냉랭한 방안 외벽에 걸려있는 시계추만, 무슨 신이 났는지 쉼없이 좌우로 춤을 추고 있었다. 예전 같았으면 벌써 잠이 들었을 텐데, 그날따라 정신이 말똥한 게 졸음이 얼씬도 하지 않았다.

춘자의 아버지 정구는 춘자가 초등학교 2학년 때 돌아가셨다. 춘차의 아버지는 원양어선 배를 탔다. 수입도 괜찮았고 힘이 장사라 뱃일의 고된 일도 그에겐 심심풀이 호적 질에 불과했다. 그당시 스포츠 씨름이 인기가 있어서 텔레비전을 틀면 씨름 선수가 나와 천하장사 타이틀을 거머쥐고, 모래 한 줌을 쥐고 허공에 뿌리노라면, 관중들은 그 모습에 흠뻑 빠져들어 얼빠진 환호성을 질러댔다.

바다에 나가 일할 때는 짬짬이 노는 시간이 있었다. 그 잠시 틈을 타 선원들이 서로 씨름 경기를 즐겼다. 일등을 하면 자기네끼리 규정을 징해 상금을 챙겨가곤 했다. 징구는 워낙 힘이 좋고, 기술이 좋아 늘 일등을 했고, 그의 밭다리 기술은 특히 일품이었다.

정구의 맞상대는 수길이었는데, 힘이 장사였고 간발의 차이로 정구에게 매번 당하는 경기를 하였다. 가슴에는 정구에 대한 분노로 가득 차 있었다. 언젠가는 네놈이 내 앞에 무릎 꿇을 때가 있으리라 이를 갈고 다녔다.

그날도 선원들은 바쁜 일을 마치고 한판 벌이자며, 중간에서 중만이가 바람을 잡았다.

"자. 자, 이렇게 멍청히 있지 말고 한판 합시다."

"자, 자, 돈 좀 걸읍시다."

"돈 놓고, 돈 먹기."

"정구하고 수길이 시합을 한판, 즐깁시다."

수길이가 열 번 넘도록 텔레비전만 보며 신기술을 연구했다는데, 한번 해봐야 쓸 것이 아니냐고 호들갑 지게 떠들어댔다.

정구는 그날따라 시합하기가 싫었다. 간밤에 애자와 싸우는 꿈을 꿨고 애자의 머리가 산발처럼 풀어져 자기 목을 휘감는, 그러다가 숨이 막혀 "퀄퀄" 거리다가 꿈에서 깨어났기 때문이다. 이마에 식은땀을 닦으며 정구는 담배 하나를 입에다 물고 긴 한숨을 쏟아냈다.

배 갑판 지하 2층에 침실이 있었지만, 정구는 갑판으로 올라가 적막한 바다를 쳐다보았다. 지친 마음을 뉘고자 올라온 갑판에서 백발이 두려움을 일으키는 밤이면, 자정이 넘어서도 바다 앞에 너른 갑판 위를 걸으며 묵주 기도하곤 했다. 저 바다의 하늘과 바람과 별들은 아무리 오랫동안 보아도 단물날 수 없는 풍정이었다. 아직 어둠이 가시지 않았고, 달빛을 닮은 바닷물결만이 간지럼을 느끼는지 제각각 흔들거리며 물결을 치며 놀고 있었다.

"어이, 정구 한판 하지. 뭐, 이렇게 쉽게 돈 버는 게 어딨노? 힘 몇 번만 쓰면, 짭짤한 노란 돈이 들어오는데, 안 그런가? 정구! 제주항에 들어가면 예쁘장한 미스리하고 퍼질 나게 놀아야 안 되겠나? 안 그렇나, 정구야!"

중만이는 생글생글하며 그를 부추겼다. 하지만 정구는 어제 꿈자리도 좋지 않고 기분도 우울해서 삳바 잡을 기분이 아니었다. 이때 수길이가 나타나 약을 올리기 시작했다.

"와, 내가 겁나나? 사나이답게 도전은 받아줘야지. 이때까지 네 밑에 들어간 돈이 얼만데, 그리 입 닦는 소릴 하노? 잠시 한판 하자."

수길이는 비정한 표정으로 정구에게 모욕을 주었고, 저거 엄마까지 덤으로 끼워 빈 잔을 하기 시작했다. 정구는 참다 참다 도저히 열불이 나서 쳐다보고 있을 수 없었다. 저놈을 세리 처발라 봐야지 상한 기분을 달래 수 있을 것 같았다.

"그래, 오늘도 뒤지." 하며 중만이에게 소리쳤다.

"야, 살바 갖고 오너라. 저놈, 오늘 손 좀 봐야겠다."

중만이는 오늘 시합은 없는 게 아닌가 하는 불안이 감도는 차에 정구의 폭발 선언은, 그에게는 구원의 달콤한 속삭임이었다. 중만이는 중간에서 중계 수수료를 챙기니 여간 기쁜 일이 아니었다. 벌써 여기저기서 영차 소리가 들려오고 앙숙 같은 둘은 이글거리는 태양보다 더 뜨겁게 이미 불타오르고 있었다.

시합은 3번을 이기는 사람이 승자가 되는 방법이었다. 어쨌든 길게는 다섯 번을 해야 하는 경기였다. 바람이 살살 불어오고, 사나이들의 이마엔 닭똥 같은 땀방울이 뚝뚝 떨어지기 시작했다.

"수길이, 힘내라, 힘내."

기관부 애새끼들이 소릴 질러대고 있었고, 영차영차 고함은 저 멀리 항구로 전달되었다.

"자, 밭다리 들어가라."

메시지도 보내왔다.

정구는 종전과 다름없이 번쩍 수길이를 하늘로 들어 올리더니,

내려오는가, 동시에 밭다리 기술로 가볍게 수길이를 눕혔다. 정구에게 돈을 건, 갑판부 명식이와 봉구는 기쁨에 환호를 질렀다.

"어이. 야, 이놈들아, 뭐 정구 실력이 어디 가겠노? 인마야!"

그들은 낄낄거렸다.

"오늘도 돈 좀 벌어보자!"

특히 명식이는 기쁨에 입을 다물 줄 몰랐다.

한판을 가볍게 이기고 둘째 판이 시작되었다. 수길이는 안간힘을 쓰며 샅바를 당겼다. 하지만, 정구는 꿈쩍도 하지 않고 오히려 덤벼드는 수길이를 되치기하면서 쉽게 둘째 판도 거머쥐었다. 하도 싱겁게 둘째 판까지 내어주자, 수길이를 응원하던 선원들이 입에 게거품을 물었다.

"내 돈 물리라."

"이번에도 지면 판이 끝나는데, 이걸 어쩌지, 중만이 말만 믿고, 뭐 신기술을 터득했다느니! 이번에는 수길이가 압도적으로 이길 거니 발광을 했샀더마느!"

"구라친 거네, 에이, 나쁜 놈!"

그들은 길길이 흥분하고 있었다.

중만이는 세 번째 판을 준비시키며, 샅바 잡는 말미를 신경 써서 일러주었다.

중만이의 신호에 따라 두 선수가 일어나고 시합은 시작되었다.

그런데 갑자기 구름이 밀려들더니 해를 가리는 게 아닌가. 가을인가 싶어 바람도 찬 기운이 도는데, 더욱 차갑게 느껴지는 바람이 세차게 불어왔다.

이때 정구는 시합에 몰두해야 함에도 갑자기 어제 꿈꾼 것이 생각이 떠올랐다. 에지와의 싸움, 긴 머리가 바람에 휘날려, 자기 목을 조르는 희한한 꿈이 떠올랐다. 그때 수길은 어디서 힘이 생겼는지, 정구를 머리끝까지 들어 올려 기계 폐품을 쌓아둔 곳에 정구를 내 패 댕겨 쳤다. 이상한 일이 벌어졌다.

수길이가 정구를 들어 올리는데 정구의 몸무게가 종이쪽처럼 가벼웠다. 이상한 일이었다. 정구는 툭 떨어지면서 포장해 둔 뾰족한 기계에 머리가 박혔다. "악" 하는 순간에 정구는 쓰러졌고, 머리에서 쏟아지는 피는 폭포수처럼 멈추지 아니했다.

모두 놀라 그곳으로 뛰어왔고, 급히 의료진을 불렀지만, 망망대해에서 손을 쓸 수 있는 게 없었다. 모두 근심 어린 표정으로 그 광경을 지켜보았고, 수길이도 놀라 그 순간을 이해할 수가 없었다.

의식을 잃어버린 정구는 3일을 헤매다 급기야 하늘로 올라가야 말았다.

정구를 잃고 난 애자는 말도 안 되는 사고에 의안이 벙벙했고, 억울해서 어떤 음식도 입에 들어오지 않았다. 앞으로 먹고살 일이 막막하고 억울하였다.

"수길이 이놈, 살인자야! 밖으로 나와봐라. 나쁜 놈아! 내 신랑 죽였으니, 나도 죽여달라고!"

애자는 대성통곡을 하였다. 애자는 내심은 살인마를 조금도 보기 싫었다. 꿈에 나타나 해코지할까 봐 얼굴이 보기 싫었다. 엎드려 사죄하러 온다는 말에 한사코 거부했다. 왠지, 그의 얼굴을 보면 안 된다는 느낌이 강하게 밀려왔다.

사실 정구와 애자 간의 부부 관계는 썩 좋지 않았다. 정구에게는 애인이 있어 귀항하고 돌아와도 충무동 미자에게 정신이 팔려 일주일 정박 중에도 집에 머무는 날은 이틀밖에 안 되니, 어느 여자가 좋아하겠는가 말이다. 애자는 충무동 미자를 찾아가 신랑 도둑질 한 년이라고 길바닥에서 내팽개치고 한바탕 전쟁을 치렀는데도, 둘 간의 관계는 멈출 줄 몰랐다. 애자는 가슴에 한이 되었고, 외로움과 고독감에 이미 마음으로 정구를 사랑하지 않았다.

동네 사람들도 어안이 벙벙해서 입도 벙긋할 수 없었다. 수길이는 상해 살인범으로 담당 경찰서에 구금되어 조사받고 있었다. 합의를 보더라도 사람이 죽었기에 한 육 개월은 빵에서 기름진 콩밥을 얌전하게 먹어야 할 판이었다.

수길이도 정구를 생각하면 마음이 메여져 왔다. 그놈은 그래도 의리가 있어 명절 때만 되면, 팔순 노모에게 정성이 담긴 선물도 꾸준히 해오던 터라, 가슴이 찢어지듯이 아팠다.

그런데 수길이는 참 이상하다는 말을 계속 내뱉었다. 어째서 그랬을까? 힘으로는 정구에게 맞상대가 안 되는 걸 누구보다 잘 아는 수길이는 그날 그 시각, 검은 구름이 몰려오던 그때, 정구의 몸은 미치 종이쪽처럼 가벼워, 자기가 들면서도 너무도 놀랍고, 이상했다. 휴짓조각처럼 바람에 날리어 머리 부분이 쇳조각에 박혀 그렇게 변을 당할 줄이야, 꿈엔들 생각이나 했겠는가? 뭐, 귀신에 홀린 것처럼 이 사태는 순식간에 일어난 사고였다. 이상해 참말로 왜 이런 일이 있을 수 있을까 하며, 수길이는 하늘을 원망했다. 수길이는 차가운 빵에서 죗값을 달게 받으며 참 이상한 인생도 다 있다 싶어, 죄책감에 그곳 하루를 십 년 같이 보냈다. 그곳 빵 생활 내내, 가슴을 할퀴며, 마음을 패고 있었다. 출소 후에도 수길이는 한동안 술독에 빠져 흐르는 세월과 씨름을 하고, 때로는 어쩔 수가 없었는지 몸을 가누지 못했다.

그 일이 있고 나서 수길은 너무 황당한 사건 앞에 그냥 있을 수 없어, 용하다는 영도다리 밑 점쟁이 정 씨 할머니를 찾아갔다.

"여긴 어쩐 일로 왔노? 더러운 인생 그놈한테 걸려 고생 많이 하다 왔네. 네가 말 안 해도 다 안다. 과거는 다 잊고 새 출발 하는 의미에서, 너 이름 바꿔라."

"예."

수길은 놀라 점쟁이 정 씨를 빤히 들여다보고 있었다.

"나도 기분이 좀 찜찜합니다, 그러면 어떻게 바꾸면 좋을까요?"

할머니는 엽전을 만지작만지작하다가 하늘로 두어 번 던지고 나서 말했다.

"그래, 덕칠이라 해라."

"거기 무슨 뜻입니까?"

"너 팔자가 사납다, 어떻든 간에 덕을 많이 베풀고 살아라."

"네 알겠습니다."

그날 이후 수길은 덕칠이라는 새로운 인생길을 가게 되었던 것이었다.

제2장

하현달

그날도 애자는 별다른 일없이 생선고기 경매장 뒷골목에서 어슬렁거렸다.

혹시나 오늘은 물건 좀 나오려나 기대 반 걱정 반으로 서성거리는데, 웬 낯선 남자가 자기 쪽으로 걸어오는 게 아닌가? 어디서 분명 봤던 얼굴인데, 애자는 잠시 고개를 숙이며 생각의 꼬리를 후려치고 있었다.

'어디서 봤더라…'

애자는 머리를 갸우뚱거렸다.

"아, 참!"

'그래 내가 저놈하고…'

그 생각이 막 떠오르는가 싶더니, 어느새 남자가 앞에 서 있었다.

"어, 이게 누고? 애자 아이가, 내 모르겠나?"

호탕하게 웃으며 반기는 그의 얼굴에는 번들번들 윤기가 돌고 있었다.

"너, 여기서 뭐하노?"

덕칠이는 몹시 궁금한 표정으로 물었다.

"그래, 사는 게 다 그렇지 뭐!"

"내 자갈치에서 뒷고기 좀 받아서 판다."

"뭐, 어때서!"

"먹고살라니까, 여자 혼자 힘으로 뭐든 해야 묵고 살제!"

애자는 돈을 높이며 자기 직업에 자존감을 높이고 있었다. 한참 동안 애자의 열변을 듣고 있던 덕칠이는 애자의 귀에 대고 말했다.

"너, 오후 3시쯤 여 앞에, 정든 다방으로 오너라. 내 긴히 할 말이 있다. 그리 오래 안 걸린다."

뜻밖에 손님을 만났는지 한편으론 당황했지만 싫지는 않았다. 오후 3시라, 애자는 잊기라도 하듯 자꾸 중얼거렸다.

오전 일을 하는 둥 마는 둥 마치고, 애자는 건너편 금수탕에 들어갔다. 몸도 찌뿌둥하고 또한 근본 이유는 혹시나 덕칠이에게 생선 비린내가 풍기지 않을까 노심초사하며 씻어내기 위함이었다.

"어, 애자 왔네."

돈을 받는 언니는 반가운 듯 애자를 맞이했다.

"애자야! 목욕비 1,000원 올랐다."

"와, 올랐노! 언니야."

"그래, 기름값이 배로 올랐다이가."

"어이구, 우리도 남는 게 없다."

늘 남는 게 없다는 금수탕 언니의 능청스러운 거짓말은 늘 계속되었다. 수건 한 장을 건네준다. 남자 손님은 수건을 안 주는데, 여자 손님은 꼭 한 장씩 수건을 준다. 왜냐하면, 여자들은 수건을 집에 가져가기 때문이란다. 남자는 절대 수건을 가져가지 않고, 착한 남자들은 집에 쓰던 수건도 가져온단다. 참 같은 여자지만 속을 알 수가 없었다.

옷장에 옷을 벗고, 욕탕에 들어가기 전 저울에 올랐다. 이 노무 저울은 심심하면 파르르 떨면서 내려가기는커녕, 질뚝거리며 잘도 올라갔다. 축 늘어진 뱃살 하며 피부의 톤이 낮아지는 것 같아 걱정이 앞섰다.

펄펄 끓는 해수탕에 몸을 담그니, 온몸이 녹아내리는 것 같았다. 얼굴은 할머니같이 보여도 속은 처녀같이 탄탄하게 보이는 아줌마들도 있고, 반대로 얼굴은 좀 받쳐주지만, 속살은 속 빈 강정처럼, 비쩍 곯아 비틀어진 년도 많았다. 온몸에 요구르트를 바르고 뒹굴기도 하고, 제기랄 계집들 목욕탕은 더러워서 못 본다며 혼자 중얼거렸다. 애자는 씻는 순서대로 하나씩 더러운 땟자국을 벗겨나갔다.

날씨도 쭈글쭈글해서인지 목욕탕에는 손님들로 북적였고, 나이 든 할머니와 딸로 보이는 아줌마는 늙은 어머님의 손을 붙잡고 행여나 넘어질까 노심초사하면서 탕 내로 들어갔다.

"어허!"

헛기침 소리가 들리고, 뽀글거리는 산소는 일정한 간격으로 하늘로 솟아올랐다. 풀어놓은 시간은 정신을 잃었는지, 시곗바늘이 두 시를 넘고 있었다.

애자는 바깥에 걸어둔 시계를 슬쩍 훔쳐다 보면서 손놀림을 빨리 움직였다. 어쨌든 몸뚱이를 뜨거운 물로 지지니, 뭉쳐진 근육이 풀리고, 마음조차 상쾌해지는 것 같았다.

사실은 덕칠이의 우연한 호출로 벌써 심장 한구석이 조금씩 뛰기 시작했다. 대형거울 앞에서 머리도 말리고, 여자의 변신은 무죄이기에, 그날도 애자의 메이크업은 훌륭하게 여자로 변신시키기에 조금도 부족함이 없었다. 눈썹 마스카라까지 붙이고 손을 보니 영락없는 미스코리아는 저리 가라 할 정도로 관능적인 냄새가 묻어났다. 갈치 비린내는 쥐구멍으로 사라지고, 봄날을 맞은 처녀처럼 콧노래가 흘러나왔다. 어느 아주머니는 잠시 쉼터에 앉아 유튜브에서 지르박 하는 걸 보고 있었다. 노랫소리가 여기까지 들려왔다.

"나에게 애인 생겼어요. 거짓말 같은 진실이에요."

쿵 짝짝하면서 가느다란 중년 신사와 아지매는 손을 주고받으면서 곡조에 맞추어 어지럽지도 않은지, 수 없이 빙글빙글 돌고

있었다. 참 신기한 일이었다. 저 정도면 분명히 꼬꾸라져야 함에
도 잘도 춤을 추고 있었다. 조회 수가 10만이 넘어가는 걸 보니
어지간히 사람들 맘이 외롭구나 싶었다. 목욕 도구를 챙겨서 밖
으로 나서니 금수탕 언니가 한마디를 거든다.

"애자야! 오늘 무슨 날인가? 어찌, 이렇게 이쁘게 해서 어딜 가
려고?

나이가 들면 입은 닫고 살라 했건만, 언니는 위아래를 연신 감
상하면서 애자의 가슴을 탐색하고 있었다. 간단한 인사를 나누
고 밖으로 나왔다.

겨우내 햇살을 즐기지 못한 화초들이 사랑받지 못한 여인처럼
새침해져 연민을 자아내듯이 애자는 사랑이라는 먼 낱말을 가지
려 하늘에 수만 번씩 올라다녔다.

차들은 정신없이 오가다가 서기를 반복하고, 내일이 없는 인생
들은 그저 그렇게 대폿집에서 허연 탁주를 붓고 시커먼 손등으로
입술을 닦고 있었다.

애자가 다방 문을 열고 들어서니, 저 오른쪽 구석에 덕칠이가
앉아 마른 담배를 피우고 있었다. 앉은키가 커서 그런가 문 앞에
서도 확연히 눈에 띄게 보였다.

"어, 어서 오너라, 온다고 수고 많았겠구나."

덕칠은 다정하게 말을 걸어왔다. 아침에 볼 때는 턱수염이 덥수룩하게 여기저기서 난장판이었는데, 지금 보니 그런대로 깔끔하게 정리된 모습으로 와이셔츠 색깔도 내가 좋아하는 하늘색으로 편안한 느낌을 주었다.

"어찌 이리 또 만나게 되었을까?"

"뭐 우리 둘이 먼 옛날 인연이 있었는가보다 그자, 애자야!"

껄껄 웃었다. 애자도 진짜 그럴까 하며 맞장구를 보냈다. 둘의 호감 어린 웃음이 번지고 있는 사이, 다방 여종업원은 쪼르르 달려왔다.

"차는 뭐로 드릴까예?"

"너는 뭘 마실래?"

덕칠이가 물어왔다.

"아메리카노 차가운 거 주세요."

"그럼, 같은 거로 주라."

덕칠이가 말했다.

"그러면 되겠어요?"

"오빠, 내 요구르트 하나 먹으면 안 되나?"

덕칠이의 눈치를 살핀다.

"그래, 알았다. 하나 무라."

인심 좋은 오빠의 큰 결정이었다.

"그래 무슨 얘기가 있길래, 내를 여기 불렀노?"

"다른 게 아니고, 다 먹고사는 얘기 아니겠나!"

"뭐, 먹고사는 거?"

애자는 사는 게 늘 거추장스러웠는데, 사는 얘기라 하니 어데 들어나 보자며 의자를 덕칠이 앞으로 당겼다. 늘씬한 다방 미스리는 아메리카노 두 잔과 요구르트 한 병을 담은 쟁반을 들고 와 가지런히 내려놓았다.

"오빠야, 요구르트 잘 마실게."

미스리는 카운터로 사라졌다.

"자, 차 나왔으니 천천히 들면서 얘기하자."

정든 다방의 대부분 손님들은 여전히 나이 든 어르신들로 여기 저기 홀로 앉아 다방 여종업원의 젊음을 도둑질하고 있었다.

"다름이 아니고 내가 며칠 전에도 사실 너를 봤는데, 설마 했지, 그런데 오늘은 운이 좋은가 너를 온전히 발견할 수 있었고, 너 하는 일도 숨어서 지켜봤다. 애자야! 내가 생선고기하고 연관된 일을 좀 하고 있다이가."

애자는 체면이고 나발이고 물었다.

"그래 그게 뭔데, 사는 문제고?"

끈질기면서도 단호하게 덕칠이의 입을 바라보고 있었고, 열린 귀가 열 개쯤 되어 보였다.

"내가 생선고기 상자를 몇 개씩 빼는데, 내 거래처도 있는데, 하지만 네가 그리 고생하니, 너도 돈을 좀 벌어야지! 싼 가격에 받아 팔면 도움이 좀 안 되겠나?"

"아니, 이런 얘기를 왜 인제 하노"

애자는 로또에 당첨된 것 같이 기뻐했다.

"그러면, 충무동 이 바닥에 그 유명한 칠보가 바로 오빠였나?"

"그래 칠보가 내다."

애자는 깜짝 놀랐다.

원양어선 한 달에 한 번 백여 척이 제주도 근해에서 조업하고 들어오는데, 칠보가 그 밤의 대부 노릇을 하고 있었으니, 뒤로 빠지는 생선고기는 거의 그의 손에서 논다고 봐야 하는 것이었다. 그렇게 설움을 받고 어시장에서 생선고기를 받던 자기 신세의 서러운 생각이 나서 갑자기 눈물을 주르륵 흘렸다.

"와 우노, 이 사람아."

"사람 죽으란 법 없지!"

덕칠은 어느새 자리를 바꾸어 애자 옆에 와 있었다. 등을 툭툭 두드려 주기도 하고, 휴지를 뽑아서 건네주기도 했다. 마스카라의 검은 흑점들이 뺨을 타고 흘러내렸다. 애자는 휴지로 대충 닦고 화장실에 급히 다녀오겠다며 일어서더니 화장실로 들어갔다. 손수건으로 눈 주위를 닦고 마음을 다잡았다. 아! 하늘이 무너져도 솟아날 구멍이 있는가 봐! 흥분된 가슴으로 자리에 돌아왔다. 덕칠이는 어느새 애자 옆자리에서 손목을 지그시 잡고 있었다.

춘자의 몸은 하루가 다르게 하현달처럼 되어 가고 있었다. 손가락 마디만 한 형체를 하고 있었지만, 뇌 조직은 활발히 움직이고 있었다. 어디서 들었는지 엽산과 오메가3가 좋다는 얘기에, 없는 돈 아껴가며 약국에서 구매해 살금살금 도둑처럼 먹었다.

신기했다. 누가 가르치지도 않았는데 본능적으로 움직이는 걸 보니, 어리다고 나무랄 게 아니었다. 어깨가 축 처져서 걷고 있노라면, 우울한 생각에 때론 머리카락을 뒤집고 미치고 싶었다. 우두커니 동네 정자에 앉아 엄마가 알게 되면 어떡하느냐며, 하늘에 떠 있는 검은 구름으로 달아나고 싶었다.

춘자는 특이한 특징을 얼굴에 지니고 있었다. 코 옆에 붉은 반점이 있어 아이들은 홍자라 놀려댔다. 홍자에게 이거 다 익은 거 같은데 내가 따서 먹어도 되냐며, 키득키득 놀려대며 붉은 반점을 손가락으로 꼬집기도 했다. 그럴 때마다 울려오는 통증에 치를 떨 때가 많았다.

수업 중에도 이상하게 배가 아파 화장실에 자주 갔다. 소변량이 갑자기 많아진 거 같아 물먹는 것도 겁이 났다.

'먹는 물도 적은 데, 어째 소변이 이리도 자주 나온다는 말이냐, 미치겠네! 별것이 신경 다 쓰게 하네. 제기랄!'

속도 시끄럽고 기분도 더럽고 할 때 엄마는 점집에 자주 갔었다. 춘자는 옳거니 하며 영도다리 밑 용하다는 정 씨 할머니를 찾아가기로 했다.

이곳을 드나들기에 나이는 어렸지만, 엄마가 기분이 더러울 때 자주 드나드는 곳이라 이상하게 마음이 편했다. 그날도 갈매기는 끼룩끼룩 울어대며 지나가는 뱃고동 소리에 구슬픈 울음만 콜록거리고 있었다.

들어갈까, 말까, 문 앞에서 갈등하고 있던 차에 정 씨 할머니의 목소리가 카랑카랑하게 들려왔다.

"누가 와서 고양이질 하노? 퍼뜩 안 들어오고!"

고함을 내지른다. 춘자는 겁에 질려 문을 드르륵 열고 말았다. 할머니는 칼날 같은 눈길로 춘자의 얼굴을 살피더니 말했다.

"어, 허."

재단 위에 있는 소금 한 줌을 집어다가 춘자 머리에 휙 뿌렸다. 하얀 우박들이 머리카락 속에 뒹굴며 눈사람을 만들고 있었다.

"야, 이 계집애야! 얼른 이곳에 앉아봐라. 쯔쯕쯕! 어찌 이렇게 더러운 팔자를 타고 태어났노? 어이구 복도 없는 년!"

정 씨 할머니는 혀를 끌끌 차며 그의 앞날, 펼쳐질 애꿎은 인생

위에 휘파람을 붙었다.

"그래, 네가 무슨 죄가 있겠냐. 불쌍한 것."

주눅이 든 춘자는 죄인인 양 바들바들 떨고만 있었다.

"네 얼굴의 붉은 점도 다 이유가 있는 기라. 너희 삼촌도 일찍 죽었지."

"네, 아빠 돌아가시기 3년 전에 갑자기 폐렴으로 돌아가셨습니다. 멀쩡하고 건강했는데, 그렇게 빨리 돌아가실 줄 몰랐어요."

점점 더 묘한 기류가 점쟁이 집안을 휘돌았고, 상 위에 엽전을 만지작거리며 던지는 할머니의 눈초리는 서낭당 칼잡이 이모와 다를 바 없었다.

아버지, 삼촌이 내 얼굴 붉은 점과 무슨 연관이 있단 말인가? 그리고 나는 아직 시작도 안 했다니, 이게 무슨 해괴한 소린가 말이다.

바람에 흔들리는 풀잎들도 굽이가 다르듯이, 같은 땅에서 살아간다고 하여, 사람마다 동 띠일 수는 없으니, 참 고약한 일이었다.

벚꽃들이 사월을 유혹하며 춤사위를 시작하니 상춘객들은 자지러지며, 봄꽃 구경에 온통 마음을 빼앗겨 정신이 없었다. 마치 하얀 드레스를 입은 신부처럼 백옥같은 피부를 드러내며, 얼굴에 날아와 눈을 비빌 땐 황홀한 느낌마저 들었다.

붉은 점의 비밀은 아직 가르쳐 줄 수 없다는 점쟁이의 가늘 거리는 눈매가 기분 더럽게 가슴팍으로 몰려들었다. 미래에 알 수 없는 자욱한 안개가 파도치며 춘자의 머릿속으로 괴물처럼 빨려 들어왔다. 이 집안에 감춰진 내력이 뭔지는 알 수 없었으나 기울어진 운동장 모양처럼 가족의 핏줄들이 하나씩 터져나가며 시르는 비명에 소름이 끼쳐왔다.

IMF가 발생하고 연일 방송에서는 국민의 단합된 모습을 요구하고 있었다. 외환위기가 닥친 것이다. 한국은행 금고에 달러가 바닥이 난 것이다. 외국인들이 다 가져간 것인지, 부패한 놈들이 쓸어 담아갔는지, 외국에 갚아야 할 부채 상환 달러가 하나둘씩 쥐새끼 갉아먹듯, 국고 밑구멍이 펑크가 났는지 줄줄 새며, 채우고 채워도 모자라는 형상이 계속되었다.

기업은 원자재 구매를 해야 물건을 만들든지 할 건데, 지급해야 할 달러가 부족하니 속수무책이었다. 공장 문을 닫고 부도 공고문이 붙고, 하루아침에 쫓겨난 사원들은 땅을 치며 통곡했고, 일자리를 잃은 가장들은 현실을 비관하며 옥상에서 투신하거나 음독자살하는 사람들이 부지기수였다.

방송에서는 나라를 살려야 한다며 금 모으기 캠페인을 연일 방송하며 온종일 금 모으기에 온 힘을 쏟고 있었다. 아기를 업은 엄마 손에는 아기 돌 반지와 시집올 때 시어머니로부터 물려받은 목걸이까지, 집안을 탈탈 털며 금붙이라는 노랗게 생긴 것이면 모조리 나라에 내어놓았다. 물론 공짜로 주는 건 아니었다. 이렇게 모은 금덩어리는 달러가 되어 우리 곳간에 양식을 채웠다. 이러한 애국적 활동이 전국에서 들불처럼 번져 나갔고, 매스컴의 노력으로 세계적 언론과 외국 자산을 관리하는 곳에서 신용등급을 올려주게 했다. 신용이 회복되니 달러가 유입되고, 공장이 하나둘씩 어깨를 펴기 시작하였다.

덕칠이로부터 전화가 왔다. 애자는 반가운 마음으로 전화를 받았다.

"그래 잘 있는가?"

"응. 오빠 덕분에 잘 있어."

"전에 얘기했던 대로 공동어시장 뒷골목에 가면, 덕수냉장이라는 간판이 있다. 거기 가면, 정 사장이라고 내 동생들이야. 내가 말해놓았으니 생선고기 궤짝으로 몇 짝 줄 거야! 내 이름 대고, 고깃값은 모두 거래가 현찰이야! 짝당 가격은 내가 싸게 책정해 놓았으니, 그냥 묻지도 따지지도 말고 가져가면 돼. 알았지?"

덕칠의 배려는 이 어려운 시국에 금쪽같은 동아줄이었다. 애자는 연신 대답했다.

"네, 네, 네."

애자는 전화를 끊고 머리를 돌렸다. 물건이 좋고 가격이 한 푼이라도 싸면, 이 바닥에서는 다 통하게 되어 있었다. 거래하는 식당들이 늘어나고, 대야로 소매하는 아주머니들이 소문을 듣고 달려 붙을 것이다. 내는 힘 인 들이고 꿩 믹고 알 묵는 횡새를 하는 것이었다. 이를 두고 예로부터 이르기를 어디 든 줄을 잘 서야 한다는 얘기는, 없이 사는 애자로서는 금쪽같은 진리였다.

봄날의 따스한 바람이 춘자의 가슴을 뒤흔들고 바람은 촘촘히 사라졌다. 지난 경구의 다혈질적 행동을 곱씹어 보면서, 어쩜 아니 나는 실격당한 자들의 모임에 가입하는, 어처구니없는 현실에 직면하는 것 같아 어린 가슴이 터질 듯 고함이라도 거세게 지르고 싶었다. 수업을 파하고 종종걸음으로 나가는 춘자를 불러 세운 건 경자였다.

"춘자야! 같이 가."

경자가 헐레벌떡 뛰어왔다.

"아따 계집애야! 어찌 요즘 그리 말도 없고, 새초롬하니, 뭐 나한테 감정 있나?"

"아이다 요즘 몸이 좀 상태가 안 좋네, 몸살인가 보다."

슬쩍 쳐다보는 경자의 눈을 피해 가며 말을 했다.

"다음 주 월말시험을 친다고 하는데, 어찌 공부는 좀 했나?"

춘자는 속으로 야가 지금 뭔 씨나락 까먹는 소릴 하나 싶어 피식 웃었다.

"공부는 무슨 얼어 죽을, 내는 대학 안 갈 거다. 아니 못 간다. 첫째, 내가 공부하는 걸 싫어하고, 둘째, 억지로 대학에 들어가 고생하는 우리 엄마 더 고생시키고 싶지 않다. 마, 대는 데로 살다가 가지 뭐! 인생이 뭐 대단한 거라고."

춘자는 달관한 할머니처럼 눈을 가늘게 뜨고 시부렁거리고 있었다.

"힘내라 춘자야!"

어깨를 토닥일 때, 버스 정류장이 다가왔고, 경자는 오늘도 30번 버스를 타고 이내 총총히 사라졌다. 안경을 검게 낀 기사는 친절하게도 무게가 엄청나게 나가는 경자를 내치지도 않고, 묵묵히 잘도 데리고 갔다.

춘자는 갑자기 무슨 생각이 났는지 서점으로 달려갔다. 수많은 책 종류들이 마치 자기 집 정원처럼 꾸며놓고, 손님들을 기다리고 있었다.

미혼모와 관계되는 책자가 있는지 기웃거리고 있었다. 출산에 관한 것이라든지 기타 궁금한 게 많았다. 자기보다 훨씬 나이가 많이 들어 보이는 언니 같은 직원이 다정하게 다가와 인사를 했다.

"뭐, 찾는 책이 있으면 도와 드릴게요."

왠지 쑥스럽고 미안했던지, 춘자는 고개를 숙였다.

"아니요. 그냥 눈동냥 하러 이곳저곳 구경해요."

춘자가 대답하며 살짝 웃었다.

"아, 그러세요. 도움이 필요하면 인제든 얘기해주세요. 도와드리겠습니다."

직원은 상냥하게 인사하며 자기 자리로 돌아갔다. 배고픈 하이에나처럼 어슬렁어슬렁하며 힐끗 구경하다가 실격당한 자들의 변론이라는 책이 들어왔고, 꽂혀있는 책을 뽑아보니 제법 두꺼웠다. 내용을 깊이 들여다볼 수 없어, 목차만 대충 보다가 책 내용의 수준이 좀 있는 것 같아, 같은 자리에 다시 꽂아 두었다.

눈 서핑을 하다가 미혼모의 탄생, 추방된 어머니의 역사라는 슬픈 주제가 가슴으로 날아들어 왔다.

Under mother.

"미혼모."

모두 사각형 안에서 행복을 추구하고, 꽃향기의 달콤함을 맛보며 행복을 얘기하고, 아이를 따뜻하게 사랑하고, 그 아이의 이야기를 경청하고, 그의 동작 하나하나에 새로운 의미를 두며 세상에 그 어느 것보다 소중히 여기며 기뻐해야 할 여자의 축복 된 순간들을, 세모의 뾰족한 한정된 공간에서 태어나, 구석진 출생부터 에덴동산에서 쫓겨나 힘겨운 돌 짝 밭의 모심기가 시작된 것이었다.

세모의 나라, 세모의 낙인이 찍혀버린 버림받은 특별한 존재들. "세모"그것이 미혼모가 당하는 현실이었다.

춘자는 이러한 아픔들이 밀물처럼 밀려오는 일들을 감당해야 하며, 가시밭길을 걸어야 하는 신세로 전락하고 말 것이라는 사실 앞에, 미래에 대한 공포가 안개처럼 검게도 밀려왔다.

예상치 못한 임신이기에 낙태에 대한 죄를 낙인시킬 수 있었지만, 이상하게도 춘자는 아기에 관한 모성애로, 낙태라는 현실을 받아들일 수 없었다. 차라리 죽는 한이 있더라도, 아이는 낳고 싶다는 욕망을 그 누구도 막지 못할 것 같았다. 인간의 존엄과 모성애의 본능을 끌어낼 그 누구의 횡포도 용납될 수 없었다. 그러나 우리나라는 유교적 습관과 전통이 지배하는 나라이기에, 더더욱 미혼모의 시선이 곱지 않은, 쫓겨난 나라의 이방인 정도로 취급되었다. 네모 나라에 세모가 가당치 않은 일이었다.

춘자는 집으로 돌아왔다. 주공아파트 1208호, 지어진 지가 30년이 넘은 낡은 아파트였다. 평수는 20평쯤 되었고, 대문 밖 유리창 너머로 광활한 바다와 배들이 거미줄처럼 붙어있었다. 야적되는 컨테이너 크레인이 불쑥불쑥 칸칸이 줄지어 서 있었다.

여름에는 시원한 바람이 창문 안으로 밀려와, 에어컨은 열대야 현상이 아니고서는 거의 틀지 않았다. 그 반대로 겨울엔 칼날 같은 바람 때문에 제대로 창문을 열 수 없었다.

문 앞 비밀번호를 "띠띠딕" 누르니 찰칵 소리를 내면서, 대문은 작은 손 몇 번 눌림에 순종하며 문이 열렸다. 친구인 애견 토리가 달려와 꼬리를 흔들었다. 바짓가랑이를 잡아당기며 흥분하며 좋아했다.

춘자의 엄마 애자는 애완견을 무척이나 사랑하셨다. 길거리에 버려져 방황하는 유기견을 데려와 보살폈다. 데리고 오던 그다음 날 동물병원에 데려가 종합검진을 받게 했다. 워낙 오랜 시간 떠돌다가 심한 병에 걸려있었고, 영양 상태도 극히 좋아 보이질 않았다.

"어머님"하며 부르는 수의사에게 달려갔고, 수의사는 근심 어린 표정으로 말했다.

"사정은 익히 들어 아는 사실이지만, 지금 상태가 좋지 않습니다. 당장 수술해야 하며 그렇지 않으면 생명에도 지장이 있습니다."

애자는 단호하고도 매정한 슬픈 메시지를 들어야 했다. 애자 눈엔 눈물이 글썽거렸고, 토리 눈망울에도 눈물이 맴돌았다.

"저, 그럼 선생님 수술비는 얼마나 들까요?"

"아무리 안 잡아도 5백만 원은 족히 넘을 것 같아요. 상태가 워낙 안 좋습니다."

애자는 가슴이 덜컹 내려앉았다. 어째 이런 어려운 인연에 너 같은 미물을 만나서, 이렇게 힘들게 하는지 몰랐다. 애자는 잠시만 시간을 달라며 병원 밖으로 나갔다. 작은 가방에 들어있는 담뱃갑을 찾았다. 줄지어 누워서 기다리는 세 번째 담배 하나를 빼 물었다. 라이터를 갖다 대니 불꽃이 하늘을 찔렀고, 담뱃잎은 바싹 마른 잎들로 400도를 오가며 일렁이는 불꽃 속으로 휘말려 달아올랐다. 애자는 깊게 담배 연기를 폐 속으로 받아들이며, 이 순간의 괴로움을 운명으로 승화시키고 있었다.

그러면 어떻게 할 것인가? 죽일 것인가? 아니면 거금을 투자해 나이 든 애견을 살릴 것인가?

"아!"

애자는 거친 인생살이 모퉁이에서 만나는 것마다 애환 덩어리였다. 피해 가면 돌아와서 뒤통수치는 게 팔자라면, 그대로 순순히 받아들여야 하겠지! 담뱃재가 손아귀 쪽으로 밀려와 우두커니 일렬로 서있다가, 잠시 부는 바람에 후두두 하늘로 날아가고 없었다. 꽁초를 처리하고 돌아온 애자는 수의사에게 당장 수술해 달라고 청했다. 의사는 내심 싱글거리며 간호사를 불렀다.

"미스 김! 어머님 강아지 수술 준비하고!"

의사는 서류를 몇 장 적도록 지시했다. 애자는 생명에 대한 애착이 누구보다 강했고, 돈보다도 세상엔 가치 있는 게 더 많다고 늘 춘자에게 역설하던 터였다. 서류 몇 장에 사인하고 있을 때, 수의사는 시간이 급하니 30분 내로 수술에 들어갈 테니 염려 말고 기다리라 했다. 이 분야에서는 충분한 경험과 수술 실적이 있으니, 안심하라며 거듭 당부했다.

애자의 정돈되지 않는 머리카락이 징얼거리며 여러 개씩 튀어나왔고, 입술은 파랗게 피어올랐다. 얼마쯤 지났을까, 수술실에서 나오는 수의사는 복도에서 초조히 기다리는 애자를 향해 다가왔다.

"걱정하지 마세요. 수술 잘되었습니다. 회복실로 옮겼습니다. 마취도 깨야 하고 시간도 걸리니, 오늘은 늦은 시간이라 집에 갔다 내일 오세요."

수의사는 정중히 권면해왔다. 애자는 토리가 안쓰러워 눈물을 글썽였다. 수의사에게 알겠다고 대답하며 발길을 돌렸다. 수술이 잘되었다는 희망 섞인 메시지가 애자의 언 가슴을 하나씩 둘씩 벗겨내고 있었다.

"그래, 다행이다."

토리의 눈동자에서 빛을 찾은 건, 그다음 날 오전 10시경이었다. 기운이 없어 눈동자의 초점도 가물거리는 토리가 의식을 정확히 찾은 건, 그로부터 1시간 뒤였다. 오랜 방황과 학대 속에서 살아온 토리의 늘 버림받는 불안한 삶에서 오는 쓰라림은 트라우마로 자리 잡았다. 알지 못하는 분노가 그를 당황하게 했고, 낯선 사람이 다가올 때면 경계의 눈빛을 발산하며, 아파트가 떠나갈 듯 껑껑거리며 한동안 야단법석을 떨었다.

춘자 엄마 애자의 극성스러운 애정과 한 생명에 대한 착한 심성이 앞서지 않았다면, 어쩜 토리는 이 세상 동물이 아니었을 것이 분명했다. 사람도 동물도 누구를 만나느냐에 따라 행복이 결정되는 것이었다.

수술에 성공하여 이제 집으로 오게 된 토리를 보며 춘자는 황급히 달려왔다. 토리의 건강 상태를 묻고, 토리의 머리를 쓰다듬으며 고생했다, 수고했다, 애썼다는, 위로의 찬사를 끊임없이 내뱉었다. 가슴으로 난 아이처럼 예뻐하고 사랑했다.

애자는 가끔 일찍 들어오는 날이면 토리를 데리고 산책을 즐겼다. 같이 사진도 찍고 목줄도 풀어주어 잠시나마 자유의 행복 나라로 보내 주곤 했다.

토리는 자유로운 몸으로 돌아다니며 영역 표시도 하고, 갖은 냄새를 탐방하며, 스트레스를 풀곤 했다. 가다가 기분이 이상하면

뒤를 돌아보기도 하고, 멀어졌다고 판단되면 곧장 애자에게로 달려 돌아오는 영특함도 있었다.

애자는 춘자가 토리와 외출할 때는 늘 차 조심시켰고, 혹시 다른 개들이 출현하면 가슴에 안고 가라고 신신당부했다. 일을 마치고 대문이 열리면, 하늘에서 천사가 왔는가 싶어, 갖은 아양과 애교를 부리며 사랑을 독차지하곤 했다.

춘자와 애자의 무미건조한 삶은, 토리로 인해 변했다. 토리가 온 이후 집안에 엔도르핀이 돌았다. 토리는 기쁨과 웃음을 선사했다.

누구나 사람은 사랑하고 받는 게 정석처럼 되어 있다. 사랑을 많이 받는 사람이 행복하고 표정이 밝듯, 애견 또한 마찬가지였다. 춘자의 외로움과 우울함 50%는 토리가 풀어주고 있었다.

춘자의 엄마 애자는 늘 말했다. 사람은 늘 배신하고 자기 유익에 따라 하루에 수십 번도 돌아서며 등에 칼을 꽂지만, 강아지는 안 그런다고. 피곤해서 집에 들어오면 꼬리를 치며 다가와서, 입을 맞추고 온 얼굴을 혀로 비비며, 자기가 가지고 있는 온 사랑을 거짓 없이 내뱉는다고.

사람들은 무엇이 진실이고 거짓인지 본능적으로 안다. 그래서 토리의 거짓 없는 사랑 표현이 그의 간절한 눈빛에서 발견되고, 춘자와 애자는 뭉클한 사랑을 발견했다. 유기견 입양 그리고 늙은 개, 조건은 안 좋았지만, 운명의 단추가 연결된 것이라면, 기꺼이 받아들이는 것이 순리라고 생각했다. 과거를 유추해보면, 춘자와 애자가 닥쳐온 시련과 역경을 나와는 상관이 없다는 핑계로 눈 딱 감고 모르쇠로 일관하면, A 길을 피해 달아났더니 C 길에서 다른 형태의 가면을 쓰고 나타나 결국 내가 껴안아야 하는 생의 짐이 되었다. 그 용량이 크나 적으나 안고 가야 하는 것이 인생길이라는 걸 깨닫고서는 모든 걸 받아들이고자 했다.

A의 대가가 500만 원이면, 그걸 피해 C에서 5,000만 원짜리 진국을 만나게 된다는 뜻이었다. 인생은 새옹지마라 잘 부러지면 군대 안 가겠지라는 고사성어를 늘 속에 박고 있는 터라, 이번 유기견 토리 사건도 좋게 생각했고, 업보라 여겼다.

외롭고 건조했던 집안에 토리가 입양되어 들어오는 일로 정을 붙이고, 늘 사랑을 동사화하는 애견이 있다는 사실이, 과거와 현재의 정서적 변화로 획기적 활기로 변화하였다.

집안에 틀어 바꿔, 우울한 춘자의 괴로움을 애교스러운 눈망울로 웃게 했고, 날마다 토리와의 산책은 가까운 산책으로 본인 건강과 토리의 스트레스를 풀어주는, 꼭 필요한 삶의 보약 같은 것이 되어 버렸다.

5월 셋째 주 금요일 오후, 아는 번호로 메시지가 왔다. 대전에 살고 계시는 춘자의 첫 번째 삼촌의 조카가 보낸 조의 문자다. 집안에 마지막 남은 어른이었는데, 돌아가셨다는 소식은 애자로 하여금 작은 가슴에 뭔가 큰 것이 하나 툭 떨어진 기분이 들게 했다.

인생, 언제 무슨 일이 일어나는지 차마 모른다. 개인택시를 하시며 대전에서 소박하게 살고 계신다고 알고 있었는데, 삼촌이 무슨 일로…. 그동안 소식 없이 지내셨는데 숨겨둔 기저질환을 앓고 계셨던 건 아니었을까? 여러 가지 상심된 상황들이 스쳐 지나갔다. 이러고 있을 때가 아니었다. 춘자를 불렀다.

"엄마 왜 그래?"

"웅, 대전에 있는 큰 삼촌 돌아가셨단다."

애자는 춘자에게 내일이 출상이라 하니 서둘러야 한다고 했다. 그리고 철도 대전역 KTX 표 2장을 예매할 것을 부탁했다. 아무래도 애자보다는 젊은 춘자가 손동작이 빨랐다. 손가락 몇 번 까닥하니 접속 예약 완료가 되었다.

"엄마 예약했어! 부산역에서 3시 출발이야!"

춘자는 카랑카랑하게 애자에게 말했다.

"춘자야! 어서 서둘러라. 예약 시간 늦겠다. 네 아버지 돌아가시고 정신없이 힘겨워할 때 위로해주시고, 따뜻하게 돈 5백만 원을 아무도 몰래 쥐여주셨던 아주버님이시다. 그때만 생각해도 고마움에 가슴이 미어지는데…. 아직 살날이 한창인데, 먼 길 그렇게 가셨다니….”

애자는 그냥 눈물이 파도처럼 밀려왔다. 사인은 아직 알지 못했지만, 자세한 내용은 올라가서 자초지종 들을 예정이었다. 우선 검은색 블라우스와 간단한 정장을 차려입었고, 춘자도 비슷한 톤으로 옷을 입었다.

토리는 옆집 순자 이모 집에 사정을 얘기하고, 한 이틀 맡기기로 했다.

“춘자야! 어서 가자, 시간 늦겠다.”

토리는 산책하러 가는 줄 알고 신났다. 꼬리를 흔들고 난리가 났다. 토리의 즐거움을 뒤로하고 옆집 이모에게 토리를 부탁하고 매정하게 돌아설 수밖에 없었다.

토리는 끙끙대면서, 떠나가는 애자와 춘자의 뒷모습을 슬프게도 바라보았다. 설마 버려두고 가는 건 아니겠지, 토리는 처량한 소리로 자꾸 끙끙거렸다.

집 앞에 정차되어 있던 개인택시를 탔다.

“아저씨 부산역으로 가주세요”

애자는 다급히 얘기했다.

"예, 안전하게 부산역으로 모시겠습니다. 도착 예정 시간은 2시 40분쯤 되겠네요."

"네, 감사합니다."

차는 조용히 미끄러져 내려갔다.

연령대는 60대로 보이는 기사는 조심조심 신호등을 벗 삼아 부산역으로 정확히 안내했다.

"손님, 요금은 7,800원 나왔네요."

춘자는 준비해둔 동백 전 카드를 건네주었다. 동백 전 교통카드로 부산에서 사용할 경우 포인트로 돌려받는 기능이 있는 터라, 늘 사용하던 카드였다.

애자는 지갑에서 천 원짜리 두 장을 냈다.

"아저씨 이거 얼마 안 되지만, 커피 한잔 사드세요."

기사 아저씨는 연신 고맙다고 했다.

"복 받으실 겁니다."

애자는 오랜만에 타는 기차라 서먹했지만, 마음은 무거웠다.

"엄마 이쪽으로 와!"

춘자가 엘리베이터 타는 곳으로 불렀다. 애자는 알았다고 손짓하며, 춘자가 서 있는 곳으로 발길을 재촉했다. 춘자와 애자가 탈 기차는 아직 플랫폼에 들어오지 않았다. 시간을 보니 10분간의 여유가 있었다. 춘자는 속도 시끄러운데 시원한 냉커피 한잔하자며 물었다.

"그래, 한잔하면 기차가 들어올 것 같아."

옆에는 마침 커피 판매장이 줄지어 있었다. 춘자는 아이스 아메리카노 두 잔을 주문했다. 춘자가 결재하려고 하는 순간 엄마는 자기카드로 하라며, 카드를 직원에게 잽싸게 전달했다.

"알겠습니다. 그러면, 이 카드로 결제하겠습니다. 만 원 결제되었습니다."

이내 카드와 영수증을 건네주었고, 곧장 주문한 커피도 쟁반에 실려 테이블로 왔다. 애자는 갈증이 심했는지 벌컥벌컥 마셨다.

"어, 시원하다, 이제 좀 정신 차리겠다."

시간은 이내 흘러갔고, 안내방송은 오후 3시 부산에서 서울로 가는 승객은 7번 플랫폼으로 가라는 내용이 방송되었다. 춘자와 애자는 정해진 플랫폼으로 내려갔고, 다들 무슨 사연이 있는지는 모를 일이나, 사람들은 분주히 양손에 잠꾸러기를 들고 승차하기에 바빴다.

9번 칸 A열 3번 4번, 애자는 창 쪽 춘자는 내측에 자리를 틀고 앉았다. 이내 열차는 방송이 끝났는지 스르륵 움직이기 시작했다.

참, 사람의 생명이란 게 어려워서 가는 날짜는 아무도 가늠할 자 없었고, 다만 하늘에 있는 하나님만이 알고 있을 따름이었다.

애자는 이내 피곤했는지 머리를 옆으로 돌리고 잠이 들었다. 춘자는 새근새근 잠든 엄마의 모습을 측은히 바라다보았다. 세상에 엄마로 산다는 것이 얼마나 아름답고, 또한 힘겨운 자리인지 새삼 깨닫게 되었다.

아직 도착하려면 두 시간쯤 가야겠지, 춘자는 아까 커피를 마시며 물을 조금 먹었다고, 이내 화장실이 가고 싶었다. 곧 일어나 화장실로 갔다. 마침 손님이 없어, 덜컹거리는 역내 화장실에서 소변을 보았다. 작은 거울 위로 조그마한 얼굴이 찍혀 들어왔다. 눈에 들어오는 건 붉은 점뿐이었다. 실룩거리며 반짝이는 저 붉은 점 속에는 무엇이 감춰져 있을까? 잠시 생각하던 차에 밖에서 똑똑 소리가 들렸다.

춘자는 급히 옷차림새를 다듬고 밖으로 나와 엄마가 잠든 자리로 건너와 앉았다. 어찌 이리 잠자는 사람이 많은가? 그래 산다는 건, 이렇게 일상이 늘 피곤하다는 증거로 보여주고 있었다. 자리로 돌아와 보니, 엄마는 깊은 잠을 못 이루시는가 했다.

"화장실 갔다 왔나?"

"응, 소변이 마려워서 갔다 왔지!"

엄마도 화장실 가야 하는데, 조금 참겠다 하시며 이내 눈을 감는다. 춘자도 잠을 자야겠다며 눈을 감아보지만, 잠이란 게 제 마음대로 오는 게 아니었다.

울산쯤 지나는데 일기예보와 달리 창밖에 비가 내리고 있었다. 창문에는 올챙이 같은 무리가 우르르 몰려왔다. 지나는 바람에 사라지고 덜컹거리는 기차 칸에 의해 빗방울은 교대하고 있었다. 가끔 굴다리로 지날 때마다 열차 안은 칠흑 같은 세상이 몇 분간 지속하다가, 깜짝 환한 세상으로 교차하며 밤과 낮을 놀이기구로 게임을 하고 있었다. 방송에서는 동대구를 알리는 방송이 흘러나왔고, 이곳에서도 낯선 이방인들이 주섬주섬 열차 빈자리를 채워가고 있었다.

"아, 이제 한 시간 정도 왔겠구나."

"대전까지 한 시간 더 남았네."

열차는 이내 출발했다. 밖에 비가 와서 그런가? 이내 졸음이 밀려와서 잠깐 잠이 들었는데 꿈을 꾸었다. 자기가 아기를 출산했는데, 아기를 낳았을 때는 조그마한 아이였지만, 이 아이가 남들도 놀랄 정도로 성장률이 1,000%가 넘을 정도로 괴물처럼 되어 활보하고 있지 않은가! 온 동네 온 나라 온 세계가 초 성장하는 아이 탄생에 초미에 관심을 넘어 인터뷰 신청이 줄을 넘었다. 점점 이상하게 변하는 괴물 같은 아이의 모습을 보면서 소리를 질렀다.

"안돼!"

애자는 춘자가 꿈을 꾸고 있다고 판단하고, 춘자의 어깨를 흔들었다.

"춘자야! 왜 이리 호들갑 떠노?"

"꿈! 개꿈을 꾸었는가 봐!"

춘자 이마에 식은땀을 닦아 주었다.

"휴…."

춘자는 깊은 한숨을 쉬며 아까 먹고 남은 냉커피 차가운 물을 꿀꺽 마셔댔다. 짧은 순간의 꿈이지만, 왠지 소름 끼치는 장면에 기분이 더러웠고 찜찜했다.

창밖은 아직 올챙이들이 여전히 미끄럼을 타고 있었고, 손님들은 목적지가 다가왔음에도 아랑곳하지 않고 꿈나라에서 집을 짓고 있었다. 이내 방송이 나왔다. 잠시 후 대전역에 도착할 거란 얘기와 잃어버린 물건 없이 안녕히 돌아가십시오 하는 방송이 마지막으로 흘러나왔다.

종전까지만 해도 빗방울이 흩날렸지만, 역사를 나온 하늘은 거짓말처럼 깨끗했다. 비가 다 온 건가 하며 애자는 찡긋 하늘을 올려다보았다.

노숙자들은 한쪽에 둘러앉아 소주를 마시며 자기들끼리 서열 다툼을 하고 있었다. 차례대로 가지런히 손님을 기다리는 택시들은 숨죽여 얌전히 순서를 기다렸다.

춘자와 애자는 주황색 택시에 올라탔다.

"손님 어디로 모실까요?"

"네, 유성장례예식장으로 갑시다."

애자가 목적지를 얘기하자, 기사님은 두말도 없이 차를 움직여 나갔다.

"네, 한 이십 분 소요됩니다."

기사는 친절히 도착 시각을 알려주었다. 애자는 가는 내내 깊은 탄식 소리를 냈고, 눈에는 눈물이 어른거렸다. 유성장례식장이 보이기 시작했다.

"엄마, 저기 장례식장이 보여요!"

춘자는 손가락으로 목적지를 가리켰다.

"응, 다 왔네."

애자는 지갑에 있는 카드를 빼내어 기사에게 건넸다. 그리고 종전과 같이 이천 원을 기사에게 주며 커피 한잔하시고 안전 운행하시라는 말도 아울러 전했다. 기사님은 고마운 마음에 차 문까지 나와 배웅해주셨다.

춘자와 애자는 일 층 사무실 상단에 쓰여 있는 망자의 이름과 가족 명단을 확인하고 엘리베이터를 타고 3층 306호로 향했다. 흰 국화 송이 3단이 줄지어 서 있었고, 삼가 고인의 명복을 빈다는 구절이 반복되어 나란히 여기저기서 슬픔을 알리고 있었다.

안에 있던 상주와 가족들이 나와 안으로 안내했고, 상단의 영정 액자 속에 인자했던 삼촌이 웃는 얼굴로 애자를 넌지시 바라보고 있었다.

상단에 국화꽃 하나를 올리고 정성스레 큰절을 올렸다. 상주와 가족들에게도 절을 했다. 밖으로 나와 고모들과 눈물의 슬픔을 위로하였다.

"어떻게? 왜…."

울부짖는 애자에게 상주가 된 조카가 다가왔다. 춘자와 애자를 불러 작은 방으로 데려갔다. 자초지종은 이러했다.

사고 당일, 늦은 시간에 시골 손님을 태우고, 돌아오는 길에 갑자기 돌발성 기후로 소낙비가 내렸다. 코너링을 도는 부분에서 차가 미끄러지며 가드레일을 두 번이나 박고 차가 180도로 뒤집히는 사고를 당한 것이다. 그때 뒤에서 오던 화물차가 사고를 인지하지 못하고 넘어져 있는 차를 이중으로 충돌하는 바람에 화재가 발생했고, 그 자리에서 급사하는 사고를 당했다고 한다.

뉴스에서만 접했던 교통사고가 막상 눈앞에서 펼쳐지니 거짓말처럼 느껴졌다. 춘자와 애자는 이런저런 얘기를 듣고 허탈해했다. 춘자가 화장실에 가서 볼일을 보고 손을 씻을 때 이상하게도 붉은 점은 변함없이 반짝거렸다. 피가 흐르는 것 같아 화장지로 닦왔다. 왠지 검은 피가 화장지에 이상하게도, 검붉게 묻어 나왔다.

춘자는 답답한 마음을 달래려 밖으로 나왔다. 구름이 달을 어르는 밤, 별들이 쥐코밥상처럼 차려진 하늘이라도 밤은 언제나 평화로웠다.

춘자는 삼촌과 우애가 남달리 돈독하였으니, 큰 어른을 보낸 그 마음이 여복이나 아팠을까? 춘자는 엄마의 마음을 헤다 더는 셀 수 없어, 달 속에 숨은 토끼 두 마리를 찾고 있었다.

애자는 덕칠이가 시킨 대로 새벽 다섯 시경 공동어시장 뒷골목을 찾았다. 날카로운 눈매로 살핀 지 수 분 만에 덕수냉장이라는 노란 간판이 눈에 들어왔다. 첫 거래이기에 다소 긴장하고 옷맵시도 다듬고 얼굴도 손거울로 잠시 살핀 후 애자는 불빛 나는 가게 쪽으로 성큼성큼 걸어갔다.

"계십니까?"

"누구신데요?"

젊은 직원이 물어왔다. 나이는 대학생으로 보이고 힘이 꽤 세 보이고 이쪽에서 아르바이트하는 것으로 보였다.

"네, 정 사장님 뵈러 왔습니다."

"네, 사장님 잠시 화장실 가느라 나갔으니, 금방 오실 겁니다."

남자 직원은 대답이 끝나기도 전에 냉장고에 물건을 넣기 바빴다. 대형냉장고가 안쪽에도 서너 개가 정신없이 소리를 윙윙거리며 돌아가고 있었다. 내부를 소소히 관찰하고 있을 그때, 정 사장이 사무실로 들어섰다.

"아이고, 형수님 어제 덕칠이 형님으로부터 직접 전화를 받았습니다. 아주 반갑습니다. 어떤 분이신가 궁금했는데, 형수님을 뵙게 되니 듣던 얘기보다 훨씬 젊어 보이시고 미인이십니다."

정 사장은 애자를 위아래 힐끗 쳐다보며 침이 마르게 치켜세우는 데 정신이 없었다.

"저희도 형님 도움으로, 가게를 그런대로 운영하고 있지요. 이 바닥에서 형님은 절대적 존재이니, 함부로 나서지 못하죠. 심지어 어시장 조합장도 형님 동생 하는 사이니까, 더 말할 필요가 없죠. 다들 상부상조하며 살아가죠."

정 사장은 아차 하면서 말했다.

"형수님 그쪽으로 앉으세요. 따뜻한 커피가 있으니 한잔 드세요. 속이 풀리실 겁니다."

소파에 앉은 애자는 정 사장이 종이컵에 따라주는 커피를 한 모금 마셨다. 다방 커피가 아니라 고급 원두커피가 분명했다. 뒷맛이 깔끔한 게 기분이 상쾌하게 느껴졌다. 책상 위쪽에는 거래처 파일이 여러 권 정리되어 줄 서 있었고, 사업자 등록증이 번듯하게 두

세 개 걸려 있었다. 사무실 깊숙이에는 평소 타고 다니는 듯한, 야마하 오토바이가 번쩍거리며 웅비하게 세워져 있었다. 보기보다 감성적인가 벽 쪽에 기타 두 대가 걸려있었다. 딱 보기에도 줄 모양을 보니 클래식용 한 대와 포크용 한 대가 비치되어 있었다.

각종 팩스기와 전화기 두 대가 설치되어 있었고, 서재라 할 건 없지만, 각종 노래책이 기타 연습용으로 족히 30권은 넘어 보였다.

"아, 이건 취미 생활로 매주 저녁 기타 동아리에 가서 조금 합니다. 부끄럽네요."

질문도 하지 않았는데, 정 사장은 은근히 자신을 드러내며 자랑하고 있었다.

차를 한잔하며 이런저런 얘기를 하는 사이, 정 사장은 자세를 고치고 이제 실무적으로 형수님에게 줄 수 있는 가격은 이렇다고 말했다. 생선고기별로 가격이 제시되었다. 정 사장은 형님의 지시가 있었기에 10원짜리 한 장 붙이지 않고, 드리는 거라며 거들먹거렸다. 애자는 속으로 쾌조를 불렀지만, 내색은 할 수 없었다.

"그럼 형수님, 이쪽으로 송금해주세요. 입금 확인하고, 형수님 가게 쪽으로 애들 시켜서 보내겠습니다. 혹시 계좌 명의가 다르다고 하더라도 걱정하지 마십시오. 이 바닥에서 하는 일이란, 다소 이런 구석이 있다 하더라도, 형수님께서 이해해주시고 혹여 형님 만나시면 저에 대한 호평을 부탁드립니다."

이 말이 무슨 의미가 있는지 아는 정 사장은 쑥스러운지 뒷머리를 긁었다.

"네, 무슨 말씀인지 알겠습니다."

"제가 감사한 일이죠."

애자는 감지덕지란 얘길 하며 그럼 입금 계좌번호를 딜라고 하며, 손가방을 열며 휴대전화를 찾았다. 그리고 그가 제시한 금액을 짝수에 맞추어 보내 주었다.

딩동 하면서 메시지가 정 사장 안주머니에 들어있는 휴대전화기에서 울렸다. 정 사장은 안주머니에서 휴대전화기를 꺼내서 돈이 입금된 사실을 확인했다.

"형수님 고맙습니다. 확인했습니다."

"아닙니다. 제가 고맙죠."

"형수님이 일하시는 곳으로 그 시간에 틀림없이 배달시켜 드리겠습니다. 염려하지 않으셔도 됩니다. 저희 물건은 신선도가 좋아서 금방 나갈 겁니다."

대충 이야기가 끝나고 애자는 일어섰다.

"이제 가서 영업준비를 해야 해서 가야겠습니다. 앞으로 잘 부탁드립니다."

정 사장도 예의를 차려 넙죽 절을 했다.

"형수님 성심껏 잘 모시겠습니다. 오늘은 첫날이라 이곳 덕수

냉장을 찾았지만, 앞으로 이곳에 번거롭게 찾지 않으셔도 메시지로 주문하시고 입금 주시면 바로바로 그때 처리해드리겠습니다. 행여나 힘드신 일이 있으면 언제든 전화해 주시고요."

깍듯이 예우하는 모습에 덕칠이의 영향이 대단해 보였다. 돌아서 가려는데 언제 달려왔는지 아르바이트하는 김 군이 깍듯이 인사했다.

"사모님 안녕히 가세요"

"그래요. 수고하세요, 앞으로 잘 부탁드립니다."

애자는 돌아서 오는 발걸음이 이보다 더 가벼울 순 없었다. 아직 동이 트기 전이라 그런가, 멀리 떨어진 어시장에서 반짝이는 불빛들이 애상미를 풍기는 새벽이었다.

어둠이 채가시기도 전에 이곳은 벌써 대낮이었다. 두툼한 바지와 외투를 껴입은 채, 경매사들은 어시장 경매장으로 모자를 눌러 쓴 채 몰려갔다. 오늘 나온 갈치는 얼마나 싱싱할지, 가격은 좀 내려가 매수는 쉬울지, 모두 매일 하는 일이었지만, 자신의 생계가 달려있으므로 경매사의 손가락 놀림 하나에도 매섭게 눈초리들이 이리저리 돌아다녔다.

중 염불처럼 중얼대는 중계 소리는, 일반인들은 도저히 알아듣지 못한다. 속으로 미친 새끼들 입으로 뭐라고 쳐 씨부렁거리나, 도대체 알 수가 없었다.

새벽녘 뒷구멍에서는 어느 날 애자 가게가 소문이 나서 대야로 생선고기를 떼다 파는 언니들이 줄을 잇고 있었다.

"애자야! 어제 사간 갈치 식당 아줌마들이 싱싱해서 손님들이 맛있다고 난리였다며, 오늘 생선고기 니온 기 있으면, 다 딜라더라."

보수동 언니가 야단이었다.

"아이고 언니야, 말은 고맙지만, 언니만 다 주면 다른 사람은 어찌하노?"

"가스나야, 그래도 너하고 내하고는 그런 사이가 아니다이가"

보수동 언니는 침을 흘렸다.

"형님요, 어제도 많이 가져가 더 마는, 뭐, 혼자 장사 다해물라 카노, 같이 묵고 삽시더."

젊은 경산댁이 쫑쫑거리며 한마디 거들었다. 어찌 소문을 듣고 알았는지, 애자집은 중계하는 물건도 아닌데, 한 푼이라도 싸게 살려는 악바리 아지매들이 악착같이 들러붙어 애자 소매 끝을 억세게 당기고 있었다.

정 사장은 의외로 싹싹했으며 수시로 전화가 왔다.

"형수님! 필요한 거 있으면 괘념치 말고 얘기하셔요."

항시 편안하게 대해주었다.

주위에서 애자 물건이 품질이 좋고, 가격도 다른 데보다 10%

이상 싸니, 애살맞은 장사치기 아줌마들이 그냥 놓아둘 순 없었다. 생선고기를 대주는 식당에서도 그 소문이 언제 돌았는지, 오전이 지나면 전화기에 불타나게 전화가 와서 정신이 없었다.

"춘자야. 내일 전포동 할머니 집으로 고등어하고, 갈치 들어온 거, 일찍 갖다 주라."

"예, 언니, 내일 택배로 갑니다."

애자 가게 칠판에는 생선고기 배달 갈 전화번호와 가게 이름이 빽빽이 적혀 있었다. 오랜만에 느껴보는 삶의 따스한 기온에 행복감이 돌았다. 내심 이런 기회와 때가 매년 반복되어, 돈 한번 편안히 벌자는 것이 소원이었다. 인생살이 늘 궁상맞게 눈치 보며 살아온 삶, 허덕허덕 넘겨온 애환, 이 자갈치의 억센 아줌마들과 입씨름하며 얼마나 싸워왔던가? 때로는 험한 욕설로 언젠가는 머리채를 잡고 뒤흔드는 일이 어찌 한두 번이었겠는가?

애자가 돈을 좀 만진다는 소문이 돌자, 시샘하는 건너편 말자 아줌마부터 여러 명이 고개를 절레절레 흔들며 '저년 분명 뭔가 있다' 하며 의심의 눈길을 보냈다.

"나한테 한번 걸려라, 네년, 복! 싹 다 빼앗을끼다."

"망할 년, 요즘 아주 신이 났어!"

"검은 얼굴이 하얗게 변하는 데는 다 이유가 있지!"

정 사장이 빈틈없이 물건을 실어다 주고 뒷말이 나오지 않도록 미리 약을 쳐 놓고 다니니, 별로 걸릴 일이 없었다.

오전 11시가 되면, 새마을 금고 직원들이 돌면서 상인들의 매입금을 수금하러 돌아다녔다. 항시 있는 일이라 그러려니 했건만, 그날 지점장까지 애자 가게로 찾아 왔다.

"아이고, 웬일로 지점장님이 저희 가게를 다 찾아주시고!"

애자가 넙죽 절을 했다.

"아닙니다, 우리 사모님 요즘 실적이 너무 좋아 벌써 인사를 드리려고 했는데, 늦게 와서 죄송합니다. 어데 편찮은 데는 없지요?"

"네, 아직 어깨 통증이 좀 있는데, 그건 고질병이라 시간 되면, 요 앞에 허태규 한의원에 가면, 약침도 놔주고 온열기 그리고 부항도 안 해줍니까. 한결 낫습니다."

"아, 그래요, 다행입니다. 어쨌든 건강 잘 챙기세요."

"아, 참 다방 커피라도 한잔하고 가시지요."

"아이고 어데에, 바쁘신데 불편함을 끼쳐 죄송합니다. 딸내미 춘자는 잘 있지요."

"네, 지점장님 덕분에 이쁘게 잘 크고 있습니다."

여담이 계속되고 있는 동안에 여직원이 지점장 귓속말로 뭐라 뭐라 한다.

"아, 참 어머님, 다름이 아니고"

지점장은 낮은말로 계속 얘기한다.

"혹시 대출이 필요하면 1% 낮은 대출을 해줄 수 있다는 말과 이런 조건은 아무나 주는 건 아니니, 혹시 필요하시면, 저희 지점에 오시면 직원한테 가시지 마시고, 바로 지점장실로 오세요."

그는 당부까지 했다.

"그럼 바쁘실 텐데, 저희는 가보겠습니다."

청색 양복과 기름을 바른 머리가 햇볕에 번들거렸다. 애자는 잘 가시라며 목인사를 했다. 갑자기 부자가 된 듯한 느낌이 들어 가슴이 뿌듯했다. 금고에 가면, 쳐다도 안 보던 양반이 이렇게 직접 내방을 하고 아양을 떠는 걸 보니, 오래 살 일이라 여겼다.

'어허 참, 어허.'

거센 바람이 갑자기 불어와 눌러썼던 모자가 "휙"날아갔다. 주섬주섬 달려가 모자를 줍고, 헝클어진 머리에다 다시 눌러썼다. 햇볕의 강도는 차츰 깊어져 갔고, 바닷바람의 거센 항의는 때마다 얼굴을 괴롭혔다.

오후 5시쯤 되었을까? 오랜만에 덕칠이에게 전화가 왔다. 생명의 은인 같은 사람, 이제 겨우 가난의 가면을 벗게 해준 사람, 우연한 인연으로 하룻밤 천리장성을 쌓은 사람….

뭐가 뭔지는 모르지만, 그의 그것이 내 속으로 들어와 애자의 몸 일부분이 되었을 때, 그 느낌은 좀처럼 느끼지 못한 여자의 나르시시즘을 온전히 느끼게 해준 사람이었다. 한 번씩 그날 뜨거웠던 열정을 애자는 여자로서 잊지 못했다.

"응, 오빠 간만이네."

"어찌 그리 바쁘노?"

"내가 밥 한 번 살긴데, 고마운 것도 있고."

애자는 가장 애교스러운 표정으로 덕칠에게 다가갔다.

"그래, 나도 한동안 바빴다. 그리고, 전에 내가 얘기하던 정 사장 말 없게 잘해주더나?"

"응, 오빠가 얼마나 잘해놨길래, 하나도 신경 안 쓰게 척척 잘해준다. 오빠야, 너무 고마워서 눈물이 다 난다."

"그래, 네가 좀 나아진다고 하니, 나도 기쁘네. 그럼, 오는 토요일 저녁이나 먹자."

애자는 진심으로 고마움을 전달하려 마음을 다했다.

"그래, 오빠야! 알았다."

"토요일 그럼, 그때 편안하게 얼굴 보자."

갑자기, 애자는 흥분된 기분이 들어 얼굴이 붉어져 왔다. 장마처럼 지루하였을 나의 슬픔조차 옆들어 주던 고마운 그런 사람, 힘들 때마다 옆들어 주는 사람이 있다는 것은 애자에게 축복이었다.

제3장

불씨

따스한 봄날 아지랑이가 피어나고 어여쁜 춘향이 같은 이들의 가슴이 벌렁거리는 나른한 오후였다. 점심시간 교내 풍경은 여전하다. 기가 오른 여학생들의 입술이 돛단배처럼 여기저기로 흘러가고 있었다. 반 홍보부장 혜숙이가 헐레벌떡 뛰어왔다. 교실 앞 탁자를 두꺼운 책으로 "탁" 치면서 방금 나온 빅뉴스를 전하겠다고 피를 토하자, 반 아이들은 순식간에 귀와 눈길이 혜숙이에게로 향하고, 조용 모드로 급선회했다.

　"무슨 일이야? 저년이 저래 날뛸 때는, 필시 긴한 소식이 분명할 거야!"

　아이들은 토끼처럼 빨간 눈이 되어 혜숙이의 큼직한 주둥아리를 쳐다보았다. 평소 그답지 않은 태도에 오히려 친구들이 더 진지해지는 괴한 현상이 일어났다. 더디어 혜숙이의 입에서는, 발설하지 말아야 할 여자들의 금기가 쏟아졌다.

　"음. 다름이 아니고, 7반 홍미숙이가 임신해서 어제 자퇴했다."

　두 주일 전 이 소식을 안 담임 임정희 선생님은 놀라서 그의 어머니를 불렀고, 어머니는 창피해서 학교에 못 가겠다며 씩씩거렸다고 한다.

"교칙대로 하세요. 나도 이제는 그년을 딸로 생각하지 않을 테니."

아무리 그렇지만 여러 방법이 있을 텐데, 화가 난 어머니의 일방적인 공격에 임정희 선생님은 화들짝 놀라 도리어 얼굴이 붉혀졌다고 힌다.

소리 없는 말, 낮에도 밤에도 듣는 묘한 가설이 있기에, 그 소문은 삽시간에 번져 나갔고, 등굣길에 수군대는 소리에 홍미숙은 이제는 학교에 다닐 수가 없었다. 미숙은 괴롭고 허탈한 자기의 속내를 열지도 못하고, 정든 학교를 떠나야 했다. 아이들은 서로 쑥덕거렸다.

"그 아비가 누구지?"

아이들은 웅성거렸다.

"어이구 미친년, 그만큼 조심하라 했고, 응급상황이 되었을 때 혹시 모를 일이니, 비상 피임약을 항시 가지고 다니라. 얘기했건만…"

안타깝게도 물 건너가고야 말았다. 미숙이가 떠나갔지만, 이내 학교는 언제 그런 일이 있었냐는 듯이 고요해졌다. 해마다 일어나는 일 중에 하나거니 싶어 다들 태연했다. 그 소식을 접한 춘자의 심장이 매질하기 시작했다.

'다음에는 내 차례다. 아, 저게 현실이구나.'

얼마 남지 않은 학내 생활도 끝이 난다고 생각하니, 갑자기 억울한 마음에 울컥 울음이 터져 나왔다. 펑펑 우는 춘자의 울음소리에 아이들의 시선은 춘자에게로 향했고, 춘자는 머리를 책상 위에 감추고 흐느끼고 있었다. 헝클어진 머리하며 뚝뚝 떨어지는 춘자의 애환을 아이들은 의아한 눈초리로 바라보고 있었다. 늦게 이 사실을 파악한 경자는 가까이 다가와 등 뒤를 감싸주며 하얀 손수건을 건넸다.

"춘자야! 이걸로 얼굴 닦고 화장실 좀 가서 씻고 오너라. 아직 오후 수업 시작하려면 10분 남았다."

춘자는 경자 말대로 일어나서 화장실로 갔다. 미친년처럼 머리가 헝클어져 있었고, 코에는 콧물이 눈에는 눈물이 범벅되어 가관이었다.

수도꼭지를 틀고 흐르는 물에 얼룩진 얼굴의 오물을 씻어냈다. 손수건으로 얼굴을 닦고 보니, 이제야 새사람이 된 것 같았다. 대충 정리하고 교실로 돌아와 걸상에 앉으니, 작은 쪽지가 책갈피 속에 꽂혀있었다. 살짝 펴보니 경자가 보내온 쪽지였다.

"춘자야, 수업 파하고 내 좀 보자, 아무도 모르게. 아래로 가면 카페 하나가 생겼는데 그곳은 조용하고 커피 맛도 괜찮더라."

쪽지 내용을 읽고 춘자는 고개를 돌려 경자 쪽으로 향했다. 마침, 경자가 이쪽으로 향하여 서로 마주 보고 있을 때, 춘자는 손가락으로 동그라미를 만들어 경자에게 사인을 보냈다.

이런저런 생각으로 머리는 혼란스러웠다. 이 와중에도 경구의 애정 공세는 계속되어 춘자의 마음을 어지럽게 했다.

학교는 경사가 제법 높은 곳에 있었다. 아침에 올라올 때는 다리가 힘들고 허리도 뻐근했으나 하굣길에는 그냥 스르륵 내려갔다. 아이들은 모두 재잘거리며 묶였던 실타래가 풀려나가듯 술술 흩어졌다. 저 멀리 산에는 버짐이 피어난 듯, 허연 퍼짐 자국들이 여기저기 드러났고, 벌건 대낮에도 새들의 지저귐이 경쾌하게 들려왔다. 얼마간 내려가다 왼쪽 골목을 보니 경자가 말한 데로 분홍색으로 칠해진 카페 하나가 보였다.

"아 저 집이구나."

가벼운 마음으로 걸어갔지만, 문고리를 잡는 순간 왠지 가볍지 않은 느낌이 몰려왔다. 경자는 언제 왔는지 생글거리고 있다가 손을 흔들었다.

"여기!"

춘자도 손을 들었다.

"덥지!"

"이제 마, 여름인가 보다."

"어찌 요즘은 봄인가 싶으면 바로 여름이고, 기후가 진짜 참말로 이상하다."

경자는 이상한 기후에 고개를 흔들었다.

"그래 맞다, 봄날이 짧아지고, 이제는 여름이 한 50일 길어진다 안카나."

"내는 추분 건 얼마든지 견디겠는데, 더븐건 진짜 못 참겠더라."

"우야먼 좋노! 땀 피씩 흘리며, 학교 올라오면, 어떤 땐 속옷이 다 젖어져, 그땐 기분이 지랄이제."

둘은 날씨나 기후에 관한 소견을 나눴다.

"그래 오늘은 내가 불렀으니, 내가 살게. 뭐 물래?"

경자는 호주머니가 튼튼한가 강하게 물어왔다.

"글쎄 음, 오늘은 이상하게 달곰한 게 먹고 싶네. 그래 라떼 물란다. 달짝지근한 게 괴안캤다."

"나는 시원한 아이스 아메리카노, 그리고 작은 크림빵 됐제."

경자는 두꺼운 몸집을 일으키며 제비처럼 주문대로 갔다. 예상 외로 젊은 오빠가 머리에 카투사 모자를 쓰고 손님을 맞았다. 키는 175 정도로 보였으나 눈썹도 꽤 짙고, 콧날도 쫙 섰고, 목소리 또한 저음으로 순간 경자의 마음을 비틀고 있었다.

"네, 저 커피 라떼하고요, 아이스 아메리카노하고 크림빵 저거 두 개 주세요."

경자는 아주 부드럽고 예쁘게 말을 했다.

"네, 12,000원입니다."

잘생긴 아르바이트생은 주문내용을 계산하더니 말했다. 경자는 어제 이모를 어떻게 꼬실었는지 몰라도 카드를 불쑥 내밀었다. 경지 이모는 경자를 딸처럼 아끼고 사랑했다. 경자의 행동으로 보아 이건 아마도 카드 속엔 현찰이 꽤 쌓여있다는 방증이었다. 아르바이트생은 재빠른 동작으로 카드의 배를 갈랐다. 잠시 검은 동굴에서 슬렁슬렁 영수증이 굴러 나왔고, 경자는 카드와 영수증을 챙기고 탁자로 돌아왔다.

"경자야 돈 많이 쓰는 거 아니가?"

"아니다. 어제 우리 이모가 왔다이가. 한 달에 한 번 보는데 뭐 조카, 용돈 안 줄라고?"

경자의 이모는 진시장에서 포목 장사를 크게 하고 있었다. 매월 한 번은 경자의 집에 들러 경자의 엄마와 긴밀한 대화를 나누곤 했다.

"아이고, 우리 경자, 요즘 용돈이 궁할 낀데, 얼마나 필요하노? 내게 살짝 다가와 엄마 몰래 귀엣말로 속삭일 때가 나는 제일로 행복하다."

그러면 경자는 배시시 윙크하면서 생글거리며 말했다.

"이모는 알면서 미안하게."

이모는 늘 경자가 생각했던 것보다 몇만 원 더 줘서 경자를 깜짝 놀라게 했다.

"아모 이거 너무 많은 거 아니가?"

이모는 실 웃으며 말한다.

"우리 조카님이 어디 가든 기죽는 게 싫다. 껄껄 웃을 때가 너무 이쁘고, 나는 좋다."

경자 가시나는 이모 자랑을 하며 춘자의 작은 가슴, 설움을 건드리고 있었다. 차가 나오고 둘의 사소한 잡담이 서로를 오가며 쌓아온 스트레스를 조잘대며 하나씩 건어내고 있었다. 그간 라떼는 춘자 앞으로, 아메리카노는 경자 앞으로 배치되고, 귀여운 크림빵은 중간에 배치되어 장식의 기본 구조는 이루어졌다.

"자 묵자."

시원한 음료는 뜨거운 가슴을 시원하게 만드는 마법을 지니고 있었다. 경자는 조심스럽게 말을 붙여왔다.

"춘자야, 니하고 내는 초등학교 6년, 중학교 3년, 고등학교까지 같이 지내온 어찌 보면, 단짝 중의 단짝이다, 그런데 내가 요즘 보면 니가 좀 이상한 데가 있어 바로 물어볼게, 니 신변에 무슨 일이 있제?"

날카로운 눈빛과 빈틈없이 조여 들어오는 그의 수갑에 춘자는 꿀 먹은 벙어리처럼 꾸물거리다가, 갑자기 울컥해지는 마음에 울음보를 터트렸다. 경자도 내심 이것이 결국 무슨 일이 있어도 단단히 있는 게 분명하다고 믿고 있었다.

"괜찮다, 니는 내 친구 아이가, 못 할 말이 어딨겠노? 다 내어놓아 봐라. 같이 고민하고, 같이 해결하자. 우정이 뭐 딴 게 있겠나, 어려울 때 같이 기대고, 울고 웃고 하는 게 친구지."

춘자는 고마웠다. 이렇게 외롭고 무서운 나날 속에 기댈 수 있는 친구가 있으니, 한편으로 여간 안심되는 일이 아니었다.

경구의 출생 비밀에 대한 문제와 그를 바라보는 분노에 찬 검은 먹구름이 가실 줄 모르고 불길처럼, 바싹거리는 들판처럼 "짜작짜작"소리를 내며 경구의 심장, 어느 곳에서나 타오르고 있었다. 기억하건대 단 한 번도 아버지의 따뜻하고, 인자한 포옹을 경험하지 못한 떨거지 외톨이에 불과했다. 하루가 멀다고 싸우시는 두 분, 그렇다고 엄마 또한 자기에게 애정이 없음을 오래전부터 깨닫고 있었다.

학교에 가면 늘 아이들을 괴롭히거나 때리고 호적 질을 일삼았다. 아버지는 아들이 무얼 좋아하고 어디에 재능이 있는지 전혀 관심이 없었다. 설령 밖에 친구 집에서 자고 와도 의문과 염려로 전화 한 통 하는 법이 없었다. 있으나 마나 하는 존재로 여겼다. 경구는 툭하면 들리는 아버지의 고함을 들어야 했고, 술에 취해 들어오면 술주정하는 아버지 때문에 경구네 식구들은 잠은 포기해야 했다. 이런 경구의 마음에 천사표 본질이 형성되리라 기대하는 건 애당초 금물이었다. 동네 형들도 경구의 독보적인 모습에 함부로 욕을 하거나 모욕적인 언사를 했다가는 언제나 과감하게 복수 당하기 일쑤였다. 그의 깡다구는 누굴 닮았는지 형들에게 맞으면서도 피가 터져 온몸을 적시는가 해도 그는 꿈쩍하지 않았다. 그래 나를 죽이라 하며 얼굴을 들이대는 그야말로 독종 중의 독종이었으므로, 그 일대 경구를 모르는 아이들이 없었다. 어떤 땐 돌출적인 행동으로 그의 잔인함에 모두 혀를 내두를 때가 많았다.

춘자의 임신, 경구는 생각지도 않은 사고에, 이상한 분노를 일으키며 대낮부터 깡소주를 마셔대고 있었다.

'이 일을 어떻게 처리하는 게 좋을까? 어떻게 하면 이 고통에서 해방될 수 있을까? 내가 아빠가 된다니. 허허 참, 지나가는 소도 웃을 일이다.'

자신의 출생처럼 아버지의 진위를 묻고 싶지도 않았다. 그건 자신에 대한, 또 한 번의 배신이요, 모멸감이기 때문이었다. 아무리 생각을 해봐도 막상 떠오르는 건 없었다. 낙태뿐이었다. 더 배가 불러오기 전에 춘자를 설득해서 이번 여름방학이 지나기 전에 해결하는 게 제일 좋을 것 같았다. 만일 이 사실이 아비지 귀에라도 들어가는 날이면, 아마 그날이 내 제삿날이라는 것은 얘기하지 않더라도 자명한 일이었다.

'병원에서 낙태시키려면 돈은 얼마나 있어야 할까? 과연 그래 낙태하자면, 순순히 내 말을 들을까? 그의 엄마에게 알려지고, 우리 집에 와서 집구석을 뒤집으면, 나는 어떻게 되는가?'

경구는 편의점에서 사 온 소주병이 3병째가 넘어가고 있었으나, 정신이 더 말똥해지는 것 같았다.

경구 엄마는 장애인 보조 근무로 협회에서 주관하는 일자리를 다녔다. 아침 8시에서 저녁 8시까지 꼬박 장애인의 손과 발이 되어 움직여야 쥐꼬리 같은 얇은 봉투를 받을 수 있었다. 경기가 좋아지질 않아, 모두 실업에 아우성 그랬지만, 엄만 그래도 이렇게 일하는 곳이 있으니 어디냐며, 자신을 위로하고 있었다.

당장 일하지 않으면 가족 생계가 막막했다. 아버지는 막노동하시는데 저번 달에 일하시다가 2층에서 떨어져서 허리를 심하게 다쳤었고, 늘 마시는 소주잔에 간이 녹아내렸는지 간암 진단을 받은 지도 3개월이 넘었다.

눈동자가 노랗게 물들어 갔고, 복수가 서서히 차올라 그야말로 중환자였다.

"경구야 점방에 가서 소주 2병만 사 오라!"

맨날 돈도 안 주면서 큰소리친다. 때론 그 모습이 측은해서 호주머니를 털어 사다 드리곤 했다.

"어허 세상에 이렇게 만난 과자가 어딨냐."

안주도 시원찮게 마시면서 술을 과자처럼 맛있게 잡수셨다. 그리 먹고 또 어디 가서 외상을 받아왔는지 또 드시고, 집 담벼락에는 소주병이 줄지어 3단까지 나란히 누워 전시되고 있었다. 다른 사람이 보면 무슨 훈장 같은 것처럼 줄지어 있었다. 심지어 담배까지 줄담배를 태우시며 기침 가래를 달고 살았다.

이런 가정의 어려움 속에 엄마는 자기보다 무거운 용자라는 아줌마를 매일 붙들고 씨름해야 했다. 용자 아줌마는 교통사고로 전신이 마비되어 일상생활이 불가능했고, 보조 도우미 도움 없이는 생활 자체가 불가능했다. 이런 하루를 마치고 돌아오면, 허리가 아프니 저기가 아프니 하며 경구의 묵직한 손을 빌려 안마를 받는 일이 허다했다.

어느 날 엄마는 오른쪽 다리를 절뚝거리며 고통의 눈물을 보였다. 경구가 어디가 아프시냐고 물으니, 다리 안쪽이 아픈 것 같다며 오른쪽 사타구니를 가리켰다. 경구의 손이 닿자 고통에 기겁하며 소리를 질렀다. 경구는 근심 어린 마음으로 인터넷 정보 검색을 해보니 넓적다리관절에 이상이 생겼던 것 같았다. 그다음 날 근무지와 협회에 전화하고 이웃 알샘 정형외과를 찾았다.

"손님 어떻게 오셨나요?"

"네, 오른쪽 사타구니 접한 곳이 몹시 아픕니다."

간호사는 대충 보고할 내용을 적고, 잠시 앉아계시면 번호를 부르겠다고 했다. 번호표는 362번이었다. 표에 찍힌 번호가 348번이니, 한 십분 앉아 있어야 했다. 병실을 찾아오는 손님, 수 없이 질뚝거리며 오가는 병자들, 어쩜 모두가 환자들이었다.

드디어 번호판에 들어온 362번이 그리 반가울 수가 없었다. 여름이 아직인데 간호사들의 상의는 이미 반소매 근무복을 입고 있었다.

"허경미 씨!"

간호사가 두 번이나 불렀다.

"네!"

대답하자, 간호사의 안내를 받아 문 안으로 들어갔다. 뽈테 안경을 쓴 60대 초반으로 보이는 의사 선생은 가슴에 정형외과 전문의 박달수라는 명찰의 기호가 뚜렷이 새겨져 있었다.

"손님 어디가 불편하신지요?"

"네, 이쪽 넓적다리관절 쪽이…"

"그럼 사진부터 찍고 다시 상담하겠습니다."

그러자 간호사는 친절하게 5층으로 가시면 영상의학과가 있으니, 그쪽에 가서 사진을 찍고 오시라며 종이 쪼가리를 하나 건네주었다.

허약한 다리를 이끌고 엘리베이터 앞에 섰다. 위 창에는 9자가 붉게 보였고, 점점 작아지는 숫자에 안도감을 내비쳤다.

마침 문이 열리고 환자복을 입은 사람들과 일반인이 섞여 하늘로 다시 오르는 일들이 늘 반복되고 있었다. 문이 열리고 영상의학과에 당도하여 간호사에게 쪽지를 건넸다.

"잠시 앉아 계세요. 준비되는 대로 곧장 부를게요."

경구 엄마는 고통스러운 아픔을 어금니로 깨물고, 이 험악한 시간이 속히 지나가기를 기도하고 있었다.

"어머님 들어오세요."

"자, 엄마, 부르네."

경구는 엄마의 작은 손을 부축하고 영상실로 안내했다.

의사는 사진을 훑어보더니 말했다.

"손님, 넓적다리관절 부위에 약간의 가벼운 염증이 있으시네요. 한 보름 치료하시고, 약 드시면 괜찮을 것 같습니다."

약간의 희망 섞인 설명을 듣고 나서 안도의 한숨을 쉬었지만, 엄마는 찔끔찔끔 전해오는 전기선의 전류 같은 느낌을 느꼈고 온 신장이 타들어 가는 기분이었다.

이런 혼란한 가정 시국에 춘자의 임신이라···. 경구는 정신이 아 찔했고, 어떻든 수술비라도 빨리 마련해야겠다는 마음 다짐뿐이 었다.

춘자의 눈빛에는 어딘가 모를 우수에 찬 이슬이, 한 아름 구름 떼처럼 몰려오고 있다는 직감을 경자는 지울 수 없었다. 눈치를 여러 번 경험하다가 경자는 용기를 내어 물었다.

"나한테는 솔직하게 말해주라, 무슨 일 있지!"

경자는 저번 점심시간에 있었던 춘자 토사 건이, 뭔가 여자의 직감으로 머릿속에 저장되어 있었다.

"혹시··· 너 임신했지?"

단도직입적으로 달려들며 물어오는 경자의 질문에, 애자는 남 은 커피를 한 모금 물은 상태에서 갑자기 울컥하며, 입안의 커피 를 쏟아내고야 말았다. 너무도 기습적이면서 들켜버린 비밀이 누설된 것 같은 죄인 심정이 들어서일까…. 쏟아낸 커피 잔해들을 물티슈로 닦는 동안, 우정의 침묵은 잠시 이어졌다.

달짝지근한 라떼와 아이스 커피잔의 남은 양만큼 반쯤 마셔버린 홀가분한 상태로 둘은 우두커니 서로를 바라보고 있었고, 크림빵도 조금은 찢겨나가 형체의 조감이 흩어져 있었다.

모든 걸 포기한 듯한 춘자의 어깨는 축 처지며, 쏟아내던 언어의 소리마저 고양이처럼 작아져 갔다. 춘자는 금방이라도 울 것 같은 일그러진 표정을 지었다.

"경자야! 나 이제, 어쩌면 좋니? 나 어떻게, 하면…."

"…."

"너도 알겠지만, 윗동네 경구란 놈이…."

"아니, 너에게 그렇게 잘해주며 꽁지를 따라다녔던 그놈이, 몹쓸 짓을?"

"…."

화가 난 경자는 잠시 의자에서 일어나, 자신이 당한 것처럼 분노하며 억울해했다.

"그래, 지금 몇 개월째냐?"

"응, 이제 3개월에서 4개월로 접어들었어."

춘자는 본능적으로 아랫배를 휘감고 있었다.

"나 말고, 누가 또 이 사실을 아니?"

"아냐, 아직 너 외에는 아무도 몰라. 엄마도 몰라."

"응."

"엄마는 요즘 새로운 사업이 활성화되어, 돈이 종전보다 수입이 나아지나 봐! 얼굴이 환해져 가고 있어. 이 마당에 이 사실이 알려지면, 너 죽고 나 죽자며 난리가 날 건데, 차마 이실직고를 못 하겠더라."

"그래, 그 친구도 알아?"

"응, 전번에 하도 만나자고 조르는 바람에 나가서 만났지! 그 사람도 알아야 했기에, 자존심도 잠시 버려두고 얘길 했지. 껄껄 웃더라. 장난치느냐고, 자기를 놀랍게 하느라 그러냐며 대노를 하더라. 나의 정서적 상황을 알았으면, 미안하다고 위로를 먼저 하는 게 우선이 아니냐고? 더러운 새끼! 빨리 중절 수술하러 가자고, 펄쩍 뛰는 거야! 나는 하도 기가 차서, 그냥 약속 장소에서 뛰쳐나왔지. 저런 양아치 같은 새끼한테 한동안 마음을 줬다는 생각에, 온 마음으로 모멸감이 밀려왔지. 다짜고짜 길을 걸어가며 생각했지. 결코, 아기를 포기하고 싶다는 생각은 없었어. 왠지 모르게 아기에게 정이 가고, 아기가 자기를 만지는 꿈을 꾸곤 했어, 꿈속에는 너무도 귀여운 공주가 나타나, 나하고 소꿉놀이하곤 했어. 저는 의사이고, 나는 질병을 앓고 있는 환자로 말이야. '저 아주머님, 주는 약은 잘 먹고 계십니까?'라고 아기가 물으면, 나는 금방이라도 답을 해야 했어. '네, 아침 먹고 30분 후 처방해주신 약을 잘 먹고 있다.'라고 대답하지! 아이는 청진기 같은 거로 가슴을 풀어 대기도 하고, 환절기에 감기 조심하라고 키득거리며 말을 야무지게도 했지! '네, 누구 명령이라 거역하겠습니까?' 하며, 서로 얼굴을 보면서 깔깔거려서, 어떤 땐 꿈속에 아이의 얼굴이 창백하고 붉은 가면을 쓴듯한 모습으로 변신한 귀신 모양으로 다가올 때는, 소름이 끼쳐 아이 이름을 부르다가 깬 적도 있어. 땀이 온몸을 적시고, 이마에 송골대는 땀방울에 나도 놀라, 마른 수건으로 닦은 적이 한두 번이 아니야! 참 이상한 꿈도 다 있지?"

경자는 몽롱한 이야기를 들으며, 직감적으로 춘자는 임신중절 수술을 안 할 것 같다는 예감이 확실히 들었다.

"그럼, 애 낳을 거야? 아무 준비도 없이, 어떻게!"

푸르른 날 생명의 봄날 같은 시절에 춘자는 잡지 말아야 할 괴물을 자기 공간에 잡아두고 켜켜이 우는 현실에 직면하고 있었다.

무얼, 어떻게, 왜, 그래야만 하는지에 대한, 인생 기초인 아기에 대한 개념 없는, 본능에 기우는 헛손질을 허공에 해대며, 부질없는 그림을 그리고 있었다.

춘자는 경자의 눈을 바라보며 말했다.

"설마 그런 일은 없겠지만, 이 일은 죽을 때까지 비밀이야! 비밀이 세상에 퍼지는 날에는, 나 죽는다."

춘자는 마른 날 대쪽 같은 대못을 박았다.

경자는 둘도 없는 춘자의 성황에 딩황하면서도, 이를 어떻게 늘기롭게 극복할지 생각했다. 한 번도 상상하지 못한 끔찍한 현실 앞에 찾을 수 있는 희망들을 찾으러 머리를 숙이기도 하고, 하늘을 쳐다보며 이 쓸쓸한 환경 앞에 경자는 눈시울을 훔쳤다.

태양은 바다 끄트머리로 떨어지면서 금세 어둑발을 끌어 담기고 있었다.

춘자의 아랫배가 놀라보게 아래로 나오기 시작했다. 늘 불안한 마음이 급습해왔고, 이를 어찌해야 하나 만나는 사람마다 덜컥, 목덜미를 잡힌 편의점 좀도둑 신세가 된 것 같은 조바심에 어깨는 늘 큰 막대가 짓누르는 묵직함이 몸무게를 한층 더 나가게 하는 것 같았다. 초기와는 달리 참외 크기만 한 아이의 크기가 달라지며, 음식에 대한 흡입도 종전보다 좋아, 여러 음식이 당기는 것 같았다. 냉장고를 뒤지며 단백질 음식도 습관처럼 찾아 먹는 자기 모습에 깜짝 놀라곤 했다. 방학이 다가오기만을 손꼽아 기

다렸다. 민감한 여자아이들의 눈매는 저 창공을 나는 송골매보
다 더 정확한가 가끔 지나가는 말로 한마디씩 했다.

"춘자야! 너 요즘 살이 많이 쪘다."

"제발 그만 좀 먹어라. 계집애야!"

"아랫배 좀 봐라."

"살살 차고 나온다."

옆 단에 앉아 있는 말숙이가 힐끗 쳐다보며 점쟁이처럼 말할
때, 등골이 오싹했다.

왠지, 그년 앞으로 지날 때면, 큰 죄를 지은 사람처럼 주눅이
들었다. 춘자는 공부 시간에도 칠판에 뭘 적든지 간에 관심이 없
었고, 희한하게 참외만 한 그곳에서 아기는 무슨 놀이를 하고 있
을까? 하며 주책없는 생각으로 선생님이 주절거리는 설명에는 아
무 관심이 없었다.

'엄마에게 고백할까? 아니. 엄마가 아는 순간 넘어질 테고, 그
냥 도망가서 미혼모 시설로 탈출할까? 아님, 그가 나를 책임져 줄
까? 어딜 가려면 그래도 돈이 필요할 텐데. 나에겐 땡전 돈도 없
고, 엄마 화장대 밑 칸에 숨겨둔 비자금을 털고 나를까?'

춘자는 갖은 방비책을 모래성같이 세웠다 무너트리기를 어떤
때는 종일 해대며, 어리석은 자신의 무지함을 그리고 있었다.

오후 수업을 파하고 돌아내려 오는 길은 언제나 가볍고 지나는 공기들이 어찌 그리 상큼한지 알 수가 없었다. 다들 예쁜 공주들이라 입속엔 노랫소리가 흘러나왔다. 이번 주 토요일, 대일고 사내애들하고 미팅을 주선하는 점순이는 더 날뛰며 다녔다.

　"점순아! 내는 참여 안 시켜주느냐?"

　은근히 친한 척하는 못생긴 말자가 다가갔을 때, 점순이는 인원 다 마쳤다며, 애걸하는 말자를 냉정히 박대했다.

　"그러나저러나, 경자 이년은 왜 이리 안 나오노?"

　걱정돼서 돌아보니, 그제야 식식거리며 시커먼 멧돼지 하나가 먹이를 찾는 것처럼, 쭈물거리며 경자가 다가왔다.

　"왜 이리 늦었노?"

　"응, 그래 나오려 하는데…. 갑자기 아랫배에서 신호가 와서."

　"아이고 계집애야! 그만 좀 먹어라! 그래도 부럽다, 너는 그래 먹어도 소화를 잘 시키니. 너는 조금만 급하게 먹으면, 체하고, 활명수니, 소화제니, 찾아 난리니, 내보다 네가 낫다."

　"춘자야! 어쨌던가, 나도 너 때문에 걱정이 많다. 한창 벌처럼 나비처럼 살랑거리고 다녀야 할 때, 이게 뭐 하는 짓인고 생각하면, 내도 눈물이 난다. 우리 춘자는 어떻겠노? 이내 마음이 내 것이 아니다."

　"경자야! 고맙다. 너라도 내 옆에 있으니, 내가 얼마나 힘이 되는지 모르겠다."

"가, 연락 없나?"

"문자가 왔더라고. 조금만 참아봐라, 지금 아르바이트 자리 찾고 있으니, 돈 마련되면 얼라 지우러 가자, 하며 헛소리하더라."

전화기를 내렸다.

"경자야! 이제 방학이 아직 한 달이나 남았는데, 내 배는 괜찮을까?"

"자꾸 저 달처럼 커지면 어쩌겠노? 내 땜에 가까이에 있는 너도 힘들고, 내 주위 사람 모두 힘드니…. 수면제 '졸피뎀' 고거 좀 모아 가자고 탁 틀어넣으면, 이 고생 안 하고 깨끗이 끝날 건데. 그자?"

"에라! 미친년아, 그런 소릴 할 거면 내하고 다시는 보지 말자. 어이구, 철없는 년아! 누구같이 죽는 꼴 보고 싶나? 어이구, 겉으로 똑똑한 체 헛똑똑이 같은 년아!"

둘은 서로 사랑하다가 서로를 욕하다가 결국은 얼싸안고, 초복의 땀을 닦아 주고 있었다.

"경자야! 차온다."

"내일 보자."

오늘은 춘자가 타는 버스가 먼저 와서 춘자가 먼저 버스를 탔다. 서면에서 충무동까지 깔렸던 BRT 버스 전용차선 때문인지,

운전기사는 언제나 평안한 모습으로 운전했다. 4차선 도로에 이게 뭔지 알 수는 없었으나, 이런 버스 전용 노선은 8차선이나 되는 독일에서나 쓰일 일이지 싶어 헛웃음이 나왔다. 시민 공청회도 한번 안 열고, 제멋대로 세금 뽑아다 도로에 뿌리고 저 지랄들 하고 있으니, 시민들이 좋다고 히겠니? 춘자는 도로국장이 되어야 할 사람이 버스 줄잡이에 잡혀 집으로 끌려가고 있었다.

"띵, 똥."

문이 열리고 들어서는 순간, 언제 봤던지 토리는 고향 잃은 강아지처럼 달려와 안겼다. 끙끙거리고 꼬리를 360도 돌리며 환영의 키스를 하며 정신없이 얼굴을 핥고 있었다.

"토리, 잘 있었어?"

토리는 그 새까맣고 둥근 눈알로 나의 작은 눈 속으로 들어와 하얀 집을 짓고 있었다.

저번 심장 수술로 순환 호흡기가 별로 안 좋아, 가끔 끙끙대는 소리를 낼 때마다 하늘이 철렁 내려앉는 것 같아, 두려울 때가 한두 번이 아니었다. 건강하게 오래 같이 살고 싶은 토리, 눈에 넣어도 아플 것 같지 않은 토리를 가슴에 품고 둥글고 작은 머리를 살살 손으로 쓸어주었다. 사랑하는 것이 사랑받는 것보다 좋으니, 너는 사랑이니 사랑하라는 소절이 생각나 한동안 토리를 안고 머리를 계속 쓰다듬어 주었다.

토리는 이제 산책 시간이라는 것을 공개적으로 알리려는 시도로, 끙끙 찬가를 큰 소리로 부르짖고 있었다. 종일 같은 공간을 맴돌며, 내가 나타나기를 두 손 모아 수천 번 기도하였을 토리에 대한 예가 아니다 싶어, 비닐봉지 두 개와 비닐장갑, 화장지, 목줄을 준비하여 집 앞 산책을 10분 정도 할 생각이었다. 벌써 산책할 분위기를 감지한 토리는 자리에서 삥삥 돌며 흥분하고 있었다.

집 앞 조그마한 산책길을 걸을 때, 토리는 세워둔 기둥은 죄다 가서 냄새를 맡아야 했으며, 정든 기둥을 만났을 때마다 한쪽 다리를 약간 올려주는 것이, 그들의 세계에서는 예도로 알려져 있었다. 그 자리에서 뱅글뱅글 돌 때는 응가를 하는 중이라 가만히 기다려주고 휴지로 똥을 싸서 비닐봉지에 담아야 했다. 행여나 목이 마를까 물을 떠다 주면 쪼르륵 달려들어 헛바닥으로 후루룩 마시는 일도 있지만, 쳐다도 안 보고 코를 끙끙거리며 수색 작업에 여념이 없었다. 행여나 다른 개가 지나가면, 서열의 순위를 생각했는지 하늘이 떠나갈 듯 짖어댔다. 토리! 토리! 두 번만 불러주면, 언제 그랬냐는 듯이 조용히 자기의 길을 갔다. 목줄을 풀어주면, 어디든 잽싸게 달려간다. 가다가 한 번씩 고개를 돌려, 밥 주는 사람이 어디에 있는지 확인을 꼭 했다. 토리는 집에 없으면 안 되는 귀한 족속의 딸로 자리매김을 한 지도 오래전이었다.

제4장

까마귀

덕칠이 아내 정숙이는 하숙집 주인 딸이었다. 덥수룩한 경상도 아줌마 딸로서 성격도 명랑하고, 반 사내애처럼 행동했다. 겉으로는 치마를 입어서 유전자상 여자가 틀림없었으나, 하는 행태로는 남자와 다름없었다.

어릴 때부터 여자들이 하는 소꿉놀이보다는 남자들이 하는 구슬치기를 더 좋아했고, 행동도 거칠고 웬만한 남자애들은 오히려 그 앞에서 기가 죽었다. 그렇게 말띠 같은 계집아이가 여자 냄새라곤 어디 하나라도 발견할 수 없는 반 사내애가 나이가 기울어 갈수록 어미 마음은 늘 콩밭에 가 있었다.

"저년을 누가 데려가겠노? 아이고, 문둥이 같은 년."

정숙이는 치마도 잘 입지 않았다. 늘 펑퍼짐한 청바지를 껴입고 다녔다. 사는 게 바빠서인지 그의 엄마도 세월을 놓고 있었고, 정숙이도 시집갈 생각은 눈곱만큼도 없었다.

겨울이 오면 봄이, 가을이 오고, 계절의 순환은 재미도 없이 그게 그런 건데, 또 물레방아처럼 돌다가, 사람들 심장 속을 드나들며 세월을 사냥하고 있었다.

어느 날, 김 씨는 딸을 불러놓고 말했다.

"정숙아! 여태껏 말은 안 했는데, 네가 벌써 나이 40이 넘었네. 아이고, 미치겠다, 미치겠어. "이놈의 기스나야! 이 이미 둥골 그만 빼먹고 시집이나 가라, 이 문둥아!"

측은한 눈으로 말하는 김 씨 눈언저리에는 이슬이 벙긋이 생겨났다.

'저것이 아비 일찍 보내고 먹고산다고 이리 뛰고 저리 뛰면서 변변히 옷도 못 얻어 입고, 묵는 것도 제대로 못 매기고 살아왔는데, 저것이 벌써 42세라니, 이를 어쩜 좋나?'

어미는 김장 김치를 치대다가 딸년이 갑자기 불쌍히 보여 어둑어둑 갈매기 노래를 부르고 있었다.

그때 마침 한가하게 방이 비워져 있어서 김 씨는 하숙을 쳤는데, 덕칠이가 들어온 것이다. 키는 멀쩡하게 컸고, 말수가 적었으며, 어시장에서 잡다한 일들을 많이 맡아 일하고 있었다. 인상도 그리 나쁘지 않고 흠이라면, 부모님이 다 돌아가시고 울산에 삼촌 댁이 계신다던가? 아무튼, 그가 46세 총각이라는 말에 김 씨는 귀가 솔깃했다. 가진 것 없어도, 성실하고 몸만 튼튼하면 뭐이

든 못 먹고 살겠나 싶었다. 은근히 관심이 슬슬 가지고, 김 씨는 일부러 반찬 준비도 잘하여 생선고기 큰 것도 밥상에 듬뿍 놓아 주었다. 식성이 얼마나 좋은지 무엇이든 가리지 않고 넙죽 잘도 받아먹었다. 인사성도 바르고, 내심 이놈을 사위 삼아야겠다는 본심이 서서히 표면 위로 올라오고 있었다.

그러던 어느 날 새벽, 난데없는 도둑이 들어 곳간을 털고, 급기야는 정숙이가 잠든 방을 열고 들어가는 게 아닌가?

그때였다. 원래 새벽잠이 없던 덕칠은 밖에 나가 심폐 호흡도 크게 하고, 맑은 물 한잔도 먹을 겸 부엌에 들어갔다가 이상한 예감이 들어 고개를 오른쪽으로 돌리니, 정숙이 방에 문이 조금 열려있지 않은가?

갑자기 검은 느낌이 들어 정숙이 문을 열고 "누구야!"하고 고함을 치니, 두 명 도둑 강도가 복면하고, 정숙이 방에서 못된 짓을 하려는 게 아닌가?

"이런 이쌍노무 씨베리안 허스키. 스리랑카 십장생시키. 여기가 어디라고?"

덕칠에게 딱 걸린 것이었다. 순간 덕칠이는 날랐다. 단번에 두 놈을 때려눕히고, 담당 경찰서로 인계했다. 순간적으로 일어난 정숙 일가, 초미의 도둑 강도 강간 미수 사건이었다.

마침 그때, 덕칠이가 없었다면 어떻게 되었을까 생각하니, 김 씨는 덕칠이가 더더욱 예쁠 수밖에 없었다. 한 방에 제압하는 덕 칠이의 날렵한 몸놀림에 정숙은 안도의 한숨과 보호받고 있다는 푸근함과 한께, 순간 행복감마저 들었다. 예전에 한 번도 가지지 못한 이성에 대한 야릇한 감정이 봄날 아지랑이처럼 피어올랐고, 갑자기 귓불이 뜨거워지는 걸 부끄럽게 여겼다.

그 사건 이후로 둘 사이는 더더욱 가까워졌다. 엄마는 눈치를 주며 덕칠이 만한 남자가 요즘 주위에 없다느니, 그만하면 됐지, 네 주제에 누굴 넘보겠냐며, 대놓고 덕칠이를 감싸고 돌았다. 덕 칠이도 정숙이를 마음에 두고 있었는지 서로 가까워지는 데는 이 유가 없었다. 정숙 엄마는 이참에 딸년을 치워야겠다는 생각에 혼사를 밀어붙였다.

'이번 기회를 놓치면 저년은 평생 독수공방에 속이 문드러져 갈 게 분명했다.'

하루는 저녁을 먹고 난 후, 김 씨는 덕칠이를 나긋이 불렀다. 덕칠이는 웬일로 정중히 정색하며 부르는 정숙 엄마의 눈을 바라 다보았다.

"자네도 이젠 알겠지만, 내 딸년이 나이가 차고, 자네도 얼추 나이가 넘어가고 있으니, 내 딸 정숙이하고 백년가약을 하면 좋겠는데, 자네 생각은 어떤가?"

덕칠이는 연신 고개를 굽신거렸다.

"천하에 호로 자석을 거두는 것만 해도 감지덕지한 데, 금쪽같은 딸을 제게 주신다니, 어찌 입이 열 개라도 할 말이 있겠습니까? 황공할 따름입니다."

재차 고개를 숙이며 김 씨 엄마의 젖은 손을 붙잡고 고마운 눈물까지 흘렸다. 밖에서 엄마와 덕칠이의 대화 내용을 듣던 정숙이는 '앗싸' 하며 기쁨의 함박꽃이 입으로 번져 나왔다.

그렇게 덕칠이와 정숙은 그해가 가기 전 12월 크리스마스이브 날 둘이 한 몸이 되었다. 늘 외롭게 지내던 둘의 신혼생활은 깨소금 냄새, 꿀이 뚝뚝 떨어지는 나날들이었다. 금실이 좋아 하루는 엄마가 말없이 방문을 열다가 곤욕을 당하기도 했다. 둘이 사랑에 미쳐 불꽃이 타는 줄도 모르고, 엄마는 방문을 그렇게 열다가 화들짝 놀라 황급히 자리를 뜨는 연출을 보였다. 내심 얼른 아기라도 빨리 낳아야 할 텐데, 나이도 많으니 그래도 손주 녀석 품에 안고 싶은 열망은 날이 갈수록 사무쳐왔다. 엄마는 정숙이를 보면 의미 있는 눈초리로 쌍심지를 켜고 말했다.

"야야, 정숙아! 아직 소식 없나?"

아이 조르듯이 조르며 딸년의 수태를 간절히 기대하고 있었다. 정숙이도 은근히 아이를 빨리 갖고 싶어, 몸에 좋다는 보약을 지어 덕칠이 체력을 보강하는 일에 게으름이 없었다.

전에는 전혀 그럴 줄 몰랐었는데, 아이의 출산에 관한 행복한 꿈을 꾸기 시작하면서, 지나가는 엄마들과 아이들의 앙증맞은 대화를 들을 때, 정숙이는 이상한 질투심이 생기기도 했다. 배가 부른 임산부들을 볼 때면 이런 생각도 했다.

'저년은 어찌 저리 애도 잘 가져?'

부러운 눈길로 한동안 기운 없이 바라보았다.

어느 날 정숙이 친구 영희에게서 전화가 걸려 왔다.

"정숙아, 잘 지내나? 가시나 얼마나 달콤한지, 어찌 얼굴 보기가 그리 어렵노?"

그러지 말고 내일 가까운 곳에서 밥이나 같이 먹자며, 영희는 깨살스럽게 다가왔다. 정숙이도 어찌 살았는지 영희가 보고 싶었다.

"그래 내일 거기 들깨칼국숫집에서 12시에 보자. 거기 잘한다고 소문났더라."

"그래, 그라자."

두 사람은 내일 보기로 약속하고 전화를 끊었다.

어느 날이든지 이 집은 12시도 안 되었는데, 탁자에 손님들은 만원이었고, 이마엔 구슬땀을 흘리며 잘도 후루룩거렸다.

여전히 아가씨 같은 몸매로 생글거리며 영희는 정숙을 부르며 손을 흔들었다. 둘은 우연히 길가에서 만나 식당으로 발길을 옮겼다.

"우와, 가시나, 신랑 밥이 좋은가? 얼굴이 훤하네. 어이구 가시나, 시집 안 간다고, 지랄 발광하더니만, 잘도 갔네."

배시시 웃으며 정숙의 옆구리를 꼬집었다. 둘은 무언의 눈빛을 주고받으며 낄낄거렸다.

손님이 많아서인지 주문한 칼국수는 한 10분이 지나, 칼칼한 옷차림을 하고 탁자 위로 걸어왔다.

"자, 먹자."

"입 조심해서 먹어라."

정숙이는 처녀 같은 영희를 애 다루듯 말했다.

둘은 누구 말할 거 없이 들깨 칼국수에 매료되어 비워진 위장을 빼곡히 채우고 있었다.

왁자지껄한 식당이 시끄러운가, 영희는 식당 앞에 카페에 가자며 일어섰다.

"커피는 네가 사라. 요, 칼국수값은 내가 낼게."

정숙은 날렵한 모습, 사각진 카드로 배를 갈랐다.

어제 비가 오고 난 후리 히늘온 더할 나위 없이 칭명했고, 푸르른 잎들은 하늘하늘 발레 춤을 추고 있었다. 받은 커피잔을 탁자에 두고 앉았다. 냉커피가 목줄을 타고 여행하는 동안, 그 뜨겁던 칼국수 정열은 차분히 식었고, 차갑게 아주 차갑게 속을 다스려 주었다.

"그래, 새신랑은 잘해주나?"

"응, 지금 얼마 됐다고, 눈 돌아갈 거고."

"가시나 봐라."

킥킥 웃는다.

"아, 너 애는?"

"응, 내 딸 유미는 학원 갔다. 아직 올 때 멀었다."

영희는 정숙보다 한 십 년 빨리 결혼하고, 애를 가졌으니 그럴 만도 했다.

"너, 왜 빨리 안 들어서노? 나이가 좀 나가는데. 어찌 빨리 들어서야 할 것인데."

정색하면서 정숙이를 불러세웠다.

"정숙아! 너는 이런 거 잘 안 하겠지만, 요 위에 선암사 스님이 부적이 용하다카더라. 나도 그 스님 부적을 베개 밑에 넣고, 한 달 안에 들어섰다이가."

정숙이 눈에서는 광선이 빛났다. 지푸라기도 잡고 싶은 심정이었는데, 용하다는 스님의 부적이 갑자기 그리웠다. 잠깐 고민에 빠진 듯 머리를 숙이고 있었다.

"와, 부적값 때문에? 돈이 문제가 지금?"

정숙이는 순간 짜증을 내며 인상을 썼다. 지금은 임신하는 게 무엇보다도 절박하게 다가왔다. 머릿속에 맴도는 단어는 여전히 임신, 임신, 임신이었다.

"그래, 선암사가 저 청학동 근처라 했제?"

"청학동 고개 파란 지붕 집 뒤에 암자 하나 안 있더나?"

"그래, 안다."

영희는 스님을 알고 있으니, 전화 한 통 넣어줄게, 하면서 척척 전화했다. 쪼르륵 타고 도달한 내선에 '여보세요' 하는 낯선 남자의 음성이 들려왔다.

"스님, 박영희입니다. 다름이 아니고, 내 친구 정숙이 용한 부적 하나 써 줄라네에. 낼 시간이 언제쯤 됩니꺼?"

"어, 그렇나? 그러면, 낼 점심 먹고, 오후 2시까지 오너라."

"네, 알겠습니다, 그러겠습니다."

영희는 공손히 전화기를 접었다.

"정숙아, 너도 들었제. 2시라 한다."

"알았다. 뭔들 못하겠노? 그래, 고맙다. 어찌 알겠나, 네 말대로 금방 들이설 줄…"

둘은 행복한 상상을 하며, 아쉬운 이별을 나누었다.

"영희야! 고마워, 마음 써줘서, 잘 가!"

정숙이는 엄마를 조용히 불렀다.

"야가, 바쁜 사람 잡아 놓고, 왜 이리 못살게 구노."

슬슬 옆으로 가려고 했다.

"엄마! 내 중학교 때 단짝인데, 키도 작고, 저그 엄마 충무동에서 일하고, 아버지는 순경 하는 박영희라고 모르겠나?"

"아! 그래, 이제 생각난다. 너 중학교 졸업여행 갈 때, 네 옆에 앉아서 인사했던가…. 아니가? 응, 그래 왜?"

"가가 다니던 절에 스님이 부적을 쓰는데, 기가 막히게 용하다 카는데, 엄마, 내일 별일 없으면 같이 가볼래?"

정숙이는 혼자 가는 게 쑥스럽기하고 해서 든든한 엄마를 설득하고 있었다.

"사실 아기 낳는 거보다 중요한 것이 여자로서 뭐가 더 있겠노."

엄마는 잠시 눈을 감더니, 결정했다.

　다음날, 시간이 다 되어가자, 엄마와 정숙이는 마음이 바빠져 일이 손에 안 잡히는 게 이것저것 혼란스러웠다.

　쪼르르 영희한테 전화가 왔다.

　"우리 스님이 기다리신다고 약속 시각 잘 지켜달라신단다."

　"응, 아침부터 엄마하고 선암사 가려고 준비하고 있다. 엄마와 내하고 부정 탈까 봐, 요 앞 억수탕에서 몸과 마음을 깨끗하게 했다."

　약속된 시간이 다 되어 엄마와 정숙은, 선암사 고갯길을 오르느라 땀이 비 오듯이 내렸다. 벌써 여름인가 조금만 움직여도 땀을 뻘뻘 흘리니, 정말 지랄 같았다.

　저 앞을 보니 선암사라는 간판이 뚜렷하게 보였다. 작은 암자가 아니었다.

　신도들이 석가탄신일을 맞아 등을 달기 위해 분주히 오갔고, 명패를 단 등불들은 어깨에 힘을 주며 대웅전 앞거리를 나대며 팔랑거렸다.

　마침 선암사 주지 스님은 보살들을 배웅하고 돌아서고 있었다.

　"스님."

　정숙이 인사했다.

"아이고, 이게 누구고, 어제 잠시 통화했던 처자."

"네 저하고는 영희는 단짝이라 예, 저희 어머님이시고요."

"그래요, 안녕하세요?"

"성불하세요."

서로 합장하고 고개를 깊이 숙였디.

"저를 따라오세요."

"네."

정숙과 엄마는 스님이 인도하는 스님의 방으로 인도되었다. 사군자의 호랑이 눈과 칼을 두 손으로 들고 서 있는 모습이 무섭게 보였다. 스님은 잠시 정숙의 얼굴과 엄마의 얼굴을 번갈아 유심히 봤다.

"그래, 삼신이 할매가 와 얼라를 안 주는고? 할매가 왜?"

삼신이 할매를 생각하며 엽전과 염주를 번갈아 만진다. 이상하게 스님은 앉았다, 일어섰다를 여러 번 했다. 북을 여러 번 두드리기도 하고, 여러 번 반복하고 계셨다. 정숙과 엄마는 알 수 없었으나, 영감 있는 스님은 미세한 소리에도 그 신음을 잡아내시는 소위 말하는 영계가 세신 분이었다. 두 눈을 감고 염주를 세다, 정숙과 엄마의 정맥을 의사처럼 더듬어 만지며, 맥박의 지느러미를 찾고 있었다.

"아, 큰일이구나! 지금 나에게는 이 부적 써주지 말라 하는데,

이런 일은 처음이야. 자꾸 써주지 말라고 우리 영께서 그러시네. 지금 영가 소리가 들려, 안 들리는가? 지금 이 소리 식식거리는 소리가 안 들린다고!"

스님은 긴장된 마음으로 집중하고 있었다. 영가가 들린다는 사실은 정숙이 아기가 들어서면, 필시 안 좋은 일이 생길 거라 생각되어 스님이 이 예식을 피하고자 하는 방어전 같은 거였다.

"혹시 조상님들 중에 우환이 있어 돌아가신 분이 계시느냐."

스님이 물었다.

"잘 알지는 못하나 윗대에 교통사고 나서 죽은 아저씨가 있다고…"

"혹여 그분을 위해 제사라도 해준 적이 있느냐."

스님이 물을 때, 엄마는 할 말이 없었다.

"잘 들으세요. 지금 자식 하나 달라고 하는 예식인데, 종종 이런 일이 있긴 하지만, 위에 영가들이 매우 비협조적이네요. 이 상태론 부적을 적을 수가 없네요."

스님은 그냥 붉은 천 하나를 정숙에게 전해주었다. 앞으로 어떤 일이 일어나도 스님으로서는 어찌할 수 없다고 했다. 아이는 시월이 오기 전에 열매는 있을 거라 설명하고, 시주는 단 한 푼도 받지 않았다. 스님은 될 수 있는 대로 윗대 소리가 안 좋으니, 정성으로 제를 지내야 한다고 귀띔해주었다.

선암사를 내려오는데 이상한 기분이 들었다. 스님이 하는 얘기가 자꾸 되풀이되면서, 정숙이 엄마는 당장 내일 구미에 계시는 숙모님을 찾아뵙고 이 사실을 고하며, 집안 내력에 관한 얘기를 듣고 싶었다. 스님이 부적을 써주지 아니했을 때는 필시 이유가 있었을 텐데….

'무슨 일이 벌어진 걸까?'

잘못된 영가들의 칼춤은 불운과 패가망신을 하는 기괴한 모습이기 때문이었다.

내일까지 가야지. 모레까지는 가야지.

약속했던 일을 깜빡하고 세월은 흘러, 흘러가고 말았다.

정숙은 그렇게도 희망하던 아이, 정아를 임신하는 데 성공했다. 그러니까 산모 나이, 정확히 45세가 되었다.

덕칠이는 정숙을 안고 방안을 몇 번인가 돌았고, 정숙이는 도톰한 신랑 팔뚝을 세게 꼬집어 현실을 확인해보았다.

'역시 현실이었다.'

정숙은 어딘가 어딘가에 있을, 아이들이 보물찾기 놀이할 때 보물을 감춰두는 바위틈새 같은 데서, 아기자기 숨겨져 있는 행복을 드디어 찾은 것이었다. 정숙과 엄마는 손주를 얻은 것에 축복

하며, 다가오는 행복에 눈빛이 반짝거렸다.

덕칠이는 일하고 와서 피곤한 몸에도 정숙이가 설거지하려면, 왜 이리 힘든 일을 하냐며 저쪽 소파에 가서 제발 좀 쉬라고 야단을 쳤다. 내심 정숙이는 고맙고 행복했다. 하우스에서 방금 나온 딸기와 참외를 정성껏 바구니에 담아 정숙의 소중한 아기를 위하여 기꺼이 충성을 다 바치고 있었고, 장모는 이러한 사위를 더 예뻐하며, 사위 하나는 잘 봤다며 행복해했다.

세상의 모든 것이 달라 보이고, 여자가 가질 수 있는 보물을 자신도 가졌다는 뿌듯함에 한동안 설레는 마음에 잠도 설쳤고, 입맛도 없어 음식 맛이 네 맛, 내 맛도 없었다.

엄마는 아침저녁으로 건강을 점검하며, 산모와 태어날 손주를 위해 정성을 다 기울였다.

덕칠이도 가장의 신분에서 아기 아빠가 된다는 으쓱함에 한 푼이라도 더 벌려고, 업무가 끝나도 잔업 신청을 해가며 어떻게든 파란만장을 위해 노고를 아끼지 않았다.

그날도 대수롭지 않은 산모의 정기검진 날이 되어 정숙은 택시가 다니는 거리로 내려왔다. 이상하게 바람이 많이 불 것 같은 날씨였지만, 하늘은 맨송맨송 파란빛만 껌벅거리고 있었다. 손에는 작은 검정 가방을 들고 터벅터벅 내려갈 때, 산에서 내려왔는지 까마귀 한 놈이 깍깍 짖으며 정숙 머리 위를 빙빙 돌았다.

"저것이 뭐야? 배가 아주 고픈가 봐."

까마귀는 위를 몇 번 돌고 갑자기 하강하며 정숙 어깨를 툭 치며 어디론가 사라졌다. 뭔가, 몸에 닿았다는 냉기를 느꼈다.

'오늘 왜 이래? 저놈이…'

그냥 언짢은 기분으로 병원으로 향했다.

진료 시간이 조금 남았는지 간호사들은 분주히 업무를 준비했고 복도 사이로 출산을 준비하는 산모들로 긴장감이 더 높아져 갔다. 금빛산부인과는 여기 중구에서는 그래도 인지도가 높아, 환자나 산모들이 늘 붐비는 병원이었다. 특히 여성병원장이 직접 진료하니, 예민한 여자들은 한결 수월했다.

간호사의 호명에 정숙은 총총히 진찰실로 들어갔고, 원장은 간단하게 묵례했다. 씽긋 웃으며 묻는다.

"별일 없었지요?"

약간 노산이기에 늘 조심하시라는 말씀과 지난주 50대 초반 여성도 무사히 출산했다는 사실을 알리면서, 저 복도와 엘리베이터에 사진이 부착되어 있으니 축하해달라는 말도 빠뜨리지 않았다. 정숙이는 침대에 눕고 원장은 조심스럽게 초음파 기계로 여기저기 쇼핑하는 것처럼 돌아다녔다.

"산모님 여기 보이시죠. 이게 머리 부분이고, 이게 손이고…"

해부학 강의를 원장이 하는 동안, 정숙은 신기한 눈초리로 생명의 탄생을 들뜬 마음으로 한편으론 두려운 마음으로 태동하는 아이의 역사를 기억하려 애를 썼다. 원장은 진찰을 마치고 말했다.

"산모님, 지금까지 모두 건강하게 잘 지내고 있으니, 맘 편히 가지세요."

어머니처럼 용기를 주었다.

오가는 병실밖에는 시끄러움의 연속이었고, 원무과에서 계산을 마친 정숙은 이미 엘리베이터 앞에 서서 붉은 숫자의 이동에 마음을 두며 화살표 방향이 아래로 된 버튼을 살짝 눌렀다. 12층에서 누가 벨을 잡고 있는지 한동안 정지의 시간이 평소보다 길었지만, 이내 쏜살같이 내려왔다. 밖은 평온했고 요구르트 아줌마의 손길은 분주히 움직이며, 혹여 병문안이나 왕래객들에게 한 봉지씩 젖산균을 골고루 나르고 있었다.

마침, 택시가 병원 앞에 정차하고 있었기에 전화할 필요가 없었다. 그리고 보니 마마 호출이었다. 시에서 출산율을 높이기 위해 시행하는 사업으로 임산부에게 월 2만 원에 상당하는 금액을 택시요금에서 감액해주고 있었다.

기사님은 아주 공손한 태도로 결재를 잘도 하셨다. 집으로 올라가는 동안 아침에 있었던, 검은 까마귀의 행동이 뭔가 께름칙한 구석이 있었지만, 이내 마음을 비워버렸다.

덕칠은 자갈치 뒷방에서 뱃놈들과 포커 놀이를 했다. 30평 남짓한 방은, 한쪽에는 침대가 하나 있었고, 중앙에는 원형 탁자가 놓여있고, 허름한 검은 얼굴들이 파란만장과 노란 돈들을 적당히 쌓아두고 일전을 벌이고 있었다.

하우스 방장은 커피도 타 주고 잔돈도 바꾸어주고, 돈을 잃고 펄쩍 뛰는 놈들에게는 급전도 빌려주곤 했다. 그 바닥엔 급전이 30%가 기준이 되어 있었고, 100만 원을 빌리면 세전 30만 원은 떼고 70만 원을 주었다. 당연히 차용증을 적고 도장도 찍었다. 이 어리석은 놈들이 배 타러 가면 선장들과 다 내통이 되어, 돈 날리는 일은 없었다. 선장은 월급날이 되면 차용 금액을 정확히 공제하고 임금을 주기 때문이었다. 홀라를 칠 때도 있고, 그들 기분 내키는 데로 얼굴 봐가면서 돈놀이했다.

덕칠은 하우스 방장 규식이와는 빵 생활도 같이해온 형제 같은 터라, 늘 덕칠이 말에는 꼼짝을 못 했다. 서로 검은 뱃놈들의 호주머니를 노리고, 근처 하우스 방장끼리 칼잡이 시합을 하는 경우도 다반사로 일어났다. 다 돈 때문에 생기는 비극이었다.

한번은 규식이 하우스에 원정해 온 놈들을 덕칠이가 단번에 제압하는 사건도 있었다. 덕칠이는 사실 검도가 공인 2단이었다.

그날도 이놈들은 규식이 하우스가 잘된다는 소문을 듣고 패거리를 끌어모아, 이곳 하우스 방을 접수하려 했다. 여러 명이 들어와 판에 개입하고 시비를 일으켰다. 탁자를 뒤집고 면식범으로 보이는 놈이, 규식의 몇 살을 잡고 사기꾼이라 덤벼들었다. 이때, 그놈들 패거리가 일제히 고함을 치며 삽시간에 아수라장이 되었다. 그 순간 덕칠이는 한쪽 높은 탁자에 뛰어올랐다. 오른손에는 생선고기 짝을 찍어내는 갈고리가 쥐여 있었다.

"그래, 다 좋다. 다 덤벼도 데는데, 먼저 한 놈, 덤벼봐라. 내가 그놈부터 보내 줄게."

덕칠이 눈은 비상했고, 모두 주저주저했다. 사실은 덕칠이 저 갈고리에 눈을 잃었다는 소문이 파다하게 알려진 상태라 누가 함부로 자기 눈알을 내어놓고 덤빌 자신이 서질 않았던 것이었다.

"이놈들아. 이곳은 내 구역인데. 누가 시켜서 왔노? 누구야? 내가 감히 누군데, 여길 쳐들어와, 이 나쁜 놈들."

아무것도 모르는 놈이 달려들었다. 덕칠이 갈고리에 어깨가 꼽혀 나뒹굴며, 한쪽 구석에서 죽는다고 깨갱거렸다. 이미 대세를 장악한 덕칠이는 손가락을 펴며 말했다.

"이제부터 이 손가락 다섯을 셀 때까지 안 나가면, 여기 있는 놈들 내 손에 디…. 히니, 둘, 셋!"

그러자 겁먹은 친구들은 슬슬 피해 문을 열고 계단으로 걸음아 나 살리라고 뛰어 달아났다.

"야, 오늘은 문 내려라."

덕칠이가 한마디 했다.

"예, 형님. 그렇게 하겠습니다."

어지럽게 널려진 사무기기들을 제자리로 옮기고 자리에 걸터앉았다.

"야, 승근아! 냉장고에 넣어둔 시원한 맥주나 가져와 봐라!"

"예, 형님."

승근이는 냉각이 잘된 맥주 캔을 뚝 따서 덕칠이에게 가져다주었다. 덕칠은 긴장을 풀고 목이 타서 이내 맥주 캔 하나를 정신없이 마셨다.

깍두기 머리를 한 규식이가 달려왔다.

"형님, 오늘 수고 많았습니다. 형님 아니면 내가 이 하우스를 어떻게 운영하겠습니까? 형님이 이 하우스 주인이 맞습니다. 저

남포동에 있는 놈들이 살살 돈 냄새를 맡고 기어 올라온 것 같습니다."

시국이 어려워지니 한 푼이라도 더 잡으려고 하우스 간에 혈안이 되어 있었다. 점점 자갈치에서는 덕칠이를 당할 자가 없었다. 그는 호리호리한 체격에 동작도 날째고 특히 검도 공인 2단에 갈고리 휘두르는 실력은 가히 일품이었다. 그가 가져간 갈고리의 부위는 정확했고, 한 번 실수가 없었다. 주변에 그에게 덤비고 싶지만, 도전했다가 자칫 잘못하면 평생 씻지 못할 장애인으로 살아야 하기에 그 바닥에서는 좀처럼 그의 아성을 무너트릴 수 없었다. 그리고 그의 이러한 실력을 아는 공동어시장 조합장은 어려운 일이 있을 때마다, 덕칠이를 불러 해결했다. 조합장은 엄청난 자금을 만지는 자리라 그만한 배후 세력이 꼭 필요했고, 그에게 덕칠이 만한 든든한 동생이 없었다. 조합장 권성달은 정기적으로 덕칠이와 식사도 같이하고, 술도 한잔했다. 한 번은 조합장 권 씨가 저녁이나 하자며 불렀다.

"네, 형님. 그럽시다. 오후 6시 맛난 참치 집으로 가겠습니다."

덕칠은 평소와 다름없이 전화를 끊고, 귀염둥이가 집에 잘 다녀왔는지 전화했다.

"애는 잘 다녀왔는가?"

"네, 잘 다녀왔습니다."

정숙은 장애아 출산에 큰 충격을 받고, 심한 우울증을 앓다가 온갖 공상에 헤매다 불의의 사고로 시름시름 시들어 그 길로 세상을 떠나고 말았다. 정숙은 2년 전 세상을 떠났고, 장애 도우미 아줌마가 아이를 돌보고 있었는데, 이 아이는 장애를 앓고 태어난 지 식이었디.

그러니까, 정숙이가 임신이라 좋아하며 출생의 기쁨을 예비하던 때에, 같이 금빛산부인과를 방문하여 아이 진단도 받고, 아무 이상이 없다고 들었다. 이제 순산만이 남은 일이라며, 웃으며 얘기하던 의사 선생님 말씀을 거짓 없이 믿어온 터였다. 이 모든 순조로움을 뒤로하고 태어난 아이는, 진단 결과 다운증후군이었다.

다운증후군은 21번 염색체 이상으로 발생하며, 다운증후군이 없는 사람에 비해 평균 수명이 짧고 지능지수도 낮았다. 다운증후군에 의해 나타나는 특유의 표정과 생김새는, 사회구성원으로 무시당했다.

이들 부부는 극도로 아연실색했고, 정숙이는 내내 슬피 울었다. 덕칠이는 참다못해 금빛산부인과를 찾았고, 마침내 의사와 면담했다.

"자, 여보시오, 당신도 분명히 알겠지만, 출산 전에 그만큼 와서 아이의 이상 상태를 간절한 마음으로 물었고, 그때마다 염려하시지 말라며 문제없을 거라고 해놓고 지금 뭐 하자는 건데?"

덕칠이 음성은 천장을 두들겼다. 조용하던 병실은 웅장한 번갯불로 활활 타고 있었다.

"이봐, 원장, 이제 어찌할 건데. 어떻게 보상할 건데. 책임을 져야 할 것 아니냐고."

이성을 잃은 독백을 쏟아내고 있었다. 덕칠은 현기증이 났고, 늦은 정숙의 출산에 장애 아이를 잘 키울 자신도 없었다.

오직 아이가 건강하다고 말해준 산부인과 의사에게 모든 책임을 물어야겠다는 분노밖에는 없었다. 다운증후군 아이를 제대로 진단하지 못한 의사의 실수 때문에, 자신들이 장애아를 출산했으므로 이에 따라 정신적 보상과 양육비 상당액을 배상하라고 고함을 쳤다.

제5장

폭풍 전야

금요일 오후 2시, 6교시가 되면 멋쟁이 홍순도 국어 교생이 들어오는 시간이다. 점심시간 아이들은 벌써 내 사랑을 외치며, 들뜬 기색이 역력했다.

　뚱순이 경자는, 손거울을 열두 번 보고 이상한 얼굴을 매만지면, 마치 '마린로 먼로'가 대는 양, 정신을 온통 거울에 두고, 주술을 외우고 있는 듯했다. 왁자지껄 시장바닥이 따로 없었고, 반장 김성애는 외쳤다.

　"야, 이 가시나들아! 좀 조용히 해! 왜 이리 시끄럽노!"

　귀가 따가워 못 살겠다며 재잘대는 참새들을 잡기 시작했다. 잡으려면 날아가고 또 잡으려면 날아가 그만 포기하고 말았다.

　춘자는 점심시간 벌써 화장실을 두 번이나 다녀왔다. 아이들은 휴대전화기로 SNS를 하느라 정신이 없었고, 메시지에 혹여나 남자 친구로부터 날라온 이모티콘이 들어있는지 실시간 검색을 점검하고 있었다.

　수업 시작종이 울리고, 아이들은 제각기 숨겨놓은 의자로 돌아가 앉았다. 앞문이 열리고 기다리던 홍 선생님이 들어왔다. 어제 이발을 하셨는지 뒷머리가 깔끔하였고, 수염도 깨끗이 정리한 터라 더더욱 젊어 보였다. 자기와 데이트해도 노친이 아니라는 자기 체면의 얘기를, 자신에게 정당화시키고 있었다.

홍 선생님의 강의는 시를 공부하고, 각기 시속에 묻어난 감성과 아름다운 서정시를 통해 지마다 순백한 영혼을 다듬는 데 목적을 두고 있었다.

홍 교생선생은 특별히 이름난 시인의 글이 아니더라도, 문예지나 기타 여러 잡지에 실린 기고문의 문장에서 시를 가져다 서로의 시평을 즐기는 것으로 학생들의 감성을 배가시키는 것을 교육목적으로 삼았다. 칠판에 주섬주섬 시를 적기 시작했다.

「사랑의 개념」

덕명

너에게
가을편지 곱게 접어 보내려고
우체국에 갔었어.

한데
그 편지는

보낼 수 없다는 거야

직원과 다투고 돌아왔어
용량이 초과 되었는데

사랑을
너무 많이 담아
배달부 아저씨가
들 수가 없다는 가봐

어쩌지
나는
더 넣고 싶은데

　홍 선생님은 칠판 위에 덕명 시인의 시를 적어 놓으시고, 아이들
에게 각자 사랑의 개념에 대해서 생각하라고, 잠시 과제를 주었다.
　아이들은 사랑에 관한 서정시라 다들 흥분된 마음, 순결한 심
정으로 배달부도 되고, 다 주고 싶은 엄마도 되고, 따뜻한 연인이
되어 있었다.
　춘자는 생각했다. 사랑은 주는 거라 다들 말하지만, 실제상황
에 따라 변화는 사람들의 심성이 이렇게 쉬운 문제에도, 양심적

인 공표를 하기가 힘들다는 사실을 그는 주어진 환경 속에서 여러 번 경험한 바 있었기에, 이 시가 주는 통속적 분위기에 마냥 빠질 수는 없었다. 사랑은 희생을 동반한 희귀한 단어이므로, 세모 나라에 좀체 쓰이지 않는 구어에 불과하다는 삐딱한 생각을 하고 있었다.

춘자는 아, 내가 이렇게 변질하였다는 자책감에 순수하게 질문하는 선량한 홍 선생님의 맑은 시상에 뒤통수를 치는 것 같아 부끄러움이 밀려왔다.

세상 누가 나에게 주고 싶어 안달하는가?
주었는데도,
더 주고 싶어 눈물까지 흘리는가?
더 주고 싶다는 그놈을 붙잡아
나도 그 앞에 서고 싶었다.
정말 그러고 싶었다.
그가 주는 사랑,
산만큼 쌓아 그 속에 잠겨 죽고 싶었다.
세모난 세상, 세모난 마음
병들어 샛노랗게 물든 자화상을,
영정처럼 들고 속으로 들어가 그렇게 울고 싶었다.

아이들은 이 시속에 순결한 시상에 반했는지, 덕명 시인이 누구냐고 묻는 이들도 있었고, 시인의 감성을 가지고 싶다고, 돈으로 살 수만 있다면 그러고 싶다는 애들도 다수 있었다.

떨어지는 사과에도 이유가 있듯이, 각자 처한 삶의 환경 속에 사랑도 여러 가지 모양으로 찾아왔다가 사라지는, 안개와 같은 것인지도 몰랐다.

홍 선생은 잘생겼다. 이 명쾌한 진실 앞에 사랑은 무턱대고 아름답게 아이들의 심장에 아무도 모르게 조금씩 스며들고 있었다.

금방 시간이 속절없이 지나가고, 마치는 벨 소리가 아이들의 아쉬운 반응과 함께 사라졌다.

"아, 사랑. 이는 듣기만 하여도 설레는 말, 너의 가슴에 물방아치는 그 소릴, 들어 보라."

국어 시간이 금쪽같이 지나가고, 돌아서 가는 교생선생님의 향기가 온 교실 내 진동하였고, 지나던 새들도 지쳐 창문 섶에 기대어 지저귀고 있었다.

경구는 정신을 바짝 차렸다. 이제라도 취업해야겠다는 생각에 주변을 살폈다.

잠시 골똘하니, 아차 개성이 형님이 생각났다. 과거 소년원에 있을 때, 친동생처럼 아끼고 챙겨주시던 형님이셨다. 키는 땅딸해서 165 정도에 머리 스타일은 늘 깍두기 모양, 얼굴도 둥글넓적한 게 보기에는 그쪽 세계 사람처럼 거칠게 보였으나, 실은 속이 따뜻한 게 진국이었다.

두 번 생각한 것도 없고, 수첩에서 빵 동료들 전화번호를 뒤적이다, 두 번째 줄에서 전 개성이라는 형님의 전화번호가 가지런히 적혀 있는 것을 봤다.

"뚜뚜."

전화음이 서너 번 흘러가고 마침내 개성이 형이 전화를 받았다.

"누구요?"

"네, 형님 나 경구예요."

"응, 그래 경구 오랜만이다. 안 그래도 동상이 요즘 생각나서, 술을 한잔하고 싶었는데, 오후에 시간 있제?"

"네, 형님."

"그래, 그러면 얼굴 좀 보자. 옛날 다니던 먹장어 집 있지."

"네, 형님."

"그래, 그곳으로 오후 5시까지 오면 돼."

"네, 형님 그곳에서 뵐게요."

정성스럽게 인사를 하며 전화를 끊었다. 개성이 형은 주먹계의

황태자다. 충무동에서 형님 이름 대면, 그쪽 사람들은 다 알아듣는다. 한 번 형님한테 걸리면 감방도 필요 없고 바로 작업에 들어가니까, 감히 그의 심경을 거슬리는 사람이 없었다.

소년원에 있을 때도 다른 쪽과 시비가 걸려 싸움이 벌어지면 어디에 있었는지 불쑥 나타나 상황을 종료시키고, 그쪽 형님을 불러 몇 마디만 하면 고개를 90도로 숙이고 "알겠습니다, 형님." 하면서 꼬리를 내리고 사라지곤 했다.

경구 이모가 하숙할 때 개성이 형님이 돈이 없어 몇 달 치 밀렸을 때다.

"걱정하지 마라, 내가 볼 때, 그놈은 돈 그거 몇 푼 떼어 먹을 작은 놈이 아니다. 혹여 지금 못 주더라도 언제라도 챙겨줄 놈이다."

한때 형님이 어려울 때 도움을 줬던 그런 이모 아들을 의리 있는 개성 형님이 모르는 체할 리는 없었다.

사람관계란 다 이렇게 엮이고 살아가는가, 경구는 안도에 긴 담배 연기를 길게 마셨다.

정확하게는 모르지만, 개성이 형 위에 나이 차이가 좀 나는 형님이 있는 거로 알고 있는데, 뭐라 이야기를 들었는데, 정작 생각이 가물거려 마침내 꼬리를 찾지 못했다.

봄 하늘의 햇살은 뚫려버린 오염층 때문인지, 살갗에 닿는 햇볕이 따갑고 맵싸하게 다가왔다.

'아이고, 얼굴 다 타겠네! 뭐 좀 얼굴에 찍어 발라야 써겄네.'

경구는 햇볕에 타는 얼굴을 어찌하지 못하고 발만 동동거렸다.

남포동 뒷골목 v 모텔 앞에 또 아는 칠봉이 형님이 하는 오락장이 있어서, 지하로 내려가 보았다. 겉에서 보기에는 좁은 것 같았으나 막상 내려가 보니 굉장히 넓고 사람들이 북적거렸다.

빈틈없이 오락 기계들이 촘촘히 붙어있었고, 점심때가 되었는가, 출출한 배를 채워줄 요긴한 간식들도 용기에 싸서 아르바이트생들이 손님들에게 나누어 주고 있었다.

이들은 요기 거리를 먹으면 밖에 점심 먹으러 안 가도 되니, 오락장의 매상은 그만큼 득이 되었다.

칠봉이 형님은 카운트 앞에 서서 아르바이트생들을 통솔하고 있었고, 돈을 바꾸려는 사람들이 아르바이트생들을 부르기에 바빴다. 멀리서 경구의 모습을 확인한 칠봉이 형님이 인사했다.

"어이 경구 왔네."

"어이구 형님, 자주 와서 형님 일도 거들어드리고 인사도 해야 하는데."

죄송하다며 꾸벅 90도 인사를 했다.

"그래, 몸은 괴안체."

"네, 형님."

"야"

아르바이트생을 부른다.

"네, 사무장님."

"내 동생인데, 아까 우리 점심 간식 있지, 좀 갖다 드려라. 콜라하고."

"네, 사무장님."

아이들은 한 상 차려 휴게실에 갖다주었다. 칠봉이는 휴게실로 잠시 경구를 불러 허기진 배를 채워주었다.

"한 번씩 오던가 안 하고, 뭔 일 있으면 형님한테 와서 얘기해도 된다. 다 옛날 내 식구들이 아니가. 우리가 어데 남이가."

칠봉이는 껄껄거렸다. 경구는 간식거리를 게 눈 감추듯 먹어 치우고, 다방 커피까지 마셨다.

"형님! 손님 보니까 제법 쏠쏠하겠는데요?"

"아이고, 그러면 뭐하노? 짭새들 들랑거리며 돈 뜯어 가지, 비유마차 줄라니까, 허리가 빠진다, 나쁜 놈들. 안 그러면 어쩌던가, 건수 잡아가 영업정지 3개월 나오면 우리는 끝이다. 그래서 때 되

면 불러가 물 좋은데 데려가, 술도 사주고, 봉투도 짭짤하게 챙겨
주고, 그래야 이 업도 해묵는다이가. 제기랄 더 어쩌겠나? 이 바
닥이 원래 이런 곳 아니가."

칠봉은 담배를 꺼내어 피우고 있었다.
"그래 보니 동생도 힘들게 보이는데, 자리 필요하면 언제든 일
할 자리 만들어줄게! 너만 한 깡다구를 이 바닥에서 어떻게 찾을
수 있겠노? 동생 같은 네가 내 옆에 있으면 나는 맘 편하지, 양아
치 같은 놈, 시비 걸고 난리 나면 네가 간단히 처리해주니, 내가
와 너를 싫어하겠노?"
"실은 오늘 다섯 시에 개성 형님을 만나기로 했습니다. 형님이
급히 좀 보잡니다."
"그래, 경구야 알았다."
"얘기가 안 되면 언제든…"
명함 하나를 던져준다.
"내 좀 바쁘니 먼저 일어설게."
칠봉이는 경구 어깨를 "툭툭" 치며 휴게실을 빠져나갔다. 경구
는 남은 커피를 마시면서 어쨌든 춘자 수술비는 꼭 마련해야겠다
는 일념 외에는 아무 생각이 들지 않았다.

세상에 종의 기원들이 하나씩 병들어가고, 허약해 시들어가다가 골병이 들어 죽어가고, 심지어 사라지고 있다. 한 세대 전만 하더라도, 전혀 생각지도 못한 현실들이 변형된 모습으로 우리 곁에 생활 속으로 스며들어 왔다.

그렇게 많은 어느 시골의 양봉업을 하시는 벌의 군락에서 벌들이 수천 마리가 사라지고, 너무 놀란 농사꾼이 새파랗게 질려 사라져 간 빈 벌통을 흔들며, 한동안 식은땀만 흘렸다.

'누가, 왜, 어떻게, 이 많은 꿀벌을 한꺼번에 데려갔을까?'

지구상에 꿀벌들이 온전히 사라지면, 그리고 5년이 지나면, 이 지구가 멸망한다는데…. 서서히 꺼져가는 지구 그리고 나….

경구는 한숨을 내쉬며 습관적으로 담배를 입에 물었다. 담배는 이내 불꽃 연기 속으로 화합하다가 파란 퍼포먼스를 즐기며 사라져 갔다.

시간을 보니 개성이 형과 약속한 시각이 다가오고 남포동에서 자갈치 쪽으로, 형님과 약속한 곳으로 가려면 10분 정도 걸어야 했다.

환경도 변하고, 삶의 본질적 먹고 사는 문제도 치열했다. 부산이 주는 환경, 바닷바람은 날마다 옷을 바꿔입으며 불어왔다. 갓겨울의 울타리는 벗어나고 살랑대는 치마가 흔들리며 걸어가는 여성 옷 기운에서, 심란한 봄이 타는 냄새가 묻어왔다.

자갈치 끝쪽 귀퉁이에 있는 성재 먹장어 간판이 내리 보이고, 가게 안에도 앉아 먹을 수 있었고, 밖에는 포장마차 형식으로 둘러싸여 길옆에도 있었다. 뒤쪽에서 걸어들어오는데, 전 개성 형님이 늘 쓰고 다니는 베레모 모지기 눈에 들이왔다.

"아이고, 형님. 저가 조금 늦었습니다. 오다가, 요 앞, 칠봉이 형님을 만나서 잠시 커피 한잔 먹고 가라 하셔서, 가게에 잠시 들렀습니다."

"그래, 칠봉이는 괜찮더나?"

"네, 형님. 손님도 북적거리고, 재미있는 것 같았습니다."

"작년 12월 남부경찰서 오 경장님이 그만두고, 그곳 가게에 영업이사로 취업했다, 하더라. 다, 서로 협력하고 먹다가 잘못되면, 옷 벗고 옷 벗으면, 위에서 형님들이 먹고살라고, 한 자리씩 준다이가. 안 그러면, 이 업 못하지, 불쑥 합동단속반 뜨면 어째 대비를 하겠노. 다 짜고 치는 고스톱이 돼야, 서로 먹고 살제! 누이 좋고 매부 좋고, 그런 게 세상살이 아니겠나? 연말이 되면, 서면 아방궁에서, 부산 시내 잘 나가는 경찰 형사들 모아 술도 한잔 사주고, 봉투도 하나씩 안 돌리나. 사고 나면, 서로 정해진 규칙 따라 애들이 순서 따라 빵에 안가나. 가들은, 고등학교 시절부터 업소에서 아지트를 만들어 놓고, 훈련을 안 받나, 심지어 개 사료까지 먹이면서, 덩치를 키운다는 말도 있더라. 덩치도 빵빵하고, 몸에는 문신이 조화롭게 박혀 있고, 매월 형님들이 쏠쏠하게 용돈 주지, 빨빨한 중형세단도 주제, 업소 영업부장 명함 주제… 오경장이 이들과 쿵짝짝하는데, 너무 티를 내고 장난치다, 그쪽에서 걸렸고, 그 이유로 작년 10월에 옷 벗고, 이번 12월에 개업하는 곳에 서면 왕주리파 큰형님이 자리 하나 내줬다이가. 아, 경구야 몸도 허한데, 장어 좀 먹자! 사장님요! 장어 좀 주이소."

머리에 흰 모자를 덮어쓰고 달려온 사장님이 살갑게 인사한다.

"오, 우리 동상 왔네. 그래, 뭐 주꼬?"

"형님 튼실한 장어 좀 주이소. 아, 참 이 친구 소개 안 했네, 내 동생 김경구라 합니다."

경구는 벌떡 일어나 깍듯이 인사를 했다.

"형님, 잘 부탁합니다."

"그래, 경구라 캤제? 앉으라 편안히, 개성아! 형님이 알아서 챙겨올게."

그는 가게 안쪽으로 들어갔다.

이른 저녁이었지만, 하나둘씩 귀소본능이랄까. 가게로 몰려들면서, 자갈치 술꾼들의 일과가 시작되는 듯했다. 각설이 타령하는 아저씨는 여장하고 틀어놓은 쿵짝 하는 노래에 맞춰 가위로

쩝쩝 장단을 맞추며, 테이블마다 돌아다니며 울릉도 엿이라며 웃으며 건넸다.

"아따, 형님들 하나 갈아 주라니까!"

"하하."

얼굴에시 진한 분 냄새가 풍겨왔고, 개성이 형님은 지집에서 파란만장의 주인공, 만원을 꺼내어 선뜻 내어주셨다.

"아, 그래 오늘 많이 팔아."

덕담까지 했다. 그러자 각설이 진성은 고맙다는 절을 열두 번 하고, 호박엿을 싼 봉지를 테이블에 올려두고 다른 곳으로 총총 사라졌다. 개성 형님의 말은 이어졌다.

"그래도 저놈이 사나이여, 마누라가 매우 아파, 유방암 3기래. 뭐, 합병증이 와서 다른 쪽에도 전이가 되었는가 봐! 마누라 챙겨줘야지, 저그 아이들 학교 보내야지. 아들이 둘이여. 가방 메는 것들이 있어. 그래도 저것이 경기가 좋을 때는 괜찮아서 한데, 너도 알다시피 요즘 좀 안 그렇잖아! 배운 게 없는 놈들은 저렇게 몸으로 때워야 사는데, 살기가 좀 힘들어! 누구는 뻔질나게 기름칠하고, 이 바닥엔 그 나름대로 질서가 있지, 암! 이 규칙들이 깨지면, 사고가 나거든. 그러니까 조심해야 해!"

형님과 이런저런 얘기를 나누는 통에 사장은 숯불과 장어를 잔뜩 들고 테이블로 왔다.

장어는 준비가 되고, 적쇠 위로 올려졌다. 장어는 칭얼대는 아이들처럼 엉켜 살기 위한 피나는 춤을 추고 있었다. 경구는 소금을 들어 고기 위에 이따금 뿌렸다. 숯불은 참을성 없이 힘차게 올라왔고, 적쇠에 누운 장어들은 힘이 빠져 젓가락을 움직이는 데로 몸을 허락하고 있었다. 경구는 숙달된 손놀림으로 가위질하면서 적당한 크기로 잘라댔다.

"형님, 익었으니 이쪽 장에다 찍어 드세요."

"아, 술이 빠졌네."

"형님 진로로 할까요?"

"아니면 대선, 부산은 대선아이가."

경구는 사장을 부르면서 외쳤다.

"형님 대선 3개요!"

일단 3병은 기본이고, 들어가는 상태를 보고 추가할 일이었다.

경구는 개성이 형님과 저물어가는 시간을 한잔씩 돌리다 보니 바닷가 석양에는 태양이 허무룩하게 지고 있었고 여기저기서 몰려온 구름이 보름달을 차지하려고 자그락 싸움질해대고 있었다. 붉게 탄 얼굴로 미련없는 세월에 파한 대소로 풀고 있었다. 붉은 천막 아래 모여든 사람들, 연인으로 보이는 두 팀과 나이 차이가 제법 나는 생소한 얼굴들도, 그곳에서는 너나 할 것 없이 낙원의 구름다리였다.

포장마차 밖에서는 노래방 기계를 틀어놓고 노래를 부르며, 호객을 일삼는 품바 동생 목소리가 울려 퍼졌다.

"나에게 애인이 생겼어요."

"가슴이 뜨거워져 와요."

"정말 좋아 죽겠어요."

나에게도 애인이 생겼다고, 못생긴 얼굴로 활기차게 노래했다.

"허 참, 그 새끼, 그만하던가 안 하고, 시끄러워 죽겠고 마느, 뭔 애인이 그리 많나 써 거질 놈."

개성 형님은 시끄러움에 짜증 섞인 표정으로 인상을 구부렸다.

장어가 숯불에 비틀대다 입속으로 향하고, 아래 뱃속으로 기어들어 갔다. 그간 가만있었던 오장육부가 좋아서 춤을 춘다. 저들도 빈집에 소가 들어오니, 웃을 수밖에 없었다.

"경구야! 여기는 조금 시끄러우니, 2차로 요 옆 지하에 봐둔 데가 있는데, 거기 가서 간단하게 맥주 한잔 더하자. 돈 걱정은 하지 말고. 그래도 아직 형님이 네 술 사줄 돈은 있다."

"아, 네 형님 고맙습니다. 늘 존경합니다."

경구는 돈 앞에 절을 하는지 형님한테 절을 하는지 알 수가 없었다.

"여기요."

손을 흔드니 빨간 티를 입고 다니던 사모님이 달려왔다.

"여기 얼마요?"

"예, 58,000원입니다. 어째 맛있게 드셨습니까? 다음에 오실 때 못다 한 거 다 챙겨 드리겠습니다. 오늘따라 금요일이라 그런가? 손님이 좀 많네요."

곱실한 머리를 흔들며, 생글생글 손님에게 서비스를 싹싹하게 잘도 하고 있었다.

형님은 안주머니에서 검정 반지갑을 꺼내더니 카드가 아닌 노란 종이 두 장을 곱실이 아줌마에게 건넸다. 카드가 아닌 현금을 건네주자, 입이 두 배로 벌어지는 것 같았다. 현금을 솔솔 받으면 매출이익에 엄청난 차익을 거둘 수 있기 때문이다. 우선 부가세 10%와 종합소득세 2%는 기본적으로 더 벌고 들어가니, 입을 다 물 수 없는 이유였다.

개성 형님은 잔돈을 돌려받고 자리에서 일어나 밖으로 나왔다. 주인 부부간은 다음에 또 들리라며 쌍수 들고 인사를 곁들였다. 경구와 개성은 담배를 하나씩 입에 물고 시원한 바닷바람을 마시며, 밤하늘에서 이드거니 하게 차오르는 달을 보며, 다음 장소로 이동하고 있었다.

"형님 잠시 소변 좀 보고 갑시다."

바로 옆에 공중화장실이 보였다.

"그래, 나도 술을 좀 먹었는가, 볼일을 보고 싶네."

둘은 남자 화장실로 들어가 소변대 앞에 서서 중요한 물건을 소중히 내어놓고, 정중히 방시를 시작했다. 힐끗 형님은 그것을 훔쳐보았다.

"경구야! 어째, 니 그것은 참 튼실하다. 가스나들 깜박하겠는데."

"아이고 형님, 형님 것이 더 도톰하고 좋게 보이는데예. 히히."

서로 낄낄대며 남자의 은밀한 부분을 두고 품평회를 하며, 가슴에 쌓아둔 남정네의 찌꺼기를 깨끗하게 발산하고 있었다.

"경구야! 요즘 힘들지."

"아닙니다, 형님."

"내가 이 바닥에 몇 년인데, 척 보면 사람 하나 못 보겠나? 자석."

"아이고 형님도."

말꼬리를 숨긴다.

"야야. 저쪽 오른쪽 두 번째, "너하고 나하고" 맥줏집이다. 지하에 있다."

경구는 개성 형님의 벅벅한 손에 이끌려 지하 구석진 맥줏집으로 들어갔다. 하늘에는 우주공이 총천연색으로 돌고 있었고, 간간이 멜로디로 연주 음악이 쉴 새 없이 흘러나오고 있었다.

"아이고, 이게 누고, 야 이 사내들아! 어디 갔다 온다고, 이리 소식이 없었노? 참말로."

마담 언니는 개성 형님의 두꺼운 어깨를 툭 친다.

"어, 안 죽었네, 어찌 더 이뻐졌노? 그간 물 좋은 놈 하나 건졌는가 뵈!"

배시시 웃는 마담을 향해 농 짙은 외마디로 웃어넘겼다.

"언니야! 우리 조용한 방 하나 주라, 얘기 좀 할 게 있어서."

"응, 그래 저 세 번째 방으로 들어가라. 뭐 좀 주고?"

"맥주 좀 주소. 안주는 싱싱한 과일 좀 하고."

개성은 맑고 경쾌하게 주문했다.

"그래 알았다. 맛있는 거 챙겨줄게, 들어가 있어라."

조용한 침묵이 흐르고 간단한 안주와 맥주가 먼저 테이블에 올라와 불타는 심장을 달래줄 기녀처럼 나긋이 서 있었다.

"자, 우선 시원한 맥주부터 한잔하자."

개성은 경구에게 잔을 따르려 했다.

"아닙니다. 형님 먼저 받으셔야지요."

경구가 황급히 맥주병을 빼앗아, 형님 잔에 "괄괄" 윤기가 나도록 부었다.

"됐다, 그만 넘치겠다."

그리고 곧장 개성은 경구에게 술잔에 조금 넘치도록 부었다.

"아, 조금 넘쳤네, 자, 한잔하자."

서로의 잔을 올렸고 건배사는 없었지만, 잔을 부딪치며 격식을 차렸다.

마담 이 씨는 정성스레 장만한 푸짐한 과일 안주를 들고 들어와 형님 옆에 사뿐히 앉았다.

"이왕 들어 왔으니 언니도 한잔 받아야지."

개성은 걸쭉한 표정으로 마담 이 씨에게 눈웃음을 치며 맥주 한잔을 나누었다.

쓸데없는 이야기가 몇 분 오가고, 마담 언니는 다른 손님이 오셨다며 나갔다.

제6장

영가(靈駕)

정숙이 아버지 갈구는 그가 일곱 살 되던 해에 갑작스러운 뇌경색으로 2년 고생하시다가 돌아가셨다. 마산역 주위 사람들은 그의 아버지 김갈구를 모르는 사람이 없었다.

무슨 일에든지 트집을 잡고 걸려들면 사기 치고, 흠집 잡아 공갈치고, 그의 내력은 전과 7범이었고, 심심하면 국립호텔을 자주 다녔다.

그의 엄마도 이러한 조폭에 걸려들어 어디 도망도 못 가고, 내내 그의 수발을 들어줘야 했다. 그날도 엄마가 미용실 일을 늦게 마치고 집에서 곤히 잠들었는데, 평소에 갈구는 미용실 처녀 미경이를 눈여겨 봐둔 터라 기회를 엿보고 있었다.

날씨가 더워 창문을 좀 열고 잔 것이 화근이 되었다. 마침 주인집 양반들은 휴가 중이었고, 사람이란 자신 혼자뿐이었다. 뭐 별일 있겠냐는 심정으로 창문을 열어두고 잠을 청한 것이다. 갈구는 그날도 어느 술집에서 공갈을 치고, 약한 사람들의 피 같은 술을 돈도 내지 않고, 공술을 퍼 다 마셨다. 워낙 성질이 더럽다 보니, 어느 사람도 입을 데는 사람이 없었다. 눈매는 삼각형으로 찢어졌고, 그가 인상을 쓰면 눈가에 살기가 돌았다. 갈구는 입 안에 술 냄새를 지우려, 자이레놀 두 알을 입에 넣고 잘근잘근 씹 어 대고 있었다.

상가를 지나 집으로 올라가려는데 미용실 처자 집 창문이 열려 있지 않은기? 갈구는 본능적으로 실실 몸을 근질거리면서, 열려 있는 창문가로 다가갔다. 언제나 불이 켜져 있던 1층 주인집에 불 이 꺼져 있었고, 2층 창문은 바람결에 조금씩 왔다 갔다 했다.

'이것 봐라.'

갈구는 제비처럼 몸을 날려 배관 구를 타고 올랐다. 평소에 남 의 집 타고 넘는 건, 식은 죽 먹기보다 쉬웠다. 미경이는 그날 손 님이 다른 날보다 많이 들이닥쳐 무척 곤한 잠에 파묻혀 새근거 리며 잘도 자고 있었다. 날씨가 더운 관계로 제대로 된 옷도 걸치 지 않고 꿈나라로 간 것이었다. 갈구 눈에 비친 백옥과 같은 살 결, 달빛이 시샘할 만큼 관능적이고 아름다웠다. 순간 갈구는 이 런저런 생각 없이 창문을 잠그고 커튼을 쳤다.

갈구의 거친 손놀림은 한창 물이 오른 미경에게는 너무 거부할 수 없는 높은 산이었다. 미경이는 '악' 소리를 내며 반항했지만, 그 리 오래 버틸 수가 없었다. 옷도 거의 속옷만 입고 자던 터라, 갈 구의 거친 손에 비켜나갈 수 없었다. 움켜쥔 가슴 위로 뱀이 지 나가고, 아래로 커다란 물개들이 파도치며 정신없이 들어왔다. 그동안 쌓아놓았던 노처녀의 강둑이 터져버린 것이었다. 일은 끝나고, 갈구는 훌쩍이는 미경을 껴안으며 말했다.

"나 갈구여, 보기에는 그래도, 심성은 착하고 솔직해! 한 번씩 올 테니, 알아서 혀."

그 말을 마치고 갈구는 언제 들어왔냐는 투로 제비처럼 사라져버렸다. 갈구는 공갈범이고 전문 사기꾼이었다. 심지어 채권추심에도 들러붙어 악랄하게 돈을 받아냈다. 읍내에 있는 원 씨는 딸이 암에 걸려 여러모로 악조건 속에 조금씩 몰래 돈을 모았고, 까만 가방 속에 여러 서류나 돈이 될만한 것들을 숨겨두었다. 그런 그에게 갈구는 소리쳤다.

"다음 날까지 돈을 갚지 않으면 딸년 간이라도 팔아야!"

죽어가는 딸년을 들먹였다. 이 일이 있는 후 퇴근길에 그날따라, 어제 온 비로 노면이 미끄러웠고, 날씨는 습도가 높아 후덥지근했다. 차 창문을 다 열어두고 운전하다가 갈구의 충격적 공갈이 생각나 어질어질하다가, 그만 교통사고를 내고 원 씨는 그 자리에 즉사해버렸다. 순간 일어난 교통사고였다. 경찰차와 긴급호송차가 달려와 시신을 수습했지만, 이미 숨은 날아가고 심장이 정지된 상태였다. 경찰은 차 안에 사물이 있나 살폈지만 특별한 물건은 없었다. 그렇게 원 씨가 억울한 채권추심에 희생자가 되어 아무도 모르게 아까운 인생이 사라졌다.

대출산 산자락은 가파르고 험하여 외지인들이 접근하기가 몹시도 어려운 산세였다. 더러는 날 짐승도 후드득 지나다녔고, 오후 3시가 넘어서면 벌써 골짜기에는 어두운 기운이 몰려드는 음산한 지형이었다.

어디서 왔는지 누구와 왔는지도 모르는 큰 사찰이 웅장하게 들어서 있었고, 들어서는 정문에는 아무나 들어서지 못하도록 붉게 칠한 대문이 두껍게도 가로막고 있었다. 대문 중앙에는 태극마크가 둥글게 표식 되어 있었다.

오후 2시나 되었을까? 성일이는 평소 알고 지내던 대학 동기 대성이로부터 전화가 왔다.

"성일아 니 아르바이트 구했나? 돈이 필요 하다메? 아르바이트 하나 해볼래?"

"그래 당근이지 말이나 들어보자. 어떤 일인데, 조건은 어찌 되는데?"

성일은 어째선지 돈 모으는 일 외에는 관심이 없었다.

"근데 네가 할 수 있겠냐?"

대성이는 말 꺼내기가 머쓱한지 한동안 망설였다.

"뭔데? 그냥 돌리지 말고 바로 얘기해봐라. 괜찮다."

대성은 입을 열고 찬찬히 얘기했다.

"산의 일."

성일이는 더욱 호기심이 생겼고 대성에게 다가갔다.

"그래, 내 사정은 니가 더 잘 안다이가! 우데 일할만한 데가 있더나?"

"다름이 아니고 우리 아버지가 산타는 심마닌데 우째 돕는 사람이 필요하대서. 그리고 니는 저 때 보니 산도 잘 타고 하체도 빵빵해서 니 생각이 나더라. 저 때 약초에 대해서 곰곰이 묻는 걸 보니, 딱 니가 제격이라 생각했지. 아르바이트비는 그렇게 많지 않아도 맑은 공기 마시고 체력도 다지고 몸에 좋은 산 뿌리도 많이 묵을 끼고, 안 좋나 성일아! 우째 생각해볼래?"

"아이고 문둥아 생각할게 뭐 있노? 바로 해야지!"

성일은 조금도 망설임 없이 약초꾼 보조로 낙점받았다. 대성은 성일이의 사정을 누구보다 잘 알고 있었다. 저놈은 중학교 1학년을 다니다가 집안 사정으로 학교를 그만두었다. 엄마는 원인을 알 수 없는 정신병으로 고생하시다가, 심장에 문제가 생겨 경제적 도움을 기대하기는 힘들었다. 그렇다고 엄마를 단 한 번도 원망해본 적이 없었다. 병석에 누워있는 어머니를 늘 애타게 바라볼 뿐이었다. 그에게 아버지가 있었다는 얘기는 한 번도 들은 적이 없었고, 그 부분에 대해서는 일절 언급이 없었다. 성일이는 학교 가는 친구들을 돌담길 옆에서 숨어보다가 눈물을 훔칠 때가 한두 번이 아니었다.

성일은 마음속으로 다짐했다. 어떤 일이 있어도 누구의 도움 없이 대학까지 졸업해야겠다는 결심을 하였다. 그래서인지 닥치는 대로 일했다. 새벽에는 신문을 돌렸다. 150부나 되는 무거운 신문을 들고 청하동 비탈길을 땀이 비 오듯 흘러내리는 걸 훔쳐내며 돈과 싸움을 벌였다. 중학교 과정을 검정고시로 패스했다. 여러 가지 일하면서 피곤함에 지쳐 졸음이 눈꺼풀을 짓누르고 힘겨워할 때도, 이를 악물고 심지어 손에 혈서까지 써가며 하루 4시간 이상 자질 않았다. 대입 검정고시도 이렇게 맨주먹정신으로 링 안에서 죽겠다고 설치니 안 통할이 없었다. 합격 못 하면 나 죽는다고 대드니 어쩔 수 없이 하늘은 그에게 대입 자격증을 줄 수밖에 없었다. 대학 입학도 과 차석으로 등록금은 장학금으로 대신할 수 있었다.

대성은 성일의 어린 시절 고생한 얘기를 고스란히 알고 있는 몇 안 되는 친구였다.

성일이는 평소에 관심이 많았던 약초 공부도 하고, 아르바이트로 돈을 조금 벌려고 일을 찾고 있던 차에, 마침 친구 아버지가 사람을 구한다는 소식에 대성이는 성일이에게 전화한 것이었다.

성일이는 나름대로 생각했다. 약초 캐는 일을 하며 산을 누비다가 귀한 약재가 눈에 띄면 소중히 캐내어 가져다가 약재상에게 팔면 돈을 벌 수 있겠다는 생각이었다.

가을 학기에는 어떻게든 복학해야 했기에 한 뿌리도 귀하고 아까운 보배였다.

"대성아, 그러면 아버지한테 인사는 해야지!"

"그래, 가만히 있어봐라! 우리 아버지 바꿔줄게. 아버지요! 내 친구 성일입니다. 친구가 한번 해보자네요."

대성이는 날씨가 더운지 목에 걸고 있던 수건으로 이마를 닦으며 아버지에게 휴대전화를 건넸다.

"웅, 그래 성일이가, 그래, 어찌 한번 해볼래? 아르바이트비가 좀 부족해도 한번 해봐라! 어쩌다가 산 신령님이 점지해주면 산삼도 안 캐나!"

대성 아버지는 검게 탄 팔뚝이며 얼굴에서는 땀방울이 송골송골 맺혀 있다.

"네 아버님, 한번 해볼게요."

"그러면 이곳에 어떻게 찾아올지 모르겠는데…. 대성이한테 물어봐라. 다음 주 월요일부터 같이 일하자!"

"웅, 성일아! 그러면 일요일 읍내 버스정류장으로 내가 나갈 테니, 찍어준 주소를 참고로 하고 도착 시각만 문자를 주면, 내가 알아서 나갈게."

"대성아 고맙다."

"뭐가 고맙노!"

"그래도 마음 써주는 게 어데고, 내 사정 알아주는 건 니뿐이다."

특별히 누가 도움 주는 사람이 없었기에 성일이의 마음은 어쨌든 열심히 아르바이트해서 이번 연도 하반기에는 꼭 대학에 복학하는 게 꿈이었다. 성일은 군대 다녀와서 복학해야 하는데 등록금을 마련하지 못하였기에 무슨 일이든 해야 하는 상황이었다.

"그래 뭐 돈 버는 일인데, 따질 게 뭐 있겠노?"

한번 해보자. 성일이는 대담하게 결심을 다짐하고 있었다.

일주일 후, 성일이는 그곳으로 가기 위해 그 일과 관련해서 기본적인 약초에 대한 지식을 얻기 위해 책을 살폈다. 멀쩡하게 보이고 모습이 거의 흡사해도 잘못 먹으면 독을 몸 안으로 들이는 꼴이 되니, 큰일 나는 일이었다. 세심한 주의가 필요했고, 경험자들의 증언이 절대적이었다.

성일은 지리산 자락 산청 깊은 골짜기를 가기 위해 집을 나섰다. 성일이 집은 반지하로 햇볕도 안 들어오는 생활을 하려면 24시간 형광등을 켜두어야 했다.

대출산으로 가는 버스를 타기 위해 서부 터미널로 가야 했고,

매표소는 사람들로 복작거렸다.

그런데 그놈의 차는 출발이 지연되었다.

"맨날 연기되고 그러네, 워메 지겨워 죽것어, 한 시간을 우째 기다리노!"

70대로 보이는 노인은 출발 시각보다 늦어지는 무료함을 달래지 못하고 불만 섞인 투로 주저리주저리 하고 있었다.

벽걸이 텔레비전에서는 메르스 번호가 오르락내리락했다. 원주에 있던 32번 환자가 대구로 갔고, 대구 집안 식구들 모두에게 메르스 균을 퍼트리며 전이시켰는데, 셋째가 서울 간다며 간 것이 아직 소식이 요원하다며 그의 행방을 쫓는데 모두 혈안이 되어 있었다.

40대 중반으로 보이는 아줌마는 방금 여기에 있었던 밤색 지갑이 없어졌다며 금세 인상이 달라지며 소리를 쳤다.

"내 지갑 누가 가져갔노?"

갑자기 성일이를 쳐다보며 께름칙한 눈으로 위아래를 훑어보았다.

"아주머니 저는 아닙니다!"

성일은 시계를 보았다. 정해진 시간 십 분 전에 길이가 긴 45인승 버스가 도착했다. 성일은 버스를 기다리다 줄지어 서서 간신히 올라탈 수 있었다. 도착시간은 가는 데 3시간 걸리니, 한숨 자야겠다는 생각이 들었다. 표를 받던 점검원이 숫자를 확인하고, 이상이 없는지 버스에서 내려 사무실로 돌아갔다.

성일은 좌석에 앉자마자 피곤했던지 이내 곯아떨어졌다. 짧은 시간이지만 꿈을 꾸었다. 가파른 계곡을 걷고 있었고, 잠시 목이 말라 약수터에서 두 손으로 물을 받아 몇 번 마시기 시작했다. 한데 뒤에서 물끄러미 성일의 행동을 지켜보던 사람이 한 명 있었다. 백발 머리에 수염을 깎지 않아 도사처럼 생긴 노인이 물끄러미 시선을 멈추지 않고 노려보고 있는 것이었다.

"저에게 볼일이 있나요?"

성일은 노인에게 물었다. 노인의 눈빛이 예사롭지 않았다. 말끝마다 휘파람을 불며 바람 속에 숨어 있는 영가들을 부르는 것 같았다. 솔직히 두렵고 음산한 느낌이 온몸에 저리기 시작했다.

바람이 한두 번 더 불어와 은행나무들을 갈무리하던 때, 차 버스는 휴게실에 도착했다는 설명이 운전사 입에서 방송되었다. 그제야 성일은 정신을 차리고 깨어났다. 모두 장시간 무료했는지 주섬주섬 일어나 화장실로 향해갔다.

비틀비틀 술에 취한 듯 성일이는 혼미하게 꿈속에서 자기를 주시하던 노인의 눈빛을 잊을 수가 없었다. 그 노인은 누구시길래 여태껏 나를 노려보았는가? 참 이상하다고 생각하며 화장실로 갔다. 산행하려는 산악회 인원들로 주위는 장사진을 이루어 있었고, 성인가요 CD 가게에서는 앰프를 크게 틀어놓고 트로트가 줄지어 흘러나왔다. 만나는 사람마다 영화에서 자주 볼만한 선글라스를 검게도 쓰고 복장은 울긋불긋 등산화까지 패션 일색이었다.

화장실에 다녀온 성일은 차 번호를 중얼거리면서 보물 찾듯 두고 온 차를 찾았다. 성일이 타야 할 차는 저쪽에 오른쪽에서 두 번째에 머쓱하게 서 있었고, 기사님은 왜 이리 사람들이 오지 않나 비어 있는 좌석을 둘러보았다. 정해진 시간 안에 오지 않으면, 출발하는 것으로 되어 있었다. 성일은 차에 오르면서 박카스 한 병을 기사님에게 전했다.

"수고하십니다. 피곤하실 텐데 한잔하시죠."

"아, 네 감사합니다."

인사를 간단한 묵례로 대신한 채 성일은 자리로 돌아와 앉았다. 출발 2분 전 좌석은 모두 착석되었고, 기사님은 목적지로 향해 조용히 미끄러져 갔다.

대출산 자락은 읍내에서도 셔틀버스를 타고 한 시간 정도 더 들어가야 했다. 마침 대성이가 마중을 나와 있어서 마음은 한결 가벼웠다. 그런데 어째 대성이의 얼굴이 종전처럼 밝지 않았다.

"야 친구야, 왜 이리 인상을 쓰고 있노? 인상 좀 패라. 와, 아버지하고 싸웠나? 산에 같이 안 간다고 뭐라 하더나?"

"아이다, 그냥 기분이 좀 우울해서 그런 거다."

대성이 엄마는 신장이 안 좋아서 병원에서 피 갈이를 일주일에 두 번은 매주 하고 계셨고, 얼굴에는 이미 병색이 짙어 보였다. 눈도 어지럼증으로 앞을 잘 보질 못했다. 초점이 맞질 않아 밖에 나가는 것도 힘든 상황이었다. 그래도 요즘 의료보험 시스템이 잘되어 있어서 비용 부분은 많은 도움을 빌을 수 있었다. 이빨도 앞니가 거의 다 빠져 흉물스럽기 그지없었다. 이런 엄마를 위해 갖은 약초를 캐내어 먹여봤지만, 소용이 없었다. 절망하며 울부짖는 아버지의 뒷모습을 대성은 자주 보곤 했다. 어찌해서라도 엄마 병을 고칠 수만 있다면, 무슨 짓이라도 할 수 있을 것 같았다.

하늘은 대성이의 마음을 아는지, 마음과 같은 색깔로 마음을 위로하고 있었다.

어느새 깊은 산자락에 도착하니, 아버지가 나와 계셨다.

"아이고 성일이 아이가."

아버지는 성일이가 대성이의 초등학교 유일한 단짝이었기에 누구보다도 잘 알고 있었다. 성일이는 대성이가 아이들과 싸우면 언제든 달려와 편이 되어주곤 했던 친구였다.

"그래 온다고 수고가 많았지!"

아버지는 배도 출출 할 것인데 감자 삶아 주겠다고 하시며, 이내 솥뚜껑 안에 준비해둔 감자를 넣고 물을 부었다. 그리고 솥뚜

껑을 닫았다. 대성 아버지는 성일에게 물었다.

"가을 학기에 복학한다며?"

"네 이번에는 꼭 하려고요. 남은 기간 열심히 벌어야 합니다."

"웅, 그렇나?"

"이 산 일이란 게 산신령님이 도움 주시면 우연히 귀한 약재가 눈에 띄어 횡재하지만, 어떤 땐 공치는 날도 많단다. 나는 그냥 대성이 친구고, 경험 삼아 약초에 대한 일들을 해보는 것도 좋은 일이라 불렀는데, 내 생각하고 너 생각하고 조금 다르구나!"

대성 아버지는 무슨 생각을 깊게 하느라 골똘하더니 말했다.

"그래 그러면 되겠네. 나도 니가 필요한데, 경제 여건상 너하고 맞추기가 좀 힘들 것 같고, 아니면 방법도 있다. 성일아, 니 심장이 강하고 배짱도 좀 있제!"

"네, 엔간한 건 무섭지도 않습니다."

희한하게 성일이는 어릴 적부터 공포 실화 시리즈 영화를 보거나 텔레비전을 봐도 놀래거나 겁을 먹는 경우가 거의 없었다. 참 세상에 이상한 종자도 다 있었다.

"대출산 골짜기 깊숙이 들어가면 대홍사라는 곳이 있다. 이곳에서는 돌아가신 영들을 모시는 곳이다. 그곳에 가면 아르바이트비도 세다. 왜냐하면, 보통 사람이 근무하기가 힘든 곳이다. 너처럼 강짜가 아니면 하루도 못 버티고 도망가거든. 또 잘못되면 본인이 빙의되는 경우도 있긴 해! 그래서 사람들이 돈을 많이 준다고 해도 일을 관리할 사람이 없는 거야! 늙은 스님이 모든 걸 관리하기가 쉬운 일이 아니야. 그리고 무슨 소문이 났는지, 이곳에 모시면 안 풀리던 문제가 술술 잘 풀려서 잘된다는 소문이 전국으로 번져, 너도나도 대흥사로 유골을 모시러 난리도 아닌가 봐! 나는 대흥사 주지 스님을 잘 알아, 한 30년 알고 지내는 사이야. 산자락 오갈 때 인사도 하고, 두루 안부도 묻곤 하지. 정대발 주지 스님은 일흔여섯이야, 나이에 비해 아직 정정해! 산을 오르면 전문 산지기인 나보다 더 빨라 축지법을 쓰는지 휙 하면, 시야에서 없어져. 전에 나에게 부탁하더라고. 대성이 아버지! 대성이 친구도 많을 건데, 쓸 만한 놈 있으면 하나 소개해달라 하면서 전부터 조르며 부탁이 있었다. 돈 걱정은 하지 말라는 전언도 있었다."

성일은 순간 고민이 되었다. 돈에 구애함 없이 자유롭게 용돈벌이 겸 약초 공부나 하는 방법이 있고, 아니면 아버님 말씀처럼 대흥사에 들어가서 주지 스님을 돕는 일을 하던지 결정해야 하는 일이었다.

성일이는 밖으로 나와 담배 하나를 입에 물었다. 파란 연기가 산골에 퍼져 달아났다. 한 번도 경험하지 못한 신선한 공기 위를 파란 연기는 춤추듯 자유롭게 흩어져 날아갔다.

이제 어떻게 하지, 생머리를 짜다가 이곳에 온 목적은 돈을 벌기 위함이요, 그 돈은 절대적으로 복학 비용으로 쓰일 귀한 돈이었다. 시간상으로도 그렇고 이 명백한 현실 앞에 여백의 공간은 없었다.

약초에 대해 아쉬움도 있었지만 이를 악물고 성일이는 대홍사로 가기로 작정했다. 여기서 좀 더 올라가야 하지만, 그래도 지척에 친구와 아버지가 있다는 사실이 든든하게 여겨졌다. 성일은 어려운 결정을 하고 집 안으로 들어왔다. 아버님도 이미 눈치를 채고 계시면서 체념한 듯 성일의 눈동자를 살폈다.

"아버님 일을 도와 이 일을 하면 좋은데, 현실적으로 다음 학기 등록금이 중요하기에 저로서는 어쨌든 돈이 우선이기에 대홍사로 결정했습니다."

단호한 의사에 아버지는 고개를 끄덕이며 아쉬운 듯 상황을 인정했다.

"그래 잘 알았다. 나도 그렇게 생각한단다. 우리가 아직 여의찮으니 할 수 없지. 뭐! 점심 먹고 대홍사로 가보자."

"네 아버님."

"대성아, 미안하다. 너도 내 형편 알제!"

"그래 알지! 충분히 이해한다. 걱정하지 마라!"

"그래, 고맙다. 너는 내가 어떻게 여기까지 왔는지 아는 유일한 친구다."

둘은 흉금 없이 서운함을 잊어버리고 금세 장난도 치고 웃음소리가 저 멀리까지 들려왔다.

아버지는 친구를 위해 씨암탉을 잡으셔서 맛있는 백숙을 통해 잃었던 원기를 제공해주셨다. 성일은 늘 은혜만 받아왔다며, 훗날 평생 잊지 않겠노라 눈물을 훌쩍이며 감사하다는 얘기만 반복해서 했다.

"야야 다 식겠다."

대성이 아버지는 어서 먹자며 다그쳤다. 촌에서 그리고 자연 방목으로 자란 닭이어서 그런지 토실하고, 살이 쫀득한 게 씹을수록 단맛이 우러나왔다.

묶어둔 백구는 뭘 봤는지, 사람도 오지 않는데 자꾸만 소리를 지르고 있었다. 누가 왔나 싶어 방문을 열어봐도 아무도 없었고, 지나가는 바람만 쌩쌩거릴 뿐이었다.

대성이네 집에서 한 시간 더 깊은 곳으로 올라갔다. 산골짜기에는 영롱한 물들이 미끄럼타듯이 내려갔다. 하늘에는 흰 구름만 뭉실뭉실 피어있었고, 산골짝에는 종달새와 꽃들이 자지러지게 피고 있었다. 마침내 대흥사 간판이 눈으로 들어왔고, 입가에는 안도의 숨소리만 빙빙 돌고 있었다.

성일이는 이상하게도 마음이 편안했다. 어디에서도 느낄 수 없는 따뜻함과 포근함이 밀려왔다. 어쩌면 이런 기분은 처음 느껴보는 행복감이라 말할 수 있었다.

"자네 왔는가?"

"아, 예. 스님 잘 지냈습니까? 아프신 데는 없으시고요."

"그럼, 그럼. 그래 이 사람인가?"

"아, 네."

"우리 대성이 절친한 친굽니다. 삭삭하고 대범하며 남자답습니다."

칠순 노인의 눈빛은 성일의 모든 것을 파악했다.

스님은 순간 깜짝 놀랐다.

'아니 그러니까 저놈이 점순이 아들 아냐? 아니 세상 참 좁다고 하더니 이곳에서 다시 만나다니, 참 알 수 없는 게 세상 인연이다.'

노스님은 타고난 영계를 가지고 계셨다. 그가 새벽 기도에 깊숙이 들어가면 잠자던 영가들이 조용히 그 앞에 멈추어 서 있었다. 그는 그들을 다스리고 있었고, 그로 말미암아 후손들이 평안한 삶을 영위하고 있었다. 그래서 영가를 다스릴 사람이 필요했다.

노스님은 조용히 눈을 감고, 그러니까, 과거 성일이 출생의 비밀을 회상했다. 마침 절에 기숙하며 오랫동안 기도에 증진하는 점순이를 노스님이 그의 방으로 불렀다. 스님은 여러 번 헛기침하시고 물었다.

"점순아 너 좋은 일 한번 안 할래?"

"무슨 일인데요.?"

점순이는 스님의 말에 귀를 쫑긋했다.

사실 점순이는 이 절에 들어오기 전 이미 세상과 단절하고 들어온 사연이 깊은 여자였다.

"너도 알듯이 내가 몸이 좀 아프다. 그래서 후임자가 필요하다."

"그런데요?"

점순이는 후계자란 말에 이게 무슨 씨나라 까먹는 소린고 싶어 어리둥절했다.

"네가 애를 낳을 건데, 그 애는 일반인과 다른 특별한 애가 태어날 거야! 너의 몸에서…"

점순이는 깜짝 놀랐다. 아니 그럼 지금 스님의 씨를 받아 애를 낳아야 한다는 소린가 싶어, 눈을 번쩍 뜨고 스님을 새초롬하게 바라보았다.

"점순아! 너는 잘 모르겠지만, 이 영계의 세계는 우주 같아서 네가 알지 못하는 세계가 있단다. 그 오묘한 세계 그 우주의 기를 받아 너의 몸에서 태어날 아기는, 다른 건 일반인과 같으나 영가를 다스리는 능력은 탁월하단다. 너도 알다시피, 우리 사찰 뒤편에 차려진 유골 암자가 있는 걸 너도 알지? 그곳에는 수많은 유골이 모셔져 있지! 오후 11시부터 새벽 2시만 되면 영가들이 모여들지."

점순이는 스님이 무슨 얘기를 하는지 도무지 알 수가 없었다. 그게 자기와 무슨 상관이 있는지 모를 일이었다. 스님의 이야기는 계속 이어졌다. 기침이 이어지자 점순은 재빨리 주전자에서 곡차를 부어 스님에게 공손히 드렸다. 스님은 점순이가 따라준 곡차를 천천히 마셨다.

"세상에는 많은 죽음이 있지만, 특히 억울하게 돌아가신 분들이 많아, 그들은 죽었어도 원한을 풀지 못해 매일 밤에 울어, 서럽게도 운다고! 아무리 천도재를 올려도 소용이 없는 존재들이야! 마음 편히 좋은 곳으로 가면 될 텐데, 가질 않아, 꼭 원수를 갚고 가겠다느니 하며 몸부림을 칠 때가 많아!"

"그런데요, 그게 저하고 무슨 상관이 있는데요?"

점순이는 이상한 말만 늘어놓는 스님의 말에 고개만 갸우뚱하였다.

"너는 이미 이 세상 사람이 아니야! 벌써 죽어도 골백번 죽었던 사람이야! 너의 희생으로 이 불쌍한 영가를 도울 수만 있다면, 그것도 중생들을 위한 예불이 아니겠니?"

"그래요, 저는 이미 3년 전에 죽었던 사람입니다. 제가 뭐가 두렵겠습니까? 스님이 하라면 내 목숨도 초개와 같이 버려야 하지요."

"네 뜻이 그리 섰으면, 네게 얘기할게. 네가 백일기도를 마치는 날, 특별 예식이 있을 거다. 그 예식을 치르고 나면, 너의 몸에서 아기가 잉태될 것인데, 이 아이는 남자와의 관계에서 받아낸 정자와의 수정에서 만들어지는 아기가 아니란다."

그리고 모든 걸 나에게 맡기란 말과 함께 스님은 자리를 비우셨다. 그러니까 계산상으론 5월 1일쯤이었다.

참 말도 안 되는 소릴 하고 있다고 하며, 점순은 돌아서서 웃었다.

'처녀가 아이를 가져, 참 너무 웃겨서 혹시 스님이…'

아니 그럴 수 없었다. 존경하는 스님께 불경스러운 생각을 한다며 자신을 나무랐다. 점순이는 스님의 지시대로 매일 기도 들어가기 전 찬물로 몸을 씻었다. 차가운 기운이 뼛속까지 전해져야 하는 게 마땅한 일이었는데, 이상하게 물은 따뜻했다. 참 귀신 곡할 일이었다. 이걸 누가 믿을까? 이곳 날씨가 이 시간 얼음골인데, 이 물로 목욕해도 춥지 않으니, 자신도 신기한 느낌이 들어 신비한 세계에서 춤추는 것과 같았다.

대흥사에 영면한 유골들을 모시면 자손이 편하고 잘된다는 소문이 어떻게 났는지 몰라도, 연일 스님의 전화통에는 불이 나고 있었다.

점순이는 스님의 말씀대로 백일을 하루같이 정성을 모아 기도했다.

드디어 그날이 왔다. 스님은 점순이를 불렀다.

"잠시 예식을 할 것이다. 전에도 얘기했듯이 남녀 간에 합방이라는 외설적인 예식이 아니니 걱정 안 해도 된다. 네가 스님의 인격을 믿으니 맡겨도 될 것이다."

정오가 되었다. 산 중 들쥐들도 고요히 잠든 시간이었다.

점순이는 그날도 목욕재계하고 스님이 계시는 방으로 들어갔다.

"자, 마음의 준비가 되었으면, 여기 누워라!"

스님은 조용히 말했고, 점순이는 순순히 그의 말에 순종하며 누웠다. 스님은 그의 곁에 앉아 점순이 눈을 감게 한 후 주술을 외웠다. 스님의 오른손은 점순이 아랫배에 손이 닿아 있었다. 점순은 잠깐, 깜짝 놀란 느낌으로 움찔했으나 그 후 마음의 평화가 찾아왔다.

스님의 주술을 알아듣지는 못하였으나, 깊은 세계에 큰 기운을 모으고 있었다. 이마에 땀방울이 핏방울처럼 맺히고, 전심을 다해 기도하셨다.

한 십 분이 지났을까? 아랫부분이 갑자기 뜨거워지면서, 불덩어리 같은 게 속으로 쑥 들어왔다. 정말 이상한 체험이 아닐 수 없었다. 점순이 이마는 땀이 맺혀 있었고 온몸이 땀으로 축축했다.

잠시 예시을 마치고 스님은 일어나리고 하셨다. 짐순은 일어났지만, 얼굴에는 홍조를 띠며 가슴까지 설레는 이상한 기분을 맛보았다. 전에 잊고 있었던 여자의 몸이 된듯하여 어쩔 줄 자신도 몰랐다.

이런 일이 있고 난 후 얼마 안 가서 점순은 있어야 할 경수 소식이 없었다. 신비한 일이 아닐 수 없었다. 여자의 직감은 비수처럼 애리하고 날카로워 자신이 임신했다는 사실을 깨달았다. 충격이었다.

'스님이 그냥 하는 소리겠지! 어찌 여자 혼자서 씨도 없이 아이를 낳는다는 게 말이나 되느냐고…. 뭐 내가 동정녀 마리아가 된다는 거야 뭐야? 그럼 내가 인류를 구원할 예수를 탄생시킨다는 말이야?'
점순은 도저히 믿기 힘든 현실을 받아들이기에는 그쪽 세계의 신비를 알 수도 없었고, 그 위치에 있지도 않았다.

점순이는 점점 불러오는 배에 태동하는 아기에 여자로서 기쁨을 느꼈다. 엄마가 되다니 도저히 믿을 수 없었다.

어느 날 점순이는 스님을 찾았다. 스님은 물끄러미 용태를 살피곤 물으셨다.

"아픈 데는 없나?"

"스님! 사실은 그때 스님이 하시는 말씀이 너무 황당해서 믿을 수 없었는데, 마침 이렇게 열매가 익어가니 어안이 벙벙합니다."

"그래, 당연히 그럴 테지, 그렇고말고! 이 아이는 특별한 능력을 갖추고 태어날 거야!"

"스님, 그게 뭔 말씀인가요?"

"웅, 그건 이 애는 영가를 다스리는 탁월한 재능을 가진 애란 말이야! 아마 중생들을 위해서 좋은 일을 많이 할 거야!"

점순은 영가들의 세계를 조금은 알 듯했다. 점순은 스님께 말했다.

"스님, 부탁이 있어요. 몸이 점점 무거워져 오고 출산 준비도 해야 하는데, 이곳 환경이 그러니 당분간 내려갔다 다시 돌아오겠습니다."

스님은 두 눈을 감고 뭔가 깊이 묵상을 했다. 잠시 후 스님은 무거운 입을 열었다.

"인연이 있으면 반드시 만날 거다. 운명이란 게 그런 거니까!"

스님은 점순이 머리 위에 손을 얹고 기도하였다. 점순이는 알수 없는 눈물을 하염없이 흘리며 바닥을 적시고 있었다.

잠시 후 점순은 스님께 큰절하고 대출산에서 내려왔다. 버스를 타고 무작정 부산으로 향했다. 대청동에 있는 본집으로 돌아왔다. 그리 넉넉지 못한 살림에 겨우 살아가고 있었다.

대전에 있는 큰 오빠가 늦게 소식을 듣고 매달 얼마씩 후원해 주었다.

그렇게 저렇게 세월은 흘러 점순이는 떡두꺼비 아들을 출산했다. 너무도 신비한 출산이었기에 점순은 아이의 외관적 이상이 있는지 간호사에게 먼저 물었다.

김 간호사는 전혀 문제도 없고 몸무게는 3.6킬로로 아주 건강하다고 대답했다. 점순은 출산의 고통보다, 하늘을 얻은 기쁨이 열배나 더했다.

점순은 대흥사 스님의 약속을 까마득히 잊어버리고, 세월을 흘려보냈다.

성일은 착하고 무탈하게 잘 성장했다. 특별히 남들과 차이 나는 걸 못 느꼈다. 가끔 같이 지나가다가 눈이 휘딱거리는 사람을 보면 성일이 물었다.

"엄마 저 사람 귀신이 붙었던 것 같아. 저 눈 좀 봐 안 보여, 나는 다 보이는데 하며 낄낄 웃었다."

점순은 과거를 깡그리 잊은 채 나는 안 보이는데 하며, 허, 참 실없는 놈이라 여기며 같이 웃으며 얘기했다.

성일이는 귀신이 들어 붙어있는 사람, 영가들이 날뛰며 다니는 것이 그의 눈에는 명료하게 보였다. 그런데 이상한 것은 성일이는 절대 놀라거나 무서워하지 않는다는 것이었다.

이런 특이한 성일이가 성장하여 대출산 친구 아버지 소개로 대흥사에 아르바이트로 우연히 들어가게 된 것이었다. 노스님은 성일이를 처음 본 순간 깜짝 놀랐다. 까맣게 잊고 있었던 점순이 아들이 돌아온 것이었다.

"이놈아 어디 갔다 이제 왔나!"

스님은 성일을 와락 안았다.

성일은 뭣도 모르고 스님 품에 안겨 이게 뭐지 하며 현 상황을 이해하려고 노력했다.

"너는 대흥사 식구야! 이곳에 오니까 어때 기분이?"

성일은 말로 표현할 수 없을 정도로 마음이 편했다. 성일은 자기 사정을 얘기하고 오는 가을 학기에 복학을 준비 중이고, 전공학과는 컴퓨터공학과라 얘기했다

"어머니는 집에 계시는데, 몸이 안 좋아요. 늘 아프시데요."

스님은 고개를 끄덕거렸다.

"응, 그럴 테지. 너희 어머니도 참 귀한 분이야!"

이곳에 같이 왔으면 좋았을 텐데 하시며 아쉬움을 표했다.

스님은 그의 이야기 속사정을 다 듣고 말씀하셨다.

"성일이! 이제 학비 걱정은 하지 말아라! 앞으로 내가 다 책임질 테니, 걱정하지 말고 여기서 공부나 열심히 해라! 단 힘든 시간이 지만, 오후 11시부터 새벽 2시까지는 너의 근무 시간이다. 날 따라오너라."

성일은 아직 끝나지 않은 스님의 말씀을 따라 대흥사 뒤편 사찰에 봉안된 고인의 유골함이 있는 곳으로 갔다.

"자, 이곳이 너의 근무지다. 이곳에서 종전에 말한 시간까지 근무하면 된다."

왜 자기를 유골함이 있는 곳에 그것도 생밤에, 도무지 알 수가 없는 노릇이었다. 스님은 성일이 기거할 방을 마련해주고 그냥 시간 맞추어 그곳에 가 있으면 된다고 말씀하셨다. 성일은 참 이상했다. 처음 보는 스님이 아르바이트비는 걱정하지 말라고 얘기하지 않나, 향후 졸업 때까지 등록금은 걱정하지 말라고 하지 않나 뭐가 뭔지 정신이 없었다. 뭔 하늘에서 복이 굴러들어오는 느낌이었다.

저녁잠이 없어 근무 시간도 성일에게는 아무 문제가 없었다. 올

빼미족이라 밤에는 활력이 넘쳐나는 걸 매번 느끼고 있었다. 어찌 된 일인지 대출산에 들어와서 모든 게 풀리는 느낌이었다.

대성은 성일과 담배를 빼 물었다.

"대성이 고맙다. 이 모든 게 너의 관심과 사랑 때문이다. 아버님도 고맙고 기꺼이 양보하시고 힘드실 텐데…."

하얀 연기는 푸른빛을 띠며 날짐승들을 멀리멀리 쫓아내고 있었다.

"성일아! 내려갈게. 어둑해지네."

"응, 그래, 고맙다. 아버님께 잘 말씀드려. 그리고 네가 아버지 많이 도와드려!"

사실 대성은 지난 산마니들과 산행이 있을 때 따라나섰는데, 독사에게 물려 죽다 살아나는 경험한 터라, 산에 무서운 트라우마가 있어, 될 수 있는 대로 그 놀란 가슴을 기억하고 싶지 않기 때문에 오르지 않으려 했다.

대출산에 어둠은 오후 4시가 지나면 급속히 찾아왔다. 그 시간이 되면 산의 색깔이 변해가고 있었다. 가끔 저 멀리서 여우 울음소리가 들려왔고, 까마귀 어미들이 새끼를 부르며 깍깍대는 소리가 맑고 청명하게 들려왔다.

스님은 아무 말이 없었다. 저녁을 같이 먹으면서도 별다른 말이 없었고, 식사 후에는 기도하러 골방에 들어가셨다.

성일이는 조용히 책을 읽다가 근무 시간이 되어 대흥사 뒤쪽 유골한 안자로 발길을 옮기고 있었다.

이게 웬일인가? 영가들이 떼 지어 울고 있었다. 성일이의 눈에는 밝은 대낮에 보는 광경처럼 환하게 눈으로 들어왔다. 그들의 모습 중에는 교통사고가 나서 머리가 움푹 파인 영가도 있었고, 강도들의 칼질에 난자당한 영가도 있었다. 낮에 그렇게 조용하던 그곳이 성일이가 근무하는 시간에는 자갈치 시장같이 난잡하게 시끄러웠다.

이상하게도 성일은 무섭지 않았고, 그가 조용히 하라며 고함을 치면 한순간 조용해졌다. 성일의 마음을 자기도 알 수가 없었다. 울부짖는 영가들을 안으며 하나같이 위로했다.

"그래, 많이 힘들었지. 껍데기 벗기고 여기까지 오는데 얼마나 아프고 고통스러웠겠나?"

영가들의 손을 잡으며 위로하고 또 위로했다.

시간이 언제 지났는지 알 수 없었으나, 금방 새벽 2시가 되었다. 그 시간이 되자 영가들은 두말도 없이 말끔히 사라졌다.

정말 신기했다. 조금도 두려움이 없었고, 그들을 위로하며 격려

하는 동안에 오히려 성일의 가슴이 따뜻하고 행복감마저 밀려 들어왔다.

성일은 일을 마치고 돌아와 두 눈을 감았다. 엄마 생각이 나서 몸을 뒤척이다 잠이 들었다.

성일이는 일하러 가기 전 묵상기도를 한다. 그가 하늘을 향해 비밀번호를 외우면 하늘이 열리고, 영의 세계가 열렸다. 그의 눈은 비늘이 벗겨지듯, 밝고 눈부시게 빛났다. 감히 영가들이 들러붙어 해를 가할 위치에 있지도 않았다.

그날도 어김없이 기도를 마치고, 암자 쪽으로 향했다. 낮에는 비가 안 왔는데 밤이 깊어지니 고함이 크게 들려왔다.

암자 대문을 여는 순간 영가가 성일이의 손을 잡는 게 아닌가? 돌아보니 머리 반쪽이 날아가 버린 교통사고로 이곳에 온 영가였다. 그는 성일의 앞에 갑자기 끓어 앉았다. 제발 자기 소원 한 번만 들어주면 원하는 것이 없다며 소매 끝을 질질 당겼다.

"그래, 또, 와 그라는데, 할 말 있으면 이 손부터 놓고 얘기해라. 내가 다 들어줄게!"

시간이 얼마쯤 지났을까? 영가는 성일의 손을 풀어주고, 자초지종 한이 맺힌 부탁의 말을 쏟아냈다.

"첫째, 딸이 암으로 몹시 아프다. 병원비가 절대 필요하다. 두 번째, 사기꾼 김갈구 놈을 경찰서에 잡아넣어야 한다. 세 번째, 그동안 모든 기록과 귀중한 돈들이 검은 가방에 넣어두었는데 찾아서…. 가방은 내가 자던 침대 매드리스 안에 있어, 겉으로 보기에는 표가 없지만, 안에 뜯어보면 있을 거야. 수고스럽지만 가방을 찾아 경찰서로 갖다주면, 내 그 은혜 잊지 않을게."

영가는 뭉그러진 머리를 흔들며, 성일에게 빌고 또 빌었다. 성일은 애처로운 사정을 다 듣고 말했다.

"그래, 좋은 일 한 번 하자! 하지만 내가 여기 아르바이트하기에 스님의 동의를 얻어야 해!"

그의 간청을 들어주기로 약정했다. 마음의 한이 정리되었는가, 이내 이 영가는 평온한 모습으로 돌아갔고, 그것이 내내 조용하였고, 밖에 요란스럽게 내리던 비도 언제 그랬냐는 듯이 그쳤다.

일을 마치고 암자에서 돌아서는 순간 뭔가 "쿵"하며 떨어지는 소리가 들려왔다.

"이놈의 잡것들, 또 설치네!"

뒤도 돌아보지 않고 암자를 나왔다. 입술에 까만 담배를 슬프게도 피워 물었다.

"스님, 스님 계셔요? 성일입니다."

"그래, 들어오너라."

조심스럽게 문을 열고 들어가 큰절을 올렸다.

"그래 무슨 문제라도 있는 게야?"

"네. 영가 중에 원 씨 아저씨가 어제 저에게 간곡한 부탁이 있었습니다. 여러 가지 어려운 일을 당하다가 교통사고로 죽어 이곳에 오게 되었는데, 그의 딸이 암에 걸려 위험하답니다. 미력하나마 잠시 그를 도와 중생을 건지고자 합니다. 넓은 혜량 있으시길 비옵니다."

스님은 곰곰이 듣더니 대답했다.

"그래 가서 일 처리하고 그 딸도 병원 치료 잘하도록 조처해놓고 오너라."

"네, 스님. 스님 분부하신 대로 하러 다녀오겠습니다."

여름이 오는 계절인가, "왱왱" 울어대는 매미들 소리가 바람결에 왔다 갔다 하면서 졸음을 옮겨 다녔다.

'여기가 어디더라. 매일 슈퍼 옆집이라 했지.'

성일은 원 씨가 일러준 대로 주소를 찾아다녔다.

"저 아주머니 말씀 좀 물을게요. 요 며칠 전 교통사고로 숨지고 초상 당한 집이 어디예요? 원 씨라 하던데⋯."

둥근 얼굴에 펑퍼짐한 차림의 아줌마가 손가락으로 콕 짚어 방향을 가리켰다. 어제 뽀글뽀글 파마했는가? 햇볕에 유난히 반짝거렸다.

아! 이 집이구나! 아직 명패에 원순철이라는 글씨가 뚜렷이 새겨 있었다. 초인종이 우편 사서함통 밑에 있었다. 숨 고르기를 하고 초인종을 눌렀다.

사람의 인기척이 없었다.

'왜 이리 조용하지. 어데 볼일 보러 가셨나?'

마지막으로 초인종을 눌렀다. 딩동 소리가 요란하게 들렸다. 그래도 인기척 없자, 성일은 다음 날 와야겠다며 발길을 돌리는 순간, 문 안에서 "누구요."하며 대문 열리는 소리가 들렸다. 성일은 황급히 문 안으로 들어가서 인사를 꾸벅했다.

그의 딸로 보이는 지미였다. 암 치료를 예정된 시간을 놓쳐서인지 병색이 짙어 보였다. 얼굴은 부어 있었고, 눈동자는 이미 황달끼로 누렇게 덮여 있었으며, 복수가 찼는지 아랫배가 제법 나와 있었다.

지미는 누군가하고 보다가 가만있자, 어디서 본 듯한 얼굴이었다. 그래, 그랬다. 어젯밤 꿈속에 아버지가 들려준 이야기가 사실이었다.

성일은 그간 있었던 자초지종을 이야기했다. 지미는 이럴 게 아니다 싶어 거실로 안내했다.

먼 곳까지 오시느라 고생하셨는데 차라도 한잔하시라며, 지미는 국화차를 내어놓았다. 성일은 지미가 내어놓은 국화차를 입으로 넣고 향기를 느꼈다. 입안이 깔끔해지는 게 기분마저 상쾌했다.

"아버님께서 제게 부탁한 것이 있습니다."

실례지만 침대 좀 보겠습니다. 성일은 자초지종을 얘기하고, 침대 배를 뒷부분에서 갈랐다.

아나나 다를까? 검은 가방이 나왔고 그 속에서는 현금다발과 중요한 서류들이 가지런히 들어있었다.

"이 가방은 범인 잡는데 필요한 증거물이 많이 들어있으므로 경찰서 인계 후 나중에 돌려받을 수 있을 겁니다."

"당연히 그래 해야죠!"

지미는 힘없이 얘기했다.

성일이는 그때 갑자기 지미에 대한 슬픈 감정이 넘쳐 가슴이 아팠다.

"죄송합니다. 잠깐 실례하겠습니다."

성일이는 갑자기 지미 머리 위에 손을 얹고 간절한 기도를 했다. 하늘 비밀번호를 부르짖으니, 하늘이 열리고 천사가 내려오더니 지미의 아픈 부위를 어루만졌다. 손이 부들부들 떨리며 이상한 기운이 지미 머릿속을 관통하고 있었다. 뭔가 불덩어리가 속으로 들어와 요동치는 것 같았다. 순간 "앗"외마디의 비명을 지르며 지미는 꼬꾸라졌다.

얼마나 지났을까? 지미 얼굴에는 분홍빛 화색이 돌기 시작했다. 갑자기 몸이 가벼워지며 하늘을 나는듯한 이상한 체험을 했다. 가슴 위로 콕콕 찌르는 통증도 어디론가 사라지고, 몸 상태가 맑고 깨끗한 느낌이 들었다.

성일이는 이마에 쏟은 땀방울을 손수건으로 훔치며, 이제 경찰서에 가봐야 한다며 자리에서 일어났다.

경찰서 교통민원계 담당자에게 지난주 사고 난 그 일 때문에 왔다는 나의 말에 김필두 계장은 이리 들어오라는 말과 함께 냉장고에서 시원한 박카스도 하나 따주었다.

성일이는 자기가 들은 이야기를 자초지종 전하며, 그 증거물인 가방을 건네주었다. 그 가방 속엔 영가 말대로, 노란 돈뭉치가 가지런히 들어있었고, 딸에 관한 사항과 억울하게 당한 갈구와의 관계가 일목 정연하게 기술된 수첩도 발견되었다. 김 계장은 이 증거물은 형사부로 인계할 테니 염려 말라는 얘기를 거듭 강조하였다.

서장님은 요즘 실적 안 올린다고 형사들을 달달 볶았다. 부산시 경찰서 중 사건 해결 능력, 막대그래프가 꼴찌라며 방방 떠는 그때, 그래도 기소건 하나 큼직한 거 성일이가 갖다주니, 입꼬리가 날아가고 있었다. 이번 달 한 건도 못해 입안이 모래알이었는데, 고맙다는 말을 수없이 들으며 성일이는 가벼운 발걸음으로 경찰서 정문을 돌아 나왔다.

얼마 안 가서 갈구는 형사들에게 체포되었다.

지미는 얼굴빛과 통증이 사라져 그다음 날 병원을 찾았다. 몇 가지 검사를 하고, 피검사도 아울러 했다.

그다음 날 지미는 궁금하여 병원을 방문했고, 담당 의사 선생님은 결과 파일을 보고 입을 다물지 못했다.

"원지미씨 도대체 어찌 된 겁니까? 암 덩어리가 떨어져 나갔고, 간 수치도 정상입니다."

의사는 무슨 이런 기적이 있나 싶어 혀를 내둘렀다.

"도대체 어떻게 이런 일이…"

지미는 하늘을 날 듯이 기뻤다. 새 생명을 얻은 기쁨이 충만했다.

'다, 그분 덕택이야!'

아버지 원수도 잡고 재산도, 자신의 건강마저도, 되찾아준 생명의 은인이었다.

　원 씨 아저씨의 원한을 풀고 돌아서 가려는데, 그제 그 영가가
갑자기 자기 앞에 나타나 무릎을 꿇어앉더니, 정말 고맙다고 수
없이 절을 했다. 성일이는 이제 길 마무리되었으니 좋은 곳 가시
라고 하니, 이 영가는 고개를 '휙' 돌리더니 아직 자기에게 남은
일이 있으니, 지금은 좋은 곳으로 갈 수 없고, 이 일을 다 마치고
가겠노라고 설명했다.
　'왜, 지금 안 가시려고 하지? 무슨 일을 하시려고? 말하는 눈빛
에 살의가 있던데? 참말로…'
　성일이는 고개를 갸우뚱거리며 집으로 돌아왔다.

　엄마 점순이는 심장이 안 좋았다. 늘 숨이 차서 높은 계단을
오르지 못했다.
　점순이는 과거 성일의 출생과정을 아들에게 설명할 수 없었다.
왜냐하면, 스님과의 약속이었고, 이 비밀이 외부에 발설된다면
아들의 목숨까지 위태롭기 때문이었다.
　엄마는 지금 아들이 아르바이트하는 곳이 스님 있는 곳이라곤
상상도 못 했다.

성일은 엄마가 심장이 안 좋아 고통 중에 있는 걸 민망히 여겼다.

"엄마! 이리 와봐!"

성일은 엄마의 야윈 가슴을 끌어안았다.

"왜 그래, 징그럽게…."

좋으면서도 손사래를 쳤다.

"엄마 눈 한 번만 감아봐!"

성일은 엄마의 좁은 가슴에 손바닥을 대고 하늘의 비밀번호를 외치니, 급한 바람이 내려와 엄마 가슴을 강타했다. 순간 엄마는 "윽"소리와 함께 나자빠졌다.

얼마나 지났을까, 엄마는 방금 자다가 깬 사람처럼 눈을 비비며 일어났다. 엄마는 가슴이 시원하다는 느낌이 들었다. 통증도 감쪽같이 사라졌다. 그 순간 과거의 일이 떠올랐다. 스님이 한 말, 이 아이는 다른 사람과 다르며 굉장한 영계를 가진 특별한 아이라는 사실이 이제 와 불현듯 생각이 났다.

신비한 체험이 연속해서 두 번이나 일어났다. 성일은 질병과 악한 귀신 병에 걸린 사람을 보면, 저 자신도 애달파하며 긍휼히 여기는 선한 마음이 남달랐다.

덕칠과 정숙이는 늦게 얻은 자식이 곧 태어날 거라는 희망 아래 가슴이 부풀었다. 몸이 좀 피곤했는가? 잠시 눈을 붙인 사이 영가는 정숙이 태아 방으로 들어갔다. 아기는 놀라 찡얼거렸고, 어미는 정신없이 곯아떨어졌다. 영가는 아기 입술을 쭉 늘이기도, 마치 흙 반죽 기지고 놀 듯이, 아기를 엉멍으로 만들고 있있다.

'그래, 내 딸이 고통당한 것만큼, 네놈도 눈물을 흘려봐야 안 되겠나? 안 그래! 그래야 공평하지!'

저주를 계속했다. 아기는 너무 고통스러워 울고, 영가는 재미가 들었는지 "깔깔깔"웃고 있었다.

얼마쯤이 지났을까? 정숙이는 잠에서 깨어났는데, 아랫배가 아프기 시작했다.

이게 무슨 일일까? 전에도 없었던 일로 아픈 배를 움켜잡고, 덕칠을 급하게 부르고 있었다.

엄마는 이 아이는 하늘이 내려준 은빛 날개를 타고 나타난 천사와 같다며 이러한 자식을 둔 어미로서 한없는 기쁨을 누렸다.

대출산에서 정기를 받고 성일은 정신 수양에도 매진하였다. 스님은 그에게 일절 말씀은 하지 않으시고 침묵으로 일관했다.

저녁이 되고 어둠이 밀려오면 어디서 소문을 들었는지 유골함

암자 근처는 영가들의 한탄 소리가 "웅웅" 거리며 마치 바람 소리처럼 들려왔다. 성일은 근무 시간 내내 그들을 치료해주며 헤어진 가슴을 안아 주는 데 최선을 다했다. 이러한 진실이 통했는지 누구 할 거 없이 성일의 말 한마디에 고개를 숙였다.

어느덧 시간이 흘러 하산할 때가 되었다. 스님께 큰절을 올렸다.

"남은 생 어렵고 힘든 사람 도우며 살겠습니다."

성일은 진심으로 예를 갖추었다.

스님은 성일의 통장 계좌번호, 집 주소까지 메모해두며 앞으로 돈 걱정은 하지 말고, 열심히 공부하여 힘 있고 내용이 있는 큰 그릇이 되라며 어깨를 두들겨 주셨다.

성일은 하산하는 길에 친구 대성이 집에 들러 아버님께 인사를 드리는 게 마땅한 도리라고 생각했다.

특히 어머님께서 위중하시다는 소식을 들었다.

집 안에는 죽음을 알리는 까마귀들이 "깍깍" 하는 소리가 골짜기 구석구석 퍼져나갔다. 성일은 곧장 대성이 집에 도착하여 문을 두드렸다.

"저 왔어요, 성일입니다."

마침 아버님은 어머님을 간호하고 계시다가 인기척에 "누고?"하며 문을 열었다.

"아버님의 도움으로 그동안 잘 지낼 수 있었습니다. 내려가는 길에 인사차 들렸습니다."

"어, 성일이 왔네. 들어오너라."

방문을 열고 들이시니, 어머님의 두 눈에 영가들이 집을 짓고 우글거리고 있었다. 성일은 아버님을 잠시 뒤로 미룬 후 눈을 감고 어머님 손을 잡고 간절히 기도했다. 하늘 비밀번호를 외웠다.

"악귀들아! 물러가라! 속히 어머님 속에서 나오거라!"

성일이 외치니, 어머님 몸속에 기거하며 고통을 주던 영가들이 깜짝 놀라며 "후다닥" 나와 달아났다. 이들이 도망가며 서둘러 나가다, 큰 장독을 깨트렸다. "와장창" 소리가 들렸다. 이내 어머니는, 하품하며 홀홀 털고 일어났다.

"아, 잠 잘 잤다. 응, 성일이 왔구나."

성일이의 어깨를 토닥거려 주었다.

"여보, 나 밭에 나가봐야 해요!"

아무렇지도 않은, 혈기가 도는 모습으로 방에서 나갔다. 이 광경을 지켜보던 아버님과 대성은 두 눈을 부릅뜨고 놀라운 상황에 입을 다물 수가 없었다.

갑작스러운 아버지의 교통사고와 집안에 불미스러운 채무 관계로 단 하루, 평안한 날이 없었다. 그런데 이제 와 돌이켜보니, 암 덩어리를 뽑아주고, 채무의 가벼운 자유를 선사 한 사람이 이제 와 돌이켜보니, 생명의 은인과도 같았다. 그때는 정신이 없었고, 몸도 안 좋아 그에 대한 생각을 가질 수 없는 혼란기였으나, 이제 라도 그 사람을 찾아뵙고, 인사라도 드리는 게 사람의 도리였다. 아무리 생각해봐도 생명의 은인이요, 이 사람이 없었으면, 그냥 저세상 사람이었다.

'아, 이 사람을 어떻게 찾을까?'

수소문하였다. 허탈해하며 긴장을 했는지 목이 말라왔다. 마침 앞에 편의점이 있어 들어갔다.

"아저씨, 여기 시원한 사이다, 이거 계산해주세요."

지미는 이마에 송골송골 땀방울이 영글어 있었다. 지미 앞에 계산을 돕는 남자 직원의 명찰에는 이곳 편의점 지점장이었다. 혹시나 해서 물었다.

"아저씨, 얼마 전 이곳에서 근무했던 고 성일 씨라고 몰라요?"

추측과 심증으로 조심스럽게 물었다. 의외의 답변이 들려왔다.

"아, 성일이 알죠. 성일이는 우리 집 옆에 사는데요."

너무도 쉬운 답변을 들은 지미는 눈이 동그래졌다. 정말 모래사 장에 바늘을 찾은 기쁨이었다. 지점장은 왜 그러시냐고 물었다.

"네, 제가 신세를 많아져서, 인사를 해야 하는데 이곳에 근무한다는 소릴 듣고 왔지만, 그만뒀다는 얘길 들었어요. 죄송하고 실례지만, 고 성일 씨, 주소라도… 꼭 찾아야 해서요."

지미의 눈에는 간절함이 묻어났다. 지점장은 안타까운 소식을 듣고 안쪽 사무실로 들어가서 메모지와 펜을 가지고 나왔다. 그리고 약도와 주소를 그려줬다.

"이거만 있으면 찾아가실 수 있을 겁니다."

지미는 우연한 기회에 생명도 찾았고 또 우연한 기회에 성일이의 주소도 알아냈다. 미래는 알 수 없으나 사람의 인연이란 게 참으로 묘하다는 생각이 들었다.

물어물어 찾아간 반지하 셋방살이 건물, 노회하여 수십 년도 넘게 보였다. 마침 성일이는 도서관에서 책을 빌려 돌아오던 참이었다. 누군가 자기 집 앞을 서성이며, 고개를 두리번거리기에 물었다.

"저기 누구신데 남의 집을 엿보세요?"

"아, 네, 사람 좀 찾으러 왔어요."

"누굴 찾으러?"

말하는 순간에 지미는 놀랐다.

"어머! 성일 씨네요."

전에 원 씨 집을 찾았을 때 보았던 그의 딸이었다. 지미는 다짜고짜 고개를 90도로 숙이며 절을 깍듯이 했다.

"실례가 안 되면 차라도…."

둘은 가까운 카페에 들어갔다. 날씨가 무더운 가운데도 안은 손님 한 팀밖에 없었다.

지미는 생각보다 여성스러웠으며, 머리 모양도 단정하고 전체적으로 우아한 여성이었다.

"여기는 어떻게 알고…."

"네, 우연히 앞 편의점 지점장과 얘기 도중에 알게 되었습니다."

"그러면 무슨 일로…."

지미는 그간 여러 가지 일이 있었지만, 하여튼 늦게 찾아봬서 연신 죄송하다고 말했다.

"미안하긴요. 당연히 해야 할 일을 하였을 뿐, 누구한테 사례를 받으러 한 건 아닙니다."

딱 부러지게 얘기하는 성일이의 태도와 남자다움에 지미는 은근히 이성의 다리를 넘고 있었다.

"이상하게도 지난밤 꿈속에서도 아버님이 나타나 성일 씨를 꼭 찾아뵈라는 말씀도 주셨습니다."

성일이는 컴퓨터공학과 4학년으로 지금 미국 유학 장학생 시험 공부를 하고 있었다. 이번 기회를 잡게 되면, 미국에 건너가 최신 반도체 설계에 관한 기술을 익히고 올 수 있었기 때문이었다.

그런데 이게 무슨 인연인가 싶었다. 지미 또한 이 분야의 공부를 하고 있었다. 둘은 이게 웬일이야 싶어, 서로 얼굴을 마주 보며 파안대소하며 웃었다.

성일은 지미와 나이가 같았고 생일은 성일이가 12일 빨랐다. 둘은 이상하게 만나면 서로가 마음이 편했고 끌렸다.

성일이는 지미에게 꿈을 얘기했다. 우리가 열심히 공부해서 돌아오면 이 나라를 위하고 사회를 위하고 이웃을 위해 일하는 봉사자의 삶을 살기로 약속했다. 둘은 미래를 위해 작은 은반지로 서로의 내일을 약속했다.

성일이가 국비 장학생으로 선발되었다는 소식이 지미에게도 제비처럼 전해졌다. 둘은 가진 건 없었지만, 미래에 대한 꿈으로 행복했다. 한평생 빛도 들어오지 않는 반지하 단칸방에 살았지만, 결코 후회하거나 부모를 원망하지 않았으며, 그래도 이렇게 낳아주신 은덕이 얼마냐며, 효도도 잊지 않았다.

어려운 유학 공부를 마치고 귀국하여 지미와 만났다. 서로 기다렸던 세월만큼이나 그리웠고 지미는 전에부터 이 남자가 운명의 남자라는 확신이 있었다.

이 남자를 찾기 전 이러했다. 경황이 없이 헤매던 아픈 시절, 수술비와 모든 병원 행정절차에 관여하여 보호자 역할을 성일이는 불평 없이 다해주었고, 무엇보다 결정적인 사건은 다른 데 있었다.

그날도 비가 내렸고 몸이 으슥하며 몸살기가 돌던 그 날 지미는 알 수 없는 피곤감에 잠들었는데 꿈에 아버지가 하얀 도포를 입고 나타나셔서 불렀다. 반가움에 빈손을 저어가며 아버지를 불렀다. 아버지는 가까이와 머리를 쓰다듬어 주시고 넘치는 애정 표현을 했다. 아버지는 무슨 말씀을 하시려는지 머뭇거렸다.

가슴에 품은 사진 한 장을 내어놓으셨다. 웬 낯선 남자 청년으로 보이는 순진한 착한 스타일의 남자였다. 아버지는 사진을 건네며 말했다.

"너의 신랑이 될 사람이다."

"아버지, 누군데 저 신랑 될 사람이라뇨?"

지미는 의아한 표정으로 아버지를 보고 또한 사진 속의 청년을 뚫어져라, 보았다. 그러시더니 갑자기 아버지는 벽장 속으로 사라지고 없었다. 그렇게 보고 싶던 아버지가 꿈에 나타나 한 말을 어찌 잊기야 하겠는가? 사진 속의 남자가 내 배필이라니? 아버지는 천도의 상을 누리며 있을 텐데, 이렇게 딸을 생각하며 꿈에라도 오시고야 말았단 말인가?

지미는 아버지의 하염없는 은덕에 눈시울이 붉어졌었다. 그런 사람이 알고 보니 나를 구원해준 바로 고 성일이란 사실이었다. 지미는 이런 놀라운 사실이 하늘이 맺어준 배필이라 여기며 그를 기다렸던 것이다.

서로의 방향이 같았고, 성일의 장래 하고 싶은 꿈들에 관한 얘기도 이미 지미의 가슴속에 용해되어 아름답게 순환되고 있었다.

둘은 이내 결혼했고, 둘은 열심히 공부하여 성일이는 모 대기업 반도체 설계부에 입사하였고, 지미 또한 같은 계열에 입사하여 찬란한 시간을 쌓아가고 있었다.

반도체의 수요가 폭발적으로 늘어나 인재들이 부족한 상황이었고 성일이처럼 미국 본토에서 반도체 책임연구원으로 일한 경험과 실력을 갖춘 사람을 구하는 것은 하늘의 별 따기였다. 그만큼 인재 한 사람 키워내는 것이 국가나 사회적으로 지대한 공헌과 영향을 주는지 알 수가 없었다.

성일이의 비상한 재능은 다른 기업에서 배팅하며, 서로 데려가려고 모든 수단을 동원하고 있었다. 성일의 비상한 재능은 세계 어디에 내어놓아도 손색이 없었다. 차기 설계도면이 그의 머릿속에 명확하게 축적되어 있었고 어떤 엔지니어도 그를 능가할 사람은 없었다.

마침 국내 굴지의 S 회사에서 파격적인 조건을 제시하며 스카
우트를 해왔다. 이번 프로젝트에 성공하면 따로 사업체를 성일이
의 명의로 설립해주겠다는 조건이었다. 이만한 조건은 그야말로
파격적이었다. 성일에게는 인생 역전의 기회가 온 것 같았다. 앞
으로 살면서 이런 기회가 다시는 올까, 곰곰이 생각했다. 성일은
아내 지미를 껴안으며 이 이야기를 들려주었다.

"당신 생각은 어때?"

지미는 포근히 감싸 안는 따뜻함을 느끼며, 왠지 말할 수 없는
편안함을 느꼈다.

"그래요, 아무 걱정 근심이 안 밀려오네요. 당신 뜻대로 하세요."

빛나게 웃는 모습이 그리 아름다울 수가 없었다.

성일은 S사에 전화를 걸어 부사장과 통화를 하며 제안에 사인
하겠다 통보했다. 부사장은 아주 완벽히 잘한 결정이며 계약서는
메일로 보낼 테니, 사인해서 보내주시면 대단히 감사하겠다는 말
과 함께 선택의 행운을 빈다는 말을 아울러 전해왔다. 모든 일이
순조롭고, 형통하게 진행되었다.

성일은 어느 날 저녁 재미와 식사를 하면서 지미를 불렀다.

"여보, 지금까지 지내온 것 다 은혜이고 감사할 일입니다."

옛날부터 생각 한 건데 어려운 사람 위하는 봉사 활동을 주에 한번은 하자고 제안했고, 지미는 아주 좋은 제안이라 이내 승인 했다.

"여보, 내가 아는 후배가 하는 노숙인 밥 퍼 봉사하면 어떨까?"

성일은 생각할 여지도 없이 오게이 사인을 보냈다. 우리도 어렵게 살아왔으니, 될 수 있으면 주위에 어려운 사람들 돕고 살자고 말했다.

지니는 너무 행복했다. 하는 짓마다 예쁘니, 저걸 어찌할까? 하며, 성일이 손등을 장난삼아 깨물었다.

"아! 아, 이게 뭐야!"

둘은 노을 지는 태양 속으로 웃으며 들어갔다.

제7장

붉은 점

정숙의 아랫배에 진통이 오기 전 이상야릇한 사건이 벌어졌다. 꿀잠에 취해 있던 정숙의 태아 방에 갈구의 갈취에 병들어 심신박약 상태로 운전하다 교통사고를 내고, 억울하게 돌아가신 원 씨 아저씨의 영가가 구천을 떠돌다, 정숙이 속으로 들어간 것이었다. 분명히 어제까지만 해도 멀쩡했던 산모가 뒤틀기 시작한 것이다.

영가는 아가 노는 방에 들어가 21번 염색체를 하나 더 덧붙였다. 이 염색체는 정상아기는 두 개만 있어야 하는데, 영가의 조작으로 하나가 더 늘어난 것이었다. 그렇게 되면 산모는 장애아를 출산하는데 그 병명이 의학적으로 다운증후군이라는 것이다.

이 다수증후군은 전형적인 얼굴을 가지며 지능 저하와 그 외에 저혈압, 단두증, 선천성 심장기형, 백내장, 근시, 원시 등 눈의 이상, 짧은 손가락, 일자로 가로 지은 손금, 항상 입을 헤 벌리는 모양이 보기가 흉하고, 면역체계가 약하여 폐렴 등 감염성 질환에 늘 노출되어 살아야 하는 그야말로 질고의 폭풍 노도 같은 것이었다.

한 영가의 피맺힌 앙갚음은 갈구의 후손인 손주에게로 그대로 무섭게 전수되고 있었다.

기억이 난다. 성일이는 이 사람을 용서하고 좋은 데 보내라 신신당부했건만, 치를 떨며 자기는 지금 좋은 곳에 갈 형편이 안 되고, 반드시 할 일을 히고 가겠다고 토로한 적이 있었다.

그 일이 바로 갈구의 후손을 갈기갈기 붉게 비틀고 짜는 끔찍한 앙갚음을 예고하였다.

암에 걸려 사선을 넘나드는 딸년을 병상에 두고 흐느끼는 원 씨는 눈물을 뚝뚝 흘리며, '오냐, 너 이 새끼! 오늘 일을 평생 아니 죽더라도 지옥 끝까지 가서 파멸시킬 거'라며 다짐했던 일이었다.

이 장애아로 변환된 과정에는 원 씨가 영가 갑옷을 입고 운명의 장난을 친 결과, 갈구의 손주가 다운증후군으로 출생하는 기가 막힐 일이 벌어졌다. 이 일을 정숙이는 어찌 알았겠는가?

1세 이전에 선천성 심장기형과 감염으로 사망할 수도 있고, 조기 노화가 진행되어 기대수명도 턱없이 부족하니, 이게 무슨 운명의 장난이란 말인가?

이 병이 45세 이상의 노산에서 태어날 확률이 높다고 했으니, 정숙은 얼마나 죄책감에 두고두고 눈물을 흘릴 것인가?

그런데 한 가지 신기한 일이 벌어졌다. 부모 중 한 명이라도 t(21q) 로버트 소니 안전 위험보유자면 두 사람에게서 태어나는 자

녀는 100% 다운증후군이 되는데, 왜 이들 부부에게서 발견되어
야 할 염색체가 왜, 보이지 않았을까?

사실은 그랬다. 염색체 검사가 있는 날, 영가는 특별히 경계하
며 숨어 있다가 태아 방에 침투하여 아기를 재운 후, 아기 뒤쪽에
숨어 의사의 눈을 피했으며, 모든 영가의 활동을 중지하고 쥐 죽
은 듯이 고요했기에, 일상처럼 의사는 태아의 검은 그림자를 포착
하지 못했던 것이었다.

응급차가 달려오고, 덕칠은 부랴부랴 병원차를 타고 산부인과
로 향했다. 요란한 경계 소리와 질풍같이 달려가는 차 주위에는
죄인처럼 고개를 숙이고, 차량은 새색시처럼 얌전하게 걸음을 멈
추어주었다.

덕칠은 불안에 떠는 정숙을 안심시켰다.

"괜찮다, 다 와 간다!"

별일 없을 거라며, 토닥거렸다. 미리 연락받아서인지 간호사는
대기하고 있었고, 도착하고 뒷문이 열리자, 환자는 긴급히 안으
로 들어가며 엘리베이터 긴급용을 타고 산부인과로 긴급히 이동
했다.

의사는 늘 이런 환자를 대하다 보니, 눈 하나 꿈쩍 안 하고 차
근히 맥박도 쥐고, 하나씩 조사해 들어갔다.

"선생님 양수 문이 열렸어요!"

간호사는 소리쳤다.

"그래, 예정보다 빠르네. 수술 준비해라. 사정이 어려운지라 순산은 힘들 것 같고, 무통 제왕절개수술을 하자."

이사 선생님은 불안하게 서 있는 덕칠에게 얘기했다.

"네, 알아서 해주세요. 산모 건강이 최고이니, 애써주세요."

간호사는 사인받을 게 있다며 몇 장 사인을 받아오라며 원무과로 밀쳤다. 사인이 났다는 소식을 듣고 의사는 늘 그랬듯이, 평소와 다름없이 태아 방을 주물럭거리며 아기 출산을 마무리했다.

정숙이 엄마는 일하다가 딸년이 응급차에 실려 산부인과로 갔다는 소릴 듣고, 부랴부랴 서둘렀다.

"저기 택시!"

손을 여러 번 흔들며 불러댔다. 그날따라 손님이 많은가, 5분 정도 기다린 끝에 겨우 잡았다.

"아저씨!, 초량동에 있는 금빛산부인과로 퍼뜩 좀 가입시더! 돈 조금 더 드릴게요. 방금 우리 아기 손주 났다고 문자 들어왔는데, 내가 왜 이리 가슴이 뛰는지 모르겠네요."

"축하드립니다. 손주봤어예?"

기사도 자기 첫 손주 봤을 때 느꼈던 기쁨이 생각났든지, 흐뭇한 미소로 화답했다.

"아이고, 기쁘시겠네요."

"첫 아이가 돼서, 내가 다 떨리네요."

이런저런 얘길 나누다가 차는 금빛산부인과에 도착했고, 요금이 6,700원이 나왔다. 엄마는 만 원을 내어주었다.

"잔돈은 커피 한잔 사드세요."

기사는 고맙다는 인사를 했다.

병원 현관문을 통과하고 김 서방한테 전화하니, 산모는 회복실로, 아기는 신생아실로 갔다고 했다. 산모와 아기는 무탈하게 수술도 잘되고 건강하다는 소식이었다. 엄마는 후유 안도의 숨을 내쉬고, 사위가 있는 회복실로 발길을 옮겼다.

돈 버는 게 문제가 아니었다. 딸아이의 인생이 구겨져 헌신짝처럼 벌렁거리며 휘돌고 있지 않은가? 그동안 신경 쓰지 못한 어미의 회한이 파도처럼 밀려왔다.

'이게 호사다마란 말인가? 제기랄 어이구 내 팔자야!'

애자는 외출 길에 어제 춘자가 적어준 경구의 전화번호를 한참

이나 바라보다가 지금 몇 시나 되었을까 하며 시계를 바라보았다. 오후 두 시를 넘어가고 있었다.

불이 난 가슴을 진정시키지 못하고 얼음이 둥둥 뜨는 냉수를 한 바가지 들이켰다. 잠시 마음을 되잡고 가방을 뒤적거렸다. 분홍색 커버로 예쁘게 장식된 휴대전화를 꺼내 들었다. 이제 긴네 받은 원수 같은 놈의 전화번호를 송곳 쑤시듯 꾹꾹 눌러댔다. "뚜뚜" 하더니 메시지가 들어왔다. '용무 중이니 잠시 후 통화하겠다.'라는 설명이 찍혀왔다.

"에이, 나쁜 놈, 빨리 받던가 안 하고!"

애자는 욕설을 내뱉으며 전화기를 접었다.

얼마나 지났을까? 그렇게 증오하던 놈으로부터 전화가 걸려왔다.

'그래. 바로 네놈이구나!'

"여보세요. 김경구 씨 맞는가요?"

"네, 저가 김경굽니다. 누구신지는 잘 모르겠으나 어떤 일이신가요?"

애자는 솟구치는 감정을 잠시 누르고 말했다.

"저 춘자 어미 되는 사람입니다. 안 바쁘면 좀 뵈면 합니다."

경구는 낯선 여자의 음성이 춘자 엄마라는 말에 소스라치게 놀랐다.

"예, 안녕하신지요."

내면에 준비되지 못한 전화에 당황하는 기색이 역력했다.

"이런 일은 빠를수록 좋으니, 일단 얼굴 한번 봐야겠어요.

"시간이 괜찮다면, 오후 7시쯤 제가 어디로 갈까요?"

경구는 잔뜩 긴장된 목소리로 물었다.

"그래요, 가까운 곳에서…"

남의 눈에 띄면 좋아질 게 없다 싶어 보수동 책방골목 한적한 차 다방으로 안내했다.

"네 알겠습니다. 조금 있다 뵙겠습니다."

경구는 대답하고 전화를 끊었다.

알 수 없는 기이한 감정이 밀려왔다. 썩 좋지 못한 부패한 생선 냄새 같은 역겨운 기운이 코끝에 스며들었다.

전선에는 안 보이던 까마귀 한 쌍이 걸터앉아 "깍깍"이유도 없는 함성을 내지르고 있었다.

차 다방은 보기보다 쾌적했고, 팔딱대는 금붕어들이 어항 수초 사이를 지겹게 돌아다니고 있었다. 애자는 속이 타는 심정으로 십 분이나 일찍 들어와, 펄쩍 이는 가슴을 보리차로 달라고 있었다.

오후 7시가 되기 2분 전 한 사내가 검정 모자를 눌러쓰고 눈을 두리번거리며 들어섰다. 잠시 걸음을 멈추고 시선을 돌리다가 웬 중년여성의 손짓에 그쪽으로 발걸음을 옮겼다. 발바닥은 마치 접착제가 들러붙은 것처럼 쩍쩍하고 발등은 바닥을 매고 있었다.

"처음 뵙겠습니다, 김경굽니다."

넙죽 모자를 벗고 정중하게 인사를 했다. 눈살이 매섭고 날가로워 날마다 저 칼날에 베일 딸년을 생각하니, 이건 아니다 싶었다.

"그래, 자네에게 왜 그랬냐고 묻지 않겠네. 젊은 시절 누구나 겪을 수 있는 일이니까. 하지만 지금 춘자의 몸 상태가 임신 6개월, 다음 주부터 7개월째 들어간다는 데 문제가 있다네. 아이를 지금 중절할 수 있는 시간이 지났네. 지금은 이 아이를 건드리면, 살인하는 끔찍한 죄를 짓는 거야!"

애자는 침을 튀기며 속 타는 가슴을 연신 얼음물로 달래고 있었다.

경구는 죄인처럼 고개를 들지 못하고 한숨 소리만 푹푹 내쉬고 있었다.

"그래 어른들은 이 사실을 알고 계시는가?"

"아닙니다. 아직 아무도 모릅니다. 지금 상황이 안 좋아 얘기를 못 드립니다. 아버지는 간암 말기로 병원에서 치료 약 처분이 중단된 마지막 상황에 놓여 있고, 어머니는 넓적다리관절에 문제가 있어 병원에 누워 계셔, 경제적 활동을 못 하고 계십니다."

애자는 주저리주저리 시부렁거리는 주둥아리를 발로 차고 싶었다.

"아이고, 내 팔자야!"

애자는 이걸 어떡하나, 어찌하면 좋단 말인가? 감춰두었던 담배를 꺼내 체면이고 뭐고 담배를 내어 물고, 황색 불을 미친 듯이 댕겼다. 깊은 호흡으로 담배를 끌어당겼다. 죄 없는 담뱃잎들은 아우성을 치며 나뭇잎처럼 훌훌 떨어져 나갔다.

"그러면, 저 아이를 어쩔 건데, 한번 말이나 들어보자. 어쩔 건데? 저렇게 아이를 짐짝처럼 던져놓을 거야? 이 나쁜 사람아! 새파란 아이 인생을 네가 망쳐놔서, 씹어 먹어도 분이 안 풀릴 놈아! 학교도 이제 자퇴해야 하고, 출산도 준비해야 하는데, 도대체 무슨 낯짝으로 일을 저질렀냐? 이 죽일 놈아!"

격정에 드디어 욕까지 터져 나왔다. 경구는 연신 죄송하다는 말과 얼마 전 취업을 했는데, 형편 되는 데로 경제적 지원하겠노라 다짐을 강조했다.

애자의 하늘은 이미 까맣게 물들어 있었고, 이런 싹수없는 새끼를 보고 있노라니, 도저히 볼 수 없었고, 조금만 더 이 자리에 있으면 미칠 것 같았다.

"내가 이제는 너한테 들을 이야기도 없고 할 이야기도 없다. 가라, 이 쓰레기 같은 놈아!"

애자는 먹다 남은 얼음물을 경구 얼굴에 오물처럼 날려 보냈다. 갑자기 날아온 냉수물세례를 묵묵히 맞으며 경구는 알 수 없는, 창백한 웃음을 보냈다.

애자는 곧장 다방을 나와 어디론가 사라졌고, 경구는 더러워진 마음을 챙기며, 감무리 지난밤, 지갈치 골목길을 힘없이 걸어 갔다. 아무 생각도 하기 싫었다. 약간의 우울증을 앓아온 경구는 세상 모든 것이 백발 같았다.

춘자는 엄마와 경구의 조우를 근심 어린 마음으로 기다렸다. 둘 다 불같은 성미라, 불이 붙어 일렁거리면 최대피해자는 자신이 될 거라 믿었다.

'자. 이제 어떡해야 하나? 이 아이를 중절할 시간도 지났고, 우선 학교부터 정리하자.'

의심 어린 눈초리로 곱씹는 계집아이들도 보기 싫고, 무슨 대역죄인 것처럼 굽신거리는 자신의 모습도 역겨웠다. 뒷일은 생각하지 말고 일을 저질러야겠다고 마음을 먹었다.

일단 경자 편으로 자퇴서를 보내지 싶어, 컴퓨터 밑에 넣어둔 A4용지 한 장을 빼내어 탁자 위에 놓고 썼다

〈자퇴서〉

2학년 2반 김춘자
주소
주민등록번호

    상기 본인은 일신상의 이유로 정상 수업이 힘들기에, 자퇴서를 제출합니다.

년 월 일

김춘자

    자퇴서를 쓰고 나자, 갑자기 눈물이 핑 돌았다. 하늘에 계신 아버지가 보시면 뭐라고 하시겠나 싶었다.

    '아이고, 귀여운 우리 딸 우야면 좋노! 하시며 슬피 우실 텐데…'

    춘자는 오래된 사진첩에서 아빠와 찍은 색동저고리가 팔랑거리는 사진을 봤다. 사진첩을 오래 볼 수가 없었다.

    "춘자가…. 그래 몸 좀 어떻노?"

    "응, 괜찮다. 경자야! 내일 학교길에 우리 집 잠시 다녀가면 안 되나? 너한테 심부름 좀 시키려고."

"무슨 심부름인데?"

"니도 알 건데, 이제 몸이 무거워 학교 못 다니겠다. 그래서 자퇴서 우리 반 선생님께 좀 드리라고 부탁 좀 하자. 친구 따라 강남 간다고 니가 힘들지만 우야겠노. 내 심부름할 사람, 니빼이 없다."

춘자의 서글픈 현실이 안타끼 있던 정지는 바로 대답했다.

"그래 알았다. 그게 뭐시라꼬? 내가 낼 선생님에게 갖다줄게. 아침 조금 일찍 갈게, 그래 알았다."

"낼 보자."

춘자는 자퇴서를 하얀 봉투에 접어 넣고 탁자 위 책 중간에 덮어 두었다.

몇 시나 되었을까? 자정이 지났는데 엄마는 들어오지 않았다. 토리만 까만 눈을 뜨고 자지도 않고 춘자를 바라보며 꼬리를 흔들고 있었다.

"왜, 안 자? 잠이 안 와?"

춘자는 토리를 깊이 안고 허물어져 가는 냉가슴을 토닥거렸다.

이런저런 복잡한 생각에 몸은 너무 무거워 왔다.

갑자기 '삐리릭' 하며 문이 열렸다. 엄마는 술에 취해 비틀거리며 혼잣말로 중얼거리다 침대 위에 고목처럼 쓰러져 잠이 들었다. 춘자는 조용히 다가가 엄마 얼굴을 쳐다보았다.

땅속을 헤쳐가는 대나무 뿌리처럼 척박한 세상을 야무지게 살아온 엄마였다. 세간에 지쳐 아무리 꾸민다고 하더라도 처진 눈밑은 속일 수 없었다. 양말을 벗기고 침대에 가지런히 누인 후, 얇은 이불을 살포시 덮어 들였다.

'오늘 엄마는 경구 오빠와 무슨 얘길 나누었을까? 오빠는 얼마나 엄마에게 심문당했을까? 끌려온 죄인처럼 심문당했을 거고, 엄마 성질에 욕 퍼붓고 되돌아왔겠지? 불쌍한 우리 엄마, 자는 게 왜 이리, 가슴 아프노?'

엄마 방에 불을 끄고 방으로 돌아와 침대에 누웠다. 이렇게 엄마에게 괴로움을 주느니 어디론가 훌쩍 떠나고 싶었다.

'가자 저 창공이 끝나는 곳으로, 나비처럼 날아가고 싶다.'

걱정 근심 없는 태고의 낙원으로 갈매기 꿈을 가지고 춘자는 스르륵 잠이 들었다.

오후 2시쯤 경구 오빠로부터 전화가 걸려 왔다.

"오늘 퇴근하고 갈 테니, 아지트 쪽으로 오너라."

간결한 말을 남기고 이내 사라졌다.

경자의 봉투를 받아본 담임 임정희 선생님은 두 눈을 크게 뜨고 당황하는 기색이 역력했다. 이 일을 어쩌지 하면서, 교무 샘하고 의논하기로 하고 자리를 떴다.

언제 소문이 돌았는지, 애들은 춘자 얘기로 쑥덕거리며 와글거렸다. 삐딱이 행자가 말했다.

"내 벌써 알아봤지! 계집아이가 띠둥거리고 걷는 행세가 살이 찌가 하는 행동하고 다르더라. 아이고, 얌전한 고양이 부뚜막에 먼저 앉는다고, 가시나 꼴 좋다."

험담을 늘어놓기에 바빴다.

아이들은 웅성거리며 갑론을박하고 있었지만, 친구의 임신 소식에 안타까워하는 아이들이 더 많았다.

교무 선생님은 자초지종 얘기를 전달받고 심각한 표정으로 앉아 있다가 버럭 소릴 질렀다.

"아니 임 선생! 아이가 그동안 그리됐는데도 담임이 몰랐다니 말이나 돼! 학부모 육성회가 낼모렌데, 극성맞은 엄마들이 얼마나 많은데, 분명 트집 잡고 공격할 게 뻔한데, 그럼 나는 무슨 소릴 해야 해! 벌써 올해 들어 다섯 번째야! 임 선생 모르겠어? 그만큼 아이들 성교육 똑바로 시키라 그랬는데, 이게 뭐야! 학교 업무보고가 교육청 교육사들에게 다 들어가는 걸 몰라! 요즘 사립 재단이 얼마나 위 눈치 보고, 경영이 어려운 줄 알아? 그 양반들 따질 거 없으면, 이런 걸 가지고 공격해! 사람 속 다 뒤집어 놓고, 예산이 보기보다 책정이 많이 되었다고 은근히 겁주고! 임 선생이 내 입장이 되어봐! 이러쿵저러쿵 신문에 한 번 오르락내리락하면 끝장이야, 끝장이라고!"

교감 선생님은 큰일 났다는 표정으로 노여움이 극에 달했고, 특별지시로 학년별로 강단에 학생들을 모아놓고 성교육과 예방 피임에 관해서 초빙 강의를 했다.

정숙은 회복실에서 깨어났다. 온몸이 멍든 화상을 입은 환자처럼 힘들어했지만, 무사히 자식을 출산했다는 성취감에 한편으론 기쁨이 충만했다. 아기도 건강하게 신생아실에서 새근새근 잘도 자고 있다는 소식을 방금 전해 들었기 때문이다. 덕칠이는 수고했다는 말 한마디를 남기고, 일이 바빠 가봐야 한다며 급히 회복실을 빠져나갔다. 서둘러 들어온 엄마는 창문에 비친 아기의 숨결을 따뜻하게 느끼며 회복실로 들어갔다. 산모 얼굴은 퉁퉁 부어 있었고, 마취 무통증에서 슬그머니 빠져나오려고 온몸의 통증이 찾아들었다. 엄마는 정숙의 손을 잡았다.

"그래 욕봤다. 힘들었지! 이제 몸은 슬슬 풀면 되니까, 괜찮아질 거다. 염려 말고 이제 다 끝났다. 어이구, 우리 딸 큰일 했네."

연신 손을 잡고 위로했다.

간호사가 들어와 혈압도 재고 링거도 꼽아 주었다. 키는 작고 얼굴은 잘 웃지 않는 표정이었지만, 일 처리는 야무지게 잘하는 것 같았다.

"이보게, 간호사! 이곳 산후조리원은 어때요?"

엄마는 근심 어린 표정으로 물었다. 간호사는 살짝 미소를 지으며, 아마 중구지역에서는 제일 시설이 깨끗하고 괜찮다는 말로 엄마의 근심된 마음을 풀어드렸다.

정숙의 품에 안겨 생글거리는 아들 진호는 순진하면서도 잠꾸러기처럼 늘 하품하는가 싶더니, 이내 잠이 들었다. 정숙이는 잠든 진호의 얼굴을 잊을까 봐, 천 번이고 만 번이고 외우고 있었다.

어느새 아기는 돌을 지나고 18개월이 되었는데도 걸을 생각을 하지 않았다. 좀 늦게 거니 생각하며 자신을 위로했건만, 점차 정숙이 가슴에 먹구름이 하나씩 밀려 눈사람처럼 소복이 쌓여 다가갔다.

아기 손바닥에 일자 손금을 보는 순간, 정숙은 덜컹 겁이 밀려왔다. 다른 애들보다 머리 크기가 작았지만, 뒷머리뼈가 납작하며 둥글고 납작한 얼굴에 양쪽 눈 사이가 넓게 벌어져 있었다. 눈꼬리가 치켜 올라가고 얼굴 근육의 긴장도가 낮아 윗입술이 들리고 아랫입술이 밖으로 나오는 해괴한 모습에, 정숙은 이게 뭘까 하며 불안한 마음을 감출 수가 없었다. 혀를 습관적으로 내밀 땐 정숙이는 얼른 입을 모으는 거로 혹여나 타인이 볼까 봐, 자세를 고쳐세우곤 했다.

덕칠이는 바깥일이 바쁜 관계로 아이에게 그리 신경 쓸 일이 없었다.

"여보! 아무래도 아기가 이상해! 당신 신경 쓸 일이 많아 얘기 안 하려고 했는데, 좀 그래."

덕칠은 별것 없을 거라며 내일 병원에 가보란 말만 하고, 피곤했든지 이내 곯아떨어졌다.

다음날 정숙은 진호를 들쳐 안고 금빛산부인과로 황급히 달려갔다. 가는 날이 장날인가 접수대는 번호표 대기자가 30명이 넘고 있었다. 정숙은 전날 오후 2시에 예약 진료를 한 상태였기에 곧장 원장님 진료방 앞으로 갔다. 간호사는 정숙을 확인하고 목인사를 해왔다. 면접 보는 회사원처럼 정숙의 가슴은 불방망이로 요란하게 두들기는 것 같이 두근거렸다. 입이 바싹 타들어 가는 게 연신 냉수를 찾곤 했다.

"김정숙 님!"

호출하는 간호사의 안내에 따라 원장님 방으로 들어갔다.

"오랜만이네요."

원장은 여전히 뿔테 안경을 쓰고 있었다. 안경을 쓸어 올리며 간호사가 가져다 놓은 기록철을 읽고 있었다.

정숙은 그간 있었던 아이의 행적을 낱낱이 일러 주었다. 원장은 갑자기 고개를 갸우뚱거리며, 그럴 턱이 없을 텐데 하는 말만 되풀이했다. 정숙이의 말을 종합하면, 이 아이는 다운증후군 애가 분명했다. 원장은 유전체 검사를 한 번 다시 헤보자는 말을 하면서도 이상하다는 말을 거듭 내뱉고 있었다.

"자! 검사실 가서 검사하시고, 오늘은 돌아가시고 다음 주에 다시 오십시오."

원장은 냉각된 말을 내뱉으며, 정숙에게 어떤 위로의 말도 하지 않았다. 원장은 자기가 이곳에서 30년 이상 일해왔지만, 이런 경험은 처음 있는 일이었다. 검사결과가 나와봐야 알겠지만 이건 있을 수 없는 일이었다. 명백한 사고였다.

금빛산부인과 김철구 원장은 검사결과를 병리과로부터 보고 받고 화들짝 놀랐다. 그간 진료 검사를 하고 도표리포트 내용상으로 볼 때, 이건 아이러니요, 역설 같은 사건이었다.

아니 다운증후군이라면, 이 단계에서 걸리고 분명 중절 수술도 해야 했건만, 분명 그 과정에서 실수가 아닌 명백한 진료와 그에 대한 리포트 상으론 불가능한 일이 벌어졌기 때문이다. 너무나

기절초풍할 사례가 발견되어 김 원장은 향후 손해배상청구 건으로 법적 다툼까지 갈 수 있겠다는 생각에 노심초사 안절부절못하고 있었다.

정숙과 덕칠이는 원장의 씨나락 까먹는 소리에 책상을 뒤집고 쑥대밭을 만들었다. 기어코 담당 파출소 경찰이 출동하고 나서야 진정할 수 있었다.

정숙은 하늘이 노랬다. 앞으로 닥쳐올 폭풍우에 간담이 서늘해지고, 손마디가 바들바들 떨려왔다. 그냥 눈물만 뚝뚝 흘렸건만, 아무것도 모르는 천사 같은 아기는 방긋방긋 웃고만 있었다.

"다, 내가 죄가 많은 년이여…"

정숙은 3년 전 일이 생각났다. 한 남자와 알게 되어 결혼까지 생각이 있었지만, 그리고 임신까지 한 상태였지만, 희망 없는 가난뱅이와 혼인은 할 수 없다며 냉정하게 중절 수술을 하고, 그와의 관계를 모질게 끊었다.

스쳐 지나가는 옛일의 상처가 화로 미쳐, 자신을 덮쳤다는 생각에 죄책감 트라우마에 갇혀, 심각한 우울증으로 밤에 잠을 이루지 못했다. 병원에서는 수면제 용량이 기준치보다 높아 입원해야 한다는 제안이 현실적으로 다가왔고, 미친년처럼 헛소리하는 그녀를 그냥 두고 볼 일은 아니었다.

한두 달만 입원하면 될 것 같다는 의사의 소견에 따라, 덕칠은 입원동의서에 도장을 찍어주었다. 정숙은 이내 건장한 직원 손에 의해 강제 입원했고, 예민한 정숙은 하루가 다르게 야위어 갔다. 꿈마다 아기가 나타나 그를 놀려대는 통에 비명을 지르며, 얼마나 외쳐댔는지 근무자는 늘 긴장 있게 정숙을 바라봤다.

두 달이면 퇴원할 것 같았던 정숙은 시들시들 몸 상태가 어두워져서 급기야는 수면제 또한 들질 아니했다. 모르핀으로 격상시켰고 점점 정숙의 몰골은 쇠약하다 못해 빈사 상태로 급선회해갔다.

어느 날 꿈속에 아이가 나타났다.

"엄마 이리 와. 엄마가 보고 싶단 말이야!"

아이가 울고 있었다. 정숙은 놀라며 급히 달려갔다. 가다가 마주 오는 차에 치었다.

"악!"

비명과 함께 깨어난 정숙은 생생한 아기의 모습을 잊을 수 없었다. 아기는 쉴 새 없이 나타났고, 천장으로 날아다녔다. 정숙은 아기의 이름을 부르다가 넘어져, 뇌를 크게 다쳤다. 피가 온 방에 넘치고 그렇게 사경을 헤매다 새벽 두 시에 사망하고 말았다. 일련의 일들이 생각보다 빠르게 진행되어 주위를 깜짝 놀라게 했다.

이러한 과거의 불운한 기억을 알 리 없는 덕칠이는 유골을 화장하고 정숙이 봉함은 따뜻한 남쪽 남해 금산사에 모셨다. 순식간에 삶의 붉은 점은 옮겨 다니며 불길처럼 번졌고 사람들은 알지도 못하는 고통 속에 알지못하는 일들을 겪으며 살아가고 있었다.

럭비공은 참 이상한 공이다. 떨어지면 어떤 방향으로 튈지 아무도 모른다는 사실이다. 그 공을 차는 사람도 모르고 떨어져 날아가는 것도 좀처럼 알지 못한다. 인생도 럭비공 같아 어떤 방향으로 튈지 아무도 모르는 것이다. 다만, 하늘을 지나가는 철새만 알 뿐이었다. 인생사 차후 닥칠 운명의 그림자를 누가 알 수 있겠는가 말이다.

제8장

거룩한 산

해걷이바람이 산등성이 구름을 양 떼 몰듯 몰아가고 있었다.

경구는 속이 타들어 갔다. 젊은 날 누군가 겪는 일이라 하지만, 실제로 자신이 당사자가 되고 경험이 없다 보니, 경박스럽게 서두르는 마음과 개념 없는 생각에 언제나 허우적거릴 뿐이었다. 한편으론 자기 고집으로 일관하다가도 뭔가 새로운 환경 앞에 다가와 펼쳐질, 준비되지 못한 두려움이 엄습해왔다.

개성이 형님은 종전과 다른 자세로 그를 불러 세웠다.

"그러니까 지금은 아무 일 없이 쉬고 있다. 그랬지!"

"네, 형님. 지금 급하게 돈이 필요해서 취업해야 합니다."

"아, 그래, 무슨 일이든 형님이 소개해주면 네가 잘 해내겠나? 그래, 깡다구, 그거 하나면 안 되겠나? 사실은 형님이 모시는 분이, 사단법인 참 빛 재단 원장님이신데, 목사님이셔, 관할 법인 소속이 복지부야, 쉽게 설명하면 장애 환자나 정신병 환자 기타 부랑자 등 사회가 포용하기 힘든 사각지대에서 신음하는 분들을 모셔다가 밥도 먹이고 치료도 하고 약도 먹이고 관리도 해. 그러니까 손이 필요해. 그 속에 입원 환자들이 제법 있어. 그러니까, 네가 그곳에 가서 그 형님 말씀대로 해주면 돼, 뭐 조금 힘든 것이 있어도 어쩔 겨, 사는 게 다 힘든 거 아냐?"

개성은 입에 게거품을 물고 설명했고, 경구 처지에서는 찬밥 뜨거운 밥 챙길 때가 아니었다.

"형님, 한번 해볼게요. 하다가 정 힘들면 형님한테 말할게요."

"그래, 네가 마음이 섰다면, 지금 목사님에게 내가 전화할 테니, 기다려 봐!"

잠시 기다려보라 하더니, 핸드폰을 꺼내어 목사님한테 전화를 돌렸다.

"뚜뚜"

정 목사님이 전화를 받았다.

"그려 자네 개성이 아닌가?"

"예, 형님. 형님이 종전에 애 하나 똘똘한 거 붙여 달래서…. 지금 만나서 설명도 대충 해줬고, 동생이 한번 해보겠다네요. 이놈 보기보다 일은 썩 잘해요."

"그렇나, 한번 바꿔봐라."

컬컬한 목소리가 옆에까지 들렸다. 경구는 전화기를 들고 꾸벅절을 하더니만 전화를 받았다.

"회장님! 방금 소개받은 김경구입니다. 귀하신 목사님 모시고 한번 겁나게 잘해볼게요."

"그래, 속 시원해서 좋다. 뜻이 그러면 내일 당장 오전 10시까지 여기 구평인데, 뒷산으로 올라와 얼굴이나 한번 보자. 일 잘하면 봉급은 같은 건 걱정하지 말고, 개성이가 선택했으니 그리 걱정 안 해도 되겠네. 그래, 낼 잘 올라오라."

말을 전하며 전화를 끊었다.

"형님, 고맙습니다. 저 같은 거 잘 챙겨주시고 취직까지 해주시니, 몸 둘 바를 모르겠습니다, 감사합니다. 꼭 은혜를 갚겠습니다."

경구의 가슴에 왜가리가 펄펄 날며 지나갔다. 둘은 남아있는 술잔을 나누며 자리에 일어섰다.

"오늘 한잔 더 하고 싶지만, 여우와 토끼가 부르니 빨리 달려가야 해. 경구야! 잘해! 내 안부 전하고."

그 길로 개성 형님은 먼저 가고, 경구만 홀로 남았다.

"마담 언니 술 세 병만 더 주세요."

"응, 그려."

언니는 이내 시원한 병맥주 세 병을 가져왔다. 경구는 오늘 일들을 되씹으며 앞으로 될 일에 대한 계획을 꼼꼼히 살펴보았다. 일도 일이지만, 춘자 일이 제일로 머리를 힘들고 무겁게 했고. 온종일 복잡한 생각이 떠나지 않았다.

대충 이야기는 들었지만, 사단법인 참 빛 재단은 어떤 곳일까? 장애인도 있고 정신적 병을 가진 자들도 있다는데, 가서 뭘 하게 될지 경구는 알 수가 없었다. 좌우지간 각설하고 오늘은 잊어버리고 싶었다. 탁자에 놓인 병맥주만 조용히 이슬지게 마셨다.

이른 아침부터 개성이 형에게 전화가 왔다.

"어, 형님. 아침부터 어쩐 일입니까?"

"그래, 전에 내가 얘기했던 목사님이 오늘 좀 보잔다. 머리 깨끗이 깎고, 옷 단정히 입고, 오전 9시까지 내 사무실로 오거라."

"네, 알겠습니다. 형님! 그때 갔던 사무실 맞지요?"

"그래, 해피 건물 702호다. 상호는 우성 산업이다."

"네, 형님 잠시 후 찾아뵙겠습니다."

침대에 누워 빈둥거리던 경구의 마음이 갑자기 바빠지기 시작했다.

'자, 먼저 머리 먼저 감고, 이발은 그제 했으니 안 해도 되고…'

휴대폰으로 슈베르트의 겨울 나그네를 틀어놓고 우아하게 세수를 했다.

청결하고 깔끔한 목소리는 벌써 차분한 겨울 길로 인도하는 듯했다.

'형님은 왜, 그쪽 얘길 자세히 하지 않을까? 내부에 뭐, 문제가 있는 걸까? 설마, 목사님이 사람들 잡아먹겠나?'

경구는 쓸데없는 공상을 하며, 뭐 입고 갈꼬? 하면서 옷장을 열었다.

'아이고 제기랄 맨날 술 먹는 돈은 있고, 외출할 때 번듯하게 입을 옷 하나 없으니, 허, 내 팔자야! 그냥 단순히 무식하게 살다 갈 내 팔자 아니겠는가? 편한 게 제일이라면, 청바지만 한 게 있겠나?'

구석에 떨어진 청바지를 주섬주섬 집어다가 창밖으로 몇 번 탁탁 털었다. 골골이 박혀있는 먼지들이 풀풀 거리며 창문 밖으로 빠져나가고 있었다. 머리는 빗으로 빗고, 검정 반 티에다 슈트를 걸쳐 입었다. 시간을 보니 얼추 지금은 나서야겠다는 생각이 들어 황급히 먹다 남은 우유를 입안으로 틀어넣었다. 입가에 허연 자국들이 흐늘거렸다. 손바닥으로 쓱쓱 하고, 그렇게 적당히 차려입고, 형님이 계시는 충무동 사무실로 곧장 올라갔다.

"형님, 저 왔습니다."

"경구가? 어, 그래 들어오너라. 밥은 먹고 왔나? 앉아라. 잠시 커피 한 잔씩하고 넘어가자!"

"예 형님. 제가 커피 타겠습니다."

"그럴래? 역시 우리 경구는 말이 필요 없지, 눈치껏 알아서 다 하지 않나? 그래서 내는 네가 좋다."

따뜻하고 향기 나는 커피가 목으로 넘어가고 아침 클래식 음악이 흘러나왔다.

"와, 형님, 언제부터 이래 우아해졌습니까?"

"내 놀리나? 썩은 새끼, 하하. 그리고 내가 가기 전에 충고하나 할 거 있는데…"

개성은 말끝을 흐렸다. 잠깐 말이 끊어지는가 했더니, 잠시 후, 무거운 얘기를 했다.

"내하고 너하고 형제 같으니까 얘기하는데, 구평에 올라가 일할 때 너무 깊게 알려고도 하지 말고, 두 눈 감고, 두 귀 닫고, 입 닫고 시집살이 3년이란 말도 들었제! 그러면 목사님이 아마 좀 챙겨주실 거다 알겠제!"

"네, 형님."

"그럼, 구평으로 한번 올라가 보자! 요, 감천 넘어가면 바로 구평이다, 고개 쪽으로 조금 넘어가면 있을 거다. 자, 가보자."

밖에는 형님이 타고 다니는 차가 대기하고 있었다.

'검정 스타일로 묵직한 게 쫙 달리면 죽이겠다.'

"형님, 제가 모시겠습니다. 차 키 주십시오."

"응."

개성은 두꺼비 같은 손으로 키를 건네주었다. 생각보다 차는 잘 나갔고, 경구는 이게 내차면 얼마나 좋겠냐 생각하며 윤기 나는 승용차에 군침을 흘리며 시동을 걸었다. 경구는 로또에 당첨되면 제일 먼저 이 차를 사야겠다는 계획을 세웠다. 형님은 뒤칸에 편안히 누워 뭔가를 생각하고 있었다.

"일단 감천고개 넘고 장림 가기 전에 YH 철강회사가 나오면, 바로 산 쪽으로 우회전해서 끝까지 올라가면 된다."

"네, 형님."

가는 길목엔 도로공사가 한창이어서 무척 복잡하고 차선이 정신이 없었다. 형님 말대로 우회전으로 올라가니 산 쪽에 십자가가 보였고, 그 밑에 교회와 시설에 관계되는 건물이 불쑥 솟아나 있었다. 주위에는 다른 어느 건물도 보이지 않았다. 마침내 그토록 궁금하던 목적지에 도착하였다.

형님은 손가락으로 그림을 그리듯 이쪽부터 저쪽 끝까지 다 목사님 땅이라며, 재산이 어마어마하다는 얘기를 간접적으로 설명했다. 건물 앞에는 사단법인 참 빛 재단, 참 빛 선교원, 참 빛 재활원, 참 빛 요양원, 참 빛 기독교 대학원, 여러 간판이 요란하게 붙어 있었다.

형님은 목사님께 전화를 걸었다.

"형님, 저 왔어요."

말이 떨어지자 문은 사르르 열리고 여직원이 서둘러 나왔다.

"오시느라 수고 많으셨죠? 안으로 들어오세요. 목사님께서 기다리고 계셔요."

나이는 30대 초반으로 보이고 몸매가 단정하며 머리 모양도 간결하게 뒤로 묶여있었다.

"어, 동상 왔나?"

목사라는 사람이 나와서 반가운 얼굴로 맞이했다.

"어, 그래 그쪽에 앉아라. 올라오는데 욕봤지, 시원한 커피나 한잔해라!"

안경 너머로 한마디 하시는 풍채로 보니, 사람을 제압하는 카리스마가 대단하게 보였다.

"이곳에 근무하던 친구가 지병으로 그만두게 되었는데, 사람을 아무나 쓸 수도 없고, 고민하던 차에 우리 충무동 동상이 쓸모 있는 동생이 있다 해서, 내가 데리고 오라 안 했나! 그래, 인사하자. 내는 이 건물을 총괄하는 김대철 목사다."

"네, 저는 김경구라 합니다."

"어, 우리 비서 소개 안 했네. 정비서 인사해라, 앞으로 너하고 손발 잘 맞추어야 일도 빠르게 잘 하지 않겠나?"

목사는 나긋나긋 정성스럽게 소개했다.

"좀 쉬다가 우리가 일하는 각 사업장 건물들 돌아봐라."

"네."

"그럼 더 자세한 건 우리 정 비서한테 듣고, 나는 총회 모임 있어 먼저 가봐야겠다."

김 목사는 손을 가볍게 흔들며 정문을 나섰다.

"그래, 개성 동상 언제 조용할 때 한번 보자. 할 말이 많다."

"네. 형님, 차근히 해봅시다."

말하고 있는 동안 고급 차가 목사님 앞에 섰다. 운전기사는 깍듯이 인사하며 목사님을 모셨다.

경구가 들어서는 현관 기둥에는 여러 간판이 널려있었지만, 사단법인 참 빛 재단이라는 것과 건물 중심에 높이 숫은 십자가는 여기 들어오는 모든 이들에게 사랑과 평화를 보증하겠다는 확실한 선언으로 해석되었다. 또한, 사단법인은 사회적 봉사 기능이 더 많은 단체로 이윤을 추구하는 단체와는 개념적으로 다르다고 이해할 수 있었다. 또 다른 간판에는 대한예수교장로회 참 빛 신학대학원이라는 것도 눈에 띄었다.

경구는 비서에게 이건 어떤 걸 의미하냐고 불쑥 물었다. 비서는 놀라는 기색 없이 차분히 설명했다.

"아, 네. 저희 회장님께서는 어렵게 공부하시는 신학도들을 어떻게 하면 도울 수 있을까 고민하시다가 여기 대학원을 설립하시고, 여기에 들어오시는 신학생들은 전원장학금으로 공부할 수 있어요. 그리고 목사 안수까지 받는답니다."

비서는 아주 자랑스럽게 톤을 높이며 무료라는 말을 강조했다. 경구는 속으로 대단하네 싶었다. 돈 한 푼도 안 받고 사학이 운영된다는 사실 앞에 절로 존경심이 우러나왔다.

'그래, 이 정도는 돼야 존경받는 목사님이 되는 거지.'

경구는 형님의 손을 불끈 잡았다. 사무실 안에는 회장님께서 각종 행사하신 사진들이 겹겹이 걸려있었고, 메달이나 우승컵 같은 기념물들이 한 서재를 빼곡히 채우고 있었다.

또한, 눈에 띄는 사진은 대통령께서 목사님에게 상장을 전달하고 계셨고, 두 분이 같이 포착된 사진은 누구나 볼 수 있도록 눈에 띄게 전시가 되어 있었다.

그러니까, 나라의 대통령께서 상장을 주시는데 보건복지부 장관이나 부산시장상은 기본이었다. 또한, 부산시 지방검찰청 내 선도위원으로 위촉된 것으로부터 명함에 기재된 내용이 너무 빼곡히 들어있어, 눈으로 다 읽지도 못하고 반지갑 사이로 넣었다.

"그럼, 내가 할 일은 뭐지?"

비서가 잠시 머뭇거리더니 말했다.

"김경구 님, 업무상 해야 할 일은 저분께서 설명해드릴 겁니다."

고개를 돌려보니 개성이 형님이었다. 형님은 고개를 숙이고 있었고, 한참이나 무슨 생각을 하는지는 모르겠으나, 고개를 들면서 비서에게 자리를 잠시 비켜달라는 얘기를 했다. 금방 눈치를 챈 여비서는 총총히 방문을 나서며 말했다.

"필요한 일이 있으면 저기 벨을 눌러주시면, 저가 와서 도울게요."

여비서는 넉넉한 목소리를 내뱉으며 사라졌다. 형님은 잠시 뜸을 들이더니 말했다.

"경구야, 솔직히 남자답게 다 털어놓을게!"

"여기는 네가 생각하는 곳같이 온순하지는 못해! 각 지방에서 온 지체장애인들도 있고 정신장애인도 있고, 저쪽 건물에는 미혼모들이 기숙하는 곳도 있단다. 말을 잘 듣고 고분고분하면 얼마나 관리하는 데 좋겠냐! 하지만 이곳에서는 별일이 다 벌어지다 보니, 살살 그러라고 얌전하게 고개만 끄덕이고 하면, 정말로 통제가 안 돼! 그래서, 여기 들어온 이상 그들에게 자비는 금물이야! 알았지?"

경구는 얼떨결에 대답했다.

"네, 형님."

"질서를 세워놔야, 네가 편한 거야! 저기 저 야구방망이, 몽둥이, 심지어 모든 걸 사용해도 돼! 맘에 안 들면 너 말이 법이야!"

아까 회장님의 거룩한 표정하고는 180도 다른 형님의 말씀에 한편으론 화들짝 놀라고 기가 찼다.

'이런 제기랄, 세상 어디 가나, 다 똑같네. 뭐. 십자가 밑에는 사랑만 있을 줄 알았는데, 이게 뭐야! 띤 그런 개나발 같은 폭력이고.'

경구는 속 타는 분노를 드러낼 수는 없었지만, 내심 기분이 더럽다는 생각에는 추호도 변함이 없었다.

'아이고, 그놈의 가시나 임신만 안 했으면, 이런 개지랄 같은 일도 안 해도 되는데…'

지금은 눈치코치 볼 시간도 없어 빨리 돈을 벌어야겠다는 생각밖에 없었다.

"아, 형님! 다름이 아니고 집에서 출퇴근하려니 좀 머네요."

금세 눈치를 챈 형님이었다.

"그래, 그렇네. 걱정하지 마라. 숙식 해결은 내가 해줄게!"

형님은 인터폰을 통해 여비서와 연결했다.

"아, 선생님! 우리 동생이 교통이 불편해서 여기서 숙식해야겠는데, 어쩌면 되는 겁니까?"

"아이고 샘, 뭐 그리 그런 것 갖고 걱정하십니까? 우리 경비원 건물 이 층에 방 세 개나 있으니, 편한 방에 주무시고 그쪽에 화장실이나 샤워 시설이 다 되어 있으니, 걱정 안 하셔도 됩니다. 그쪽에는 제가 연락해놓겠습니다. 그리고 식당은 회색 건물 돌아서면 2층에 있습니다. 아침은 7시부터 8시까지고, 점심은 12시부터 1시, 저녁은 오후 5시입니다."

"고맙습니다."

형님은 대답한 후 수화기를 내렸다.

"그리고 경구야! 말 안 듣는 놈은 얘기해라, 내가 올라오면 버릇 고쳐 줄게! 그리 신경 쓰지 말고 오늘은 첫날이니, 실실 이방 저방 구경이나 해라, 돌아다니면서. 내가 일전에 회의할 때, 너에 대해서는 직원들한테 얘기해두었으니, 그리 염려 말아라. 내 오늘 일정이 있어서 먼저 내려가 볼게!"

개성은 일어서더니 현관문을 차고, 왔던 길로 휑하니 빠져나가고 있었다.

따사롭다기보다는 따가운 햇볕이 성가시게 일찍 찾아왔고, 눌러쓴 모자 사이로 구슬땀이 흐르고 있었다. 가지고 온 옷가지와 기물들을 2층 둘째 방에 툭 던졌다. 문을 닫아놓아서 그런지 공기가 탁했다. 경구는 창문을 다 열고 신선한 공기를 수혈하느라 바빴다.

태풍이 불어올 거라는 뉴스 보도에 건물 옆, 가지런히 서 있던 은행나무가 산발한 여인이 통곡하듯 휘우청휘우청 하였다.

경구가 그러니까, 고등학교를 졸업하고 그의 아버지가 간암으로 돌아가시며 얼마 후, 엄마는 술을 잔뜩 잡수시고 휘청거리는 몸을 안고 집으로 오셨다.

"경구야! 경구야!"

경구를 부르며 소리를 고래고래 질렀다.

"엄마요, 왜 이리 술을 잡숫고 오셨습니까? 오늘 아빠 기일 아닙니까?

"그래 맞다."

"그런데, 오늘은 내가 너무 가슴이 아파서 기일이고 뭐고 다 때려치워 버리고, 술 먹은 김에 너한테 할 말을 해야겠다. 안 그러면 두고두고 후회할 것 같아서."

엄마는 반실성한 것 같았고 눈에는 붉은 이슬이 어른거렸다. 엄마는 평소에 태우지도 않는 담배를 하나 달라고 하더니, 기침을 콜록거리며 푸른 연기를 탐해갔다. 기필코 그놈의 연기를 다 마셔야 얘기가 나올 것 같았다.

"너한테 큰 죄를 지었다. 엄마는 죽어도 말하지 않으려고 했는데, 내가 요즘 건강이 안 좋다. 앞으로 사람이 어찌 될 줄 모르니, 그만 마음 가진 김에 하련다. 네가 학교 졸업하고 얼마 안 되어

서, 너그 아버지가 돌아가셨지? 근데 그 아버지는 너희 친애비가
아니다."

엄마의 폭탄선언이 있었다. 그러나 경구는 이미 중2 때 알고 있
었다. 혈액형 분석으로 우리 엄마와 아버지 사이에 태어날 수 없
는 B형이었으니까, 그때 받은 충격은 이루 말할 수 없었다. 알고
있었지만, 경구는 꾹 참고 이제껏 버텨왔는데, 이제야 엄마가 헝
클어진 모습으로 울며 자기에게 용서를 빌고 있었다. 더 충격적인
사실은 그 아비가 이모부였다는 사실이다. 자기와 관계하지 않으
면, 이모와 이혼하겠다며 협박을 해와 강제적으로 관계를 맺었다
는 것이다. 관계가 가중될수록 엄마는 양심에 가책이 되어서 어
떤 남자든 이모부만 아니면 결혼하겠다고 선언하고 만난 게 불쌍
하게 죽은 너희 아버지라는 얘기였다. 아버지는 이 사실을 알면
서도 가정을 지키려 참아온 것이다. 비록 나에게 온갖 손짓과 폭
행을 일삼았지만 말이다.

심지어 이모부는 엄마가 애를 가졌다는 사실에도 으름장을 놓
고 자기애가 아니라고 발뺌했다고 한다. 천벌을 받았는지 그해 공
사장 크레인 사고 때, 떨어져 즉사하고 말았지만, 어쨌든, 엄마에
게는 슬픈 역사였다.

"엄마! 담배 한 대 피워도 되겠제?"

엄마는 눈물을 아직 글썽거린 채 고개만 끄덕였다. 담배를 입

에 문 경구는 말했다.

"엄마는 그때 낙태나 하지! 왜 안 했더노?"

"아이고, 야야. 모성애가 뭔지, 아기가 그래 보고 싶지 않았겠나? 너희 아버지 그래 구박해도 참은 건, 너 때문에 울어도, 두들겨 맞아도, 이를 악물고 참았다. 네가 보고 싶어서."

서리서리 땅을 치며 엄마는 울고 또 울었다.

"경구야! 미안하다. 엄마는 네가 보고 싶어 낳았다."

가늘게 어깨를 흔들며 우는 엄마를 보니, 경구 눈에도 붉은 눈이 내리고 있었고, 알 수 없는 분노의 검은 화마가 그의 눈으로 들어가 버렸다.

성민일보 광고란에 성민신학대학원 목회학과 전액 장학생 공고가 나간 후 사무실 전화는 북새통을 이루었다. 전국에서 목회자의 꿈을 가지면서도 학비가 없어 가슴 태우던 학생들이 전액 장학금으로 공부할 수 있으며, 전원 공부 기간에 기숙사 무료를 예고했기에, 그야말로 고학생 처지에서는 두 번 다시 놓칠 수 없는 조건이었다.

성민일보에 난 기사가 사실이냐, 3년 과정을 마치면 목사 안수를 받을 수 있느냐는 등, 수 없는 질문 사례가 쏟아져 걸려 왔고,

사무실 직원들은 다른 사무를 볼 수 없어, 결국은 전화 코드를 빼놓을 수밖에 없었다.

검정 양복에 푸른색 넥타이를 매고 금색 뿔테 안경을 쓴 회장은 근엄한 표정으로 자기 사무실로 들어가며 말했다.

"김 대리 할 만한가?"

경구 어깨를 두드렸다. 경구는 자기도 모르게 고개를 90도로 숙이며 인사를 했다.

"네, 회장님 은덕으로 잘 지내고 있습니다."

"그래, 잘들 관리해! 시끄럽지 않게, 잘하라고.

"네, 회장님."

옆에 서 있던 여비서가 말했다.

"회장님, 이번 새로 들어온 김 대리님이 일 잘한다고 소문이 자자합니다. 회장님이 인복이 많으신가 봅니다."

여비서는 호호호 웃으며 아양을 떨었다.

"그렇구나, 다음에 내가 밥 한번 사지!"

회장은 기분이 좋은지 연신 껄껄껄 웃었다.

경구는 이미 개성 형님에 의해, 이 바닥의 생리와 전반적인 규정을 익히 아는지라, 그에겐 자비란 없었다.

가족의 재산 싸움에 희생되어 끌어온 사람들, 이들은 회장과 이중계약을 하여 이 사람이 이곳에서 사망할 시, 상속재산을 나누어 가진다는 계약도 서슴지 않았고, 돈이 되는 이권 부분에 어김없이 간섭하여 거머리처럼 여기저기 피를 빨고 있었다.

어울하게 잡혀 온 사람들은 고함을 치고 항변을 해봐도, 그곳을 빠져나가기란 거의 불가능했다. 저녁 5시 식사를 마치면 어깨가 튼튼한 청년들이 약봉지를 들고 찾아와 철제 의자에 앉힌 다음 입을 벌리게 하고, 수면제가 섞인 마약류를 투입해 금방 잠이 들게 하였다. 하지만 약을 안 먹고 반항하면, 양팔을 붙잡고 같은 성분의 주사를 찔렀다. 그러면 30초나 지나면 쓰러져 잠에 취해버렸다. 그야말로 시체로 변하여 전 병동이 고요한 나라가 되었다.

경구는 이러한 나라에서 교도관 노릇을 하는 것이었다. 별 희한한 일들이 이곳에 벌어지는 별천지였다. 간혹 말을 안 듣고 설치는 놈이 있으면, 경구는 가차 없이 벌칙을 가했다. 피가 온몸을 적시도록 두들겨 패기도 하고, 심지어 물고문도 할 때가 있었다. 이렇게 일을 잘하는 경구를 회장이 예뻐 아니할 수 없었다.

"이봐, 개성이."
"예, 회장님."
"그래, 이번에는 제대로 하는 놈을 골라와서. 허허."

"예, 회장님."

"네가 전에는 들락거려야 했는데, 요즘 경구가 들어온 후로는 너에게 전화할 일이 없네. 허허"

"잘되었습니다. 회장님."

회장님은 바로 이 사단법인의 책임자 김대철 목사였다. 그는 전국에서 몰려든 예비 목회자를 양성하여 전국구로 만들고 같은 방법으로 사단법인을 만들어 자기 수하 조직으로 만들었다. 전국 조직의 또 다른 두목이었다. 양의 탈을 쓴 그는 검은 늑대였다.

경구는 점차 회장님의 신임을 쌓아갔고, 각 건물에 있는 간부들도 경구의 잔인한 행동에 혀를 내두르고, 그의 말에 끼어드는 사람이 없었다.

장마철이라 날씨가 예고 없이 태풍 비가 후다닥 내리며, 길거리에는 우산도 없이 뛰어다니는 사람들이 있었고, 갑자기 몰리는 차량으로 도로는 북새통을 이루고 있었다.

한바탕 태풍이 휩쓸고 지나간 자리에는 나무들이 청처짐하게 서 있었다.

약속 시각 5분 전 경구는 젖었던 머리카락을 틀며 카페로 들어섰다. 춘자는 늘 앉던 그 자리에 조용히 앉아 있었다. 경구가 들어와 앉는데도 눈길 한번 안 주고 꺼져갈 듯 땅바닥만 주시하고 있었다.

"사람이 왔으면, 아는 체라도 좀 해라."

경구는 춘자의 눈을 바라보았다.

"어제 너희 엄마 만났다. 어제 개죽음당했다. 까닥했으면 맞아죽는 줄 알았다. 그래도, 내가 죄인이라서 한마디도 못 하고 얻어터졌다."

춘자는 쏘아보며 말했다.

"그래 잘했다. 우리 엄마, 좀 성질 사납다."

"그건 그렇고. 뭐, 따신 거 좀 먹자. 오다가 비를 맞아서 약간 춥네. 나는 따뜻한 커피, 너는 우유 먹어라. 커피는 몸에 안 좋다."

경구는 춘자를 위하는 척 주문하고 돌아왔다.

"그건 그렇고, 너 학교 그만뒀다며."

"그래, 이 지경에 어찌 학교 다니겠냐? 아이고, 진짜 내 죽고 싶다."

춘자는 눈물이 금방 고였다.

"나는 살 마음도 다 잃었다. 앞으로 어찌 될지 나도 모르겠다. 맨날 엄마는 술 먹고 들어와 울고불고, 내를 못 잡아먹어서 안달이고, 창피해서 동네를 못 돌아다니겠다. 내가 큰 죄인이 되어 고개를 못 들고 맨날 운다. 이게 사는 기가? 응?"

춘자는 설움에 또 어깨를 들먹였다. 경구는 이제 결단을 내려야 할 때가 되었다는 직감을 느꼈다.

"춘자야! 나도 네 상황 다 알고 있고 그래서 말인데, 내가 있는 사업체가 미혼모도 관리하고, 장애인 기타 여러 환자별로 관리하는 종합 복지 센터다. 내가 그쪽에 관리자로 있으니, 별 무리 없이 입소할 수 있을 것이다."

경구의 솔깃한 제안에 춘자는 한편으론 서글펐지만, 지금 이대로라면 아마 자살해 죽어야 할 심정이었기에, 어쨌든 여기서 탈출하고 싶었다. 그리고 그 시설업체에서 경구가 관리자로 있으니 보호자 노릇도 할 거고, 그리고 출산이 얼마 남지 않아 어떤 결정이라도 해야 하는 실정이었다. 경구는 자기가 시키는 대로 하는 게 좋겠다고 했고, 이 사실은 절대로 비밀로 하자는 얘기까지 덧붙였다.

9장

**위하여,
위하여,
위하여**

경구는 다음날 미혼모실을 담당하는 서 과장에게 전화했다.

"과장님 저 경굽니다."

"아, 경구! 그래 어쩐 일이고?"

"다름이 아니라 형님한테 부탁이 있어서요. 잠시 올라가 말씀
드려도 괜찮겠습니까?"

"어, 그래, 김 대리. 그러면 지금 바로 올라온나. 내 사무실에
있다."

이미 경구의 실력은 파다하게 소문이 나 있었고, 회장님 총애
를 한 몸에 받고 있다는 사실도 서 과장은 이미 알고 있었다. 그
쪽 사람들은 척하면 통하는 그 무엇이 있었다. 경구는 검은 모자
를 눌러 쓴 채, 서 과장 집무실로 들어섰다.

"어서 들어와."

"요즘 많이 힘들지, 애들이 자꾸 사고 치제?"

서 과장은 경구를 소파에 앉히고 숨겨놨던 고급 중국 차를 우려
내놓았다. 맛이 그래도 마실만하다며, 방금 내어온 차를 권했다.

"그래, 무슨 일인데?"

서 과장은 탁자 위에 피운다만 담배꽁초를 입에 물고 라이터를 당겼다.

"과장님. 이건 개인사인데, 내가 건드린 아가 임신을 하는 바람에…"

여차여차 설명을 해가자, 서 과장은 빙긋이 웃었다.

"뭐 그런 거 갖고 그리 애태우나? 내가 그 부분에서는 전문간데 내가 잘 처리해줄게. 걱정하지 마라. 여기는 미혼모 시설이 있고, 복지부에서 다 지원해주니, 우리는 서류만 올리면 된다. 아직 앞으로 잘 모르니 입양이나 기타 얘기는 천천히 하자."

서 과장은 속 시원하게 입소에 관한 걱정을 단번에 해결해주었다. 그도 그럴 것이 회장님이 총애하니 그의 말 한마디를 거든다면, 인사 고과에 치명적일 수 있기 때문이었다.

경구는 춘자에게 그간 서 과장과의 진행 상황을 설명하고, 네가 디데이로 잡은 날 입소를 돕겠다는 말을 남기고 전화를 끊었다. 그 전화를 받고 난 춘자는 묻지도 따지지도 않은 채,

다음날 엄마가 비상금으로 감추어둔 노란 뭉치를 들고 드디어 가출을 감행했다.

탁자 위에는 짧은 편지 한 장을 놓았다.

"엄마! 미안해. 나의 철없는 사고로 심려를 끼쳐 미안해. 당분간 찾지 마! 죽으러 가는 게 아니니, 경찰에 신고하거나 어지럽게 만들지 마. 잘 있다가 건강하게 올게, 사랑해."

애자는 딸년이 자기 비상금을 훔쳐 어디론가 사라졌다는 사실을 그다음 날 아침에야 알았다.

"에라이 썩을 년! 기어코 애미 가슴에 대못을 박고 간 년!"

몹시 화가 나고 흥분한 엄마는 속바람이 일어난 모습이었다. 전생에 뭘 잘못이 있어 저런 걸 낳고, 이런 괴로움을 당해야 하는가 싶어 닭똥 같은 눈물을 소나기처럼 흘렸다.

분홍색 캐리어를 끌고 약속된 장소에 도착한 춘자는 사단법인 참 빛 재단 건물과 여러 동으로 분리된 회색 건물을 바라다보았다. 어디가 내가 있어야 할 곳인지 알 수는 없었으나 모든 일이 제 뜻대로 되는 게 없으니 바람에 맡길 수밖에 없었다. 상념을 되감고 풀고를 여러 번 하던 차에 대문이 열리고 검은 모자를 눌러 선 경구가 나타났다. 언제 깎았는지 모를 정도로 턱수염은 부추처럼 자라 있었고, 변화된 인생 역경에 초췌해진 몰골이 스산하게 느껴졌다.

"온다고 욕봤제! 이리 따라오너라. 미혼모 시설로 가야 하거든. 관리자인 서 과장님이라고 계시는데 얘기는 대충 해놨다."

미혼모 병동은 본관과 거리가 30m 정도 떨어져 있었다. 오월의 장미는 아직도 시들지 않고 날카로운 가시를 등에 달고 뾰족한 히스테리를 발광하고 있었다.

미혼모 병동에 들어서니 산모들이 삼삼오오 모여 얘기도 하고, 뭐가 그리 좋은지 낄낄데는 애들도 있었다. 참, 친하대평이라 속으로 생각하고 도착한 곳은 2층 미혼모 관리실이었다.

경구는 간단한 목례를 했다.

"과장님 전에 말씀드렸던…"

"어, 그래, 니는 바쁜 데 가서 일 봐라."

"네 그럼, 가보겠습니다."

경구는 춘자에게 간다는 무언의 눈짓을 하고는 어디론가 사라지고 없었다.

눈이 가느다란 게 꼭 일본 순사같이 생긴 서 과장은 물끄러미 춘자의 생김새를 아래위로 살폈다.

"그쪽 의자에 앉으세요. 서류 몇 장 적어야 하거든요."

춘자는 중간 의자에 죄인처럼 앉아 쥐방울만 한 서 과장의 눈으로부터 도망가고 있었다.

"많이 힘드시죠. 다들 처음 이곳을 들어올 때는 긴장도 되고 힘들어하지만, 얼마 안 있으면 이곳 동료들과 얘기도 하고 속사정도 들어주고 수다도 떨고 나면, 마음이 많이 안정돼요. 자, 그럼

한번 봅시다. 이 서류에 나와 있는 사항에 아는 대로 적어주면
돼요. 혹시나 기재하다가 모르면 물어보시고요."

"네, 알겠습니다."

춘자가 서류를 바라보니 친모의 이름, 나이, 직업, 가족 환경,
성장배경, 친부의 신상정보, 친모와 친부가 만나게 된 경위, 친모
와 친부의 애정 정도와 아이에 대한 애착 정도까지 세세히 기록
하게 돼 있었다. 이곳에서는 이것으로 자료를 보관했고, 정기적으
로 친모의 생각과 심경이 어떻게 변화하는지 동향까지 파악하고
있었다.

춘자는 생각했다. 네모 나라에 기혼 여성들은 기쁨과 희열의
감정만이 자연스럽게 봄볕처럼 나도는데, 미혼여성은 죄책감과
우울감 속에 세모 속에 갇혀 살아야 한다는 현실이 정말 싫었다.

춘자는 아는 범위 내에서 기록물 조항에 답했다. 기본적인 답변
을 마치고 갑자기 목이 말라 냉수를 마시고 있는데, 서 과장은 아
래 직원을 불렀다. 머리를 단정하게 말아 올린 여직원이 다가왔다.

"김혜자 씨! 오늘 처음 들어온 김춘자 씨인데, 이곳 규율 좀 가
르쳐드리고, 거처할 방도 알려주고…."

"네."

혜자 씨는 곱게도 대답했다.

"자, 이쪽으로 가시죠."

춘자는 빛을 잃은 양 떼처럼 흐느적거리는 몸을 이끌고 저 깊은 태평양 한가운데로 쓸려 쓸려 내려갔다.

"저기 302호가 지낼 방이고요…"
어쩌원은 여차여차 시설들을 설명했다.
"네."
춘자는 분홍색 캐리어를 끌고 방으로 들어갔다. 4인실이었고 생각보다 방은 깨끗했다. 먼저 온 방 사람들은 애써 위로하며 반갑게 맞아주었다. 동병상련이랄까?

방 선임자로 보이는 언니가 말했다.
"오늘 새로 들어온 친구 좀 쉬게 해라, 머리가 복잡할 테니 시간이 지나면 친해질 거라고 생각한다."
세심한 언니의 말 한마디가 평화를 불러왔는지, 춘자는 창가 옆 침대에 누워 스르륵 눈을 감았다.

동물에서 인간에 이르기까지, 모성애는 얼마나 존귀한 것인가! 모체에서 수태되었을 때부터 성장해가는 양상을 산모는 몸소 감지할 수 있고, 체험할 수 있다는 축복, 아이는 그의 분신이고, 모성애는 미물인 동물에게도 매한가지다.

한 방송에서 모성애에 관한 내용을 언급하면서 이러한 방송내용이 흘러나왔다. 청취하던 미혼모들은 슬그머니 아랫배를 움켜잡고 서녘 저쪽 어딘가를 바라보며 자꾸만 애달픈 눈물을 지웠다.

"아가야 사랑해…."

글썽이는 깊은 울림은 온 건물을 아니 세상을 뒤흔들고 있었다.

춘자의 일기를 보는 애자의 눈에는 오뉴월에 서리가 내렸다.

'한동안 먹고 살라고 새벽부터 저녁까지, 대야 들고 뛰어다닌 내 인생은 뭐고? 신랑은 서해 바닷가 갑판에서 씨름하다 사고로 숨져버리고, 정처가 없이 이 어린 춘자 키우느라 얼마나 힘들었는데, 그 가시나가 내 희망을 뭉개고, 남자도 모르면서 까불다가 얼라를 베고 어디론가 사라졌으니, 나는 도대체 누고? 서리서리 울고 싶다.'

경숙하고는 친군데, 딸년 경자가 그간 일들을 다 일러바쳤다.

"니는 딸이 그 지경인데, 뭐 했더노?"

경숙이는 애자 앞에 나타나 염장을 뒤집었다.

"이제 운세가 조금 풀려 돈이 좀 붙어오는데, 도대체 이게 무슨 팔자야! 힘겨운 인생, 더럽게 살면 되겠어? 이제 남은 인생 맘대로, 내 맘대로 살랑 게, 간섭하지 마! 나도 시집가서 남편한테 사랑 같은 거 좀 받고 죽고 싶은 게, 자식 인생은 자식이고, 내 인생은 내 인생 아냐?”

애자는 대선 소주를 연거푸 마셨다. 애자는 춘지를 20살 때 낳았다.

“아직도 꽃이여 아직, 그것도 있으니, 얼라도 낳을 수 있을 테니!”

“어머나, 말하는 것 좀 보소! 참사랑 많이 받겠네.”

“내년! 말대로 떡두꺼비 같은 아들 하나 낳아봐, 그럼 내가 맨날 업어줄 거니까.”

경숙은 집 나간 춘자의 근황을 물으려 했지만, 아픔 감정에 더 소금 치는 거 같아서, 그만하기로 했다.

‘어이구 저것이 얼마나 외로우면 저리 씨부렁거릴까, 불쌍한 년!’

춘자가 집을 나간 지 한 달이 넘어서고 있었고, 애자의 사업은 덕칠의 배려로 쉽게 쉽게 돈을 거머쥐게 되었다. 서로 외로운 사람끼리 일주일에 한 번씩 둘은, 남포동 369 모텔에서 만나, 적적한 아랫도리를 보상받고 있었다. 남녀관계는 참 이상해 처음엔 당기고 밀고, 천둥, 번개, 몇 번, 한강에 배 지나가면 모든 게 통과야! 부끄러움도 모르고 씨름을 즐기니, 음양의 조화는 참 기가 막히는 일이었다.

"오빠야, 한 가지 물어볼 게 있는데. 오빠야, 얼라 아픈 아이 하
나 있다며?"

애자는 궁금한 마음으로 덕칠의 아픈 왼쪽 가슴을 도려내듯이
파고 물었다.

"애자야! 마! 얼라 얘기는 하지 말자."

덕칠은 시무룩한 태도로 돌아섰다. 애자는 더 묻고 싶었지만,
그 정도만 하는 게 현명한 거 같아 분위기를 바꾸고 말았다.

"오빠야! 동생 정 사장은 말없이 잘 도와준다. 특별히 인사 좀
해도 되나?"

"그럴 필요 없다. 내가 다 알아서 손봐주고 있다. 네가 신경 쓸
일이 아니다. 이쪽 애들은 그 나름대로 움직이는 규칙이 있다."

덕칠이와 애자는 마치 신랑 각시처럼 붙어 다녔고, 누구 하나
젓가락 올리는 사람이 없었다. 그건 다 덕칠이의 보수적 기질 때
문에 함부로 할 수 없는 자리에 있었다.

저번 달에 얄궂은 초량파 애들이 생선고기 꽤 짝이 달곰했는
지, 밤에 시비를 걸러 왔다가 덕칠이한테 혼이 나서 횡하게 도망
갔다. 덕칠이는 발이 넓고, 엔간한 영도경찰서 형사들을 다 알고

있었고, 조합 이사들도 다 통하는 레벨이었다.

어느 날 덕칠과 애자는 저녁을 먹으며 포도주를 한잔했다. 참치 안주가 좋은가, 포도주 맛이 특별했다. 덕칠은 분위기에 애자의 기분이 좋아지는 틈을 다 살갑게 웃으며 침아웠던 애기를 풀어놓았다.

"애자야! 우리 같이 살까? 마! 서로 외롭고 고달프게 사느니, 합치는 게 어떻겠노?"

잠시 머뭇거리더니 안 주머니에서 조그마한 사각 통을 꺼내 애자에게 건네주었다.

"이게 뭔데?"

애자는 내심 짐작은 하고 있었지만, 얌전히 그 분위기를 즐기며 사각 통을 열어보았다. 눈부신 반지가 들어 있었다. 애자는 가슴이 설레왔다. 무슨 말을 해야 하는데 생각이 나질 않았다.

"이게 프러포즈라는 기가?"

덕칠은 애자를 곱게 안으며, 사랑한다는 말과 같이 살자는 달콤한 속삭임을 전해주었다. 덕칠이의 프러포즈는 애자의 빈 곳을 차곡차곡 메워 나가며 꽃을 피우기 시작했다. 애자는 내심 생각하고 있었으나, 덕칠이가 준비된 고백을 하니 마음이 뜔 듯이 기뻤다. 서로의 생각들이 통하니 급행열차처럼 산을 이미 넘어가고 있었다. 마음이 잡히니, 애자의 마음은 전보다 바쁘게 돌아갔다.

"결혼식은 가까운 사찰에 가서 스님 앞에 결혼 서약만 드리면 안 되겠나? 통도사에서 내려온, 내가 잘 아는 탄허 스님이 있다."

세세한 일정은 네가 알아서 하라며 자신은 무조건 그 결정에 따르겠다고 했다.

경숙이는 축하하면서도 근심 어린 얼굴로 지켜봤다. 경숙이는 결혼보다 동거만 하지, 더 살아보고 하지, 하며 제 동생처럼 다독였다.

사람이 마음을 먹으니 일사천리로 진행이 되었다. 가까운 친구 경숙이와 덕칠이 친동생 같은 정 사장이 증인으로 모여 약식으로 탄허 스님이 계시는 정한사 사찰에서 간략하게 예를 치렀다.

둘은 과거의 아픔이 있었고 덕칠이에게 장애아들이 있었지만, 사랑만 있으면 잘 극복하리라 믿고 출발하는 것이었다.

애자는 여성으로서 매달 아직 찾아오고 있었고, 갱년기와는 아직이었다.

경숙은 한편으론 축하하면서 어째 불안했다.

오랜만에 긴 잠을 푹 잤다. 긴장이 한꺼번에 풀려서 그런지, 꽤 오래 잔 것 같았다. 춘자는 아기에 대한 죄책감과 정서적 혼란으로 무척 힘이 들었고, 아기 하나가 자신의 삶을 옭아매고 파멸시키는 게 아닌지를 생각하다가 창문으로 비치는 상현달이 어쩜 자신을 많이 닮았다고 생각했다. 이렇게 바람이 심하게 부는 날, 홀로 하늘을 지키는 외로운 저 달이 무척 추워 보였다.

아기를 무턱대고 낳아서 길거리에 버리는 것보다 아이가 필요한 곳에 양자로 주는 것이 백배 낫다는 생각이 스쳐 지나갔다. 나도 그렇고, 경구 또한 이제 취업이 되었다고 하나, 그의 좌충우돌 형태의 행실로 보아 한 가정의 책임 있는 가장으로서 운전대를 맡길 수는 없는 노릇이었다.

이곳 생활이 점점 익숙해지자 친구나 언니들과의 소통이 자연스럽게 늘어났다. 처음에는 약간의 자존심과 경계감이 있었지만서 과장 말대로 가재는 게 편이 되는 게 맞았다.

춘자의 출산일이 가까워져 왔다. 딸이 죽었는지 살았는지 관심도 없었고, 덕칠이와의 신혼생활에 흠뻑 빠져 깨소금 냄새가 여기까지 날아왔다.
애자는 그때 춘자가 주고 간 편지 내용에, 잠시 있다가 돌아온다는 말을 그나마 위안 삼아 내심으론 굳게 믿고 있었다.

애자도 성급한 결혼으로 생각지도 못한 덕칠이 아들 장애아를 키우는데 여간 힘든 일이 아니었다. 자기 자식 키우는 것도 힘든데, 남의 자식 그것도 다운증후군을 앓는 아이를 키운다는 것은 여간 인내와 사랑이 동반되지 않으면 힘든 일이었다. 덕칠이는 불편한 아이 때문에 늘 미안한 맘으로 애자를 바라보았고, 때론 젖은 손을 붙잡고 말했다.

"임자 미안하네. 어찌 나 같은 사람 만나 고생이 너무 많아!"

애자는 한번 결정된 사항이었고 결혼의 다리를 건너온 이상 운명이라 여기며, 아픈 아들 동수를 가슴으로 키우고 있었다.

애자는 갑자기 미안한 맘이 들기도 했다. 동수에게 하는 거 절반이라도 춘자에게 했으면 하고, 떠나간 딸년이 그리워서 노을 속으로 달려갈 때가 한두 번이 아니었다.

경구는 회장님의 호출로 건물 7층 702호 회장님 실로 달려갔다. 수입 이탈리아 밤색 소파가 양쪽으로 놓여 있었고, 중앙에 의자가 근엄하게 놓여 있었다. 회장님은 중앙의자에 앉아 안개 같은 전자 담배를 물고 있었다. 목사도 담배 하네 하며 경구는 신선한 충격으로 안개를 따라 하늘에 가고 싶은 마음뿐이었다.

"그래 거기 앉게."

"네, 회장님."

"자네 말이야. 지난주 들어온 그래, 대신동에서 온 정순미 할머니 말이야, 어떻게 처리했어?"

"네, 회장님. 이 할머니는 아무것도 모르고 계시지만, 대신동에 알짜 대지 몇 필지를 본인 명의로 소유하고 있었습니다. 잘만하면 큰 수입이 예상되는데 족히 180억은 되지 싶습니다."

회장은 이내 침을 다시며 목이 말랐던지 앞에 놓인 냉수를 급하게 들이켰다.

"사망 시 우리 재단에 다 귀속되는 거로 해두었고, 담당 복지부 관계 공무원들은 뒷말 나오지 않게 처리해두었습니다."

"그래, 암, 그래야지."

회장은 점점 경구 일 처리 솜씨에 믿음을 실어 갔다.

경구는 복지부 담당 공무원을 수시로 불러 술 접대와 금품을 어김없이 해왔고, 저들은 당연히 그래야 한다는 식으로 고압적인 자세로 일관했다. 심지어 입소 환자 수를 속여 노숙인이나 행려 병자들의 개인신상을 헐값에 사들여 실지로 있지도 않으면서, 입소자 수를 늘려 나라 곳간의 양식을 훔쳐내고 있었다.

회장의 배경에는 국회의원은 기본이고 청와대까지 깊숙이 돈의 감칠맛 나는 달콤함을 전하고 있었다. 소문에는 회장님의 재산은 수천억이 된다는 소문도 있었다.

신학생 목사 안수도 하고 그렇게 졸업 된 학생들은 교묘한 세탁을 거쳐 전국으로 참 빛 지역구를 만들어 참 빛 재단의 수족처럼 충성하도록 만들었다. 그러니까 모두 다 회장의 똘마니로 변신시켜 교주에게 충성하는 조직당원들이었다.

춘자에게는 아무에게도 말하지 않은 비밀이 있었다. 어릴 때는 잘 몰랐던 일이다. 너무도 예상치 못한 일들이 연이어 일어나고 도대체 알 수 없던 일들이 급기야는 임신이라는 여자로서 가장 중요한 일이 생뚱맞게 찾아올 줄은 진정 몰랐다.

영도다리 점쟁이 정 씨 할머니가 께름칙한 눈알로 째려볼 때도 그랬고, 그날 할머니는 복채도 안 받고, 춘자는 쫓겨나듯 그 자리를 빠져나와야 했다. 그가 한 말은 단지 붉은 점에 관한 시선을 묻고, 그로 인한 파급적 영향에 대해 자세히 설명해주지 않았다.

글쎄 붉은 점이 어쩌자고 그렇게 까맣게 잊고 있었던 붉은 점에서 검붉은 피가 흘러나왔다. 비록 소량이었지만 참을 수 없는 광경에 춘자는 한동안 넋 놓으며, 순간을 바라보고 있었다.

'참 이상한 일이 다 있네. 붉은 점에서 이게 무슨 징조일까? 나에게 이 붉은 점은 무엇을 의미하는 것일까?'

춘자는 골똘히 거울을 쳐다보고 있었다.

창살이 수직으로 세 개가 박혀있는 창문을 뜯어내고, 그곳을 탈출하는 건 불가능한 일이었다. 곳곳에 CCTV가 거미줄처럼 걸려 있었고, 중앙통제실에서는 이러한 내부 속사정을 깨알같이 들여다보고 있었다.

'어, 저기 정신병동 502호에서 환자 한 명이 소동을 일으켰다.'

그제 강제 입소한 김동환은 나름대로 덩치가 있었고 깡도 있었다. 점심을 먹고 난 후 동환은 소란을 피웠다.

"야, 이 개새끼들아! 내가 무슨 정신병자야? 이 나쁜 놈들아! 빨리 문 열어라. 나갈란다!"

발광하며 소리치고 집기를 들고 던지자, 벽에 걸어둔 거울이 와장창 깨어져 나갔다. 중앙통제실에서 연락받은 직원들은 황급히 달려갔다. 살기 어린 동환의 행동에 잠시 당황했지만, 해결사 경구의 몸놀림 또한 전광석과 같았다.

"야! 김동환인가 지랄인가 잘 모르겠는데, 손에 들고 있는 거

내려놔라. 좋은 말 할 때, 응?"

"이 새끼 머리에 피도 안 마른 새끼가 어디 형님한테 덤비노? 지랄하지 말고 문 열어라. 파출소 경찰 불러라. 사회부 기자 불러라. 이런 개 같은 사기 집단이 어딨노? 멀쩡한 사람 잡아 와서 약 쳐 먹이고 개새끼들."

동환도 호락호락하지 않았다. 갑자기 경구의 눈빛이 달라지기 시작했다.

"어이, 그러니까, 나쁜 놈이 그만하라 했지!"

말이 떨어지기가 무섭게 경구의 몸은 하늘을 날고 있었다. 동환의 오른손에는 깨진 유리 조각으로 인해 피가 줄줄 새고 있었고, 상의는 여기저기 피가 엉기어 비린내가 풍겼다.

동환이 잠시 소리 나는 옆 건물로 시선을 내버려 두는 사이, 이미 경구의 발차기는 동환의 머리통을 강타했고, 그리고 그의 돌 주먹은 동환의 얼굴 눈언저리로 향하며 천 근 같은 핵 펀치로 동환을 제압했다.

경구에게는 자비란 없었다. 어찌 저리 잔인할까 싶어질 정도로 동환을 산산조각 내고 심지어 옆에 대기하던 직원들마저도 끔찍한 만행에 혀를 내둘렀다. 쭉 뻗은 동환의 동공이 희미해지더니, 사람이 풀죽은 식물이 되어 있었다.

그 일이 있고 나서 사흘 뒤 동환은 자기 속옷을 뜯어 기둥에

목을 매고 자살을 했다.

참 이상했다. 경구 자신도 분노가 끓어오르면 참지 못하고 폭발하며 도저히 제어하지 못해 온몸을 벌벌 떨며 미치도록 가해해야 겨우 직성이 풀리니, 자신도 자신 속에 기하는 또 하나의 괴물을 의아하게 생각할 때가 한두 번이 아니었다.

"회장님, 죄송합니다. 이번 일로 심려를 끼쳐 송구합니다."

경구는 머리를 조아리며 죄인처럼 회장님께 고개를 숙였다.

"아, 아냐, 아냐, 너는 잘못이 없어, 그런 놈은 좀 더 두들겨 팼어야 했어! 썩을 놈. 여기가 어디라고 난동을 부려, 죽어도 싸지!"

김 목사의 대답이라고 믿기 어려운 양의 탈을 쓴, 잔인한 조폭 두목과 다름이 없었다. 회장은 껄껄껄 웃으며 말했다.

"근데 말이야. 내가 이 사업을 30년 해오면서 많은 사람이 들랑거렸지만, 너 같은 놈은 처음이야! 이곳에서는 네가 정말 필요한 인물이지! 별 희한한 놈들이 다 들어오고 날뛰는데, 이게 통제가 안 되면 이 사업을 할 수가 없어! 안 그래, 경구?"

회장은 친아들처럼 경구를 치켜세웠다. 내심 든든한 마음이 드는지 연일 웃음을 보였다. 경위서 내지는 야단맞을 각오로 왔지만, 오히려 칭찬과 격려를 받으니 경구는 감개무량할 수밖에 없었다. 이 일에 체질이 딱 맞는 것 같았다.

경구는 비린내 나는 시체를 뜯어 먹어야 기운을 차리고 살 수 있는, 공동묘지에 사는 귀신 같았다.

하루는 개성 형님에게서 전화가 왔다.

"어, 형님 어쩐 일이고? 오랜만이네, 통 소식이 없더마느."

"마이 재밌는가배."

경구는 오랜만에 전화 온 개성이 형님에게 반가운 인사를 했다.

"경구야!"

"예, 형님. 회장님께서 오늘 저녁하자네."

"어이구 뭐, 회장님께서 예?"

"웅, 그래. 내가 오후 7시경 데리러 갈 테니, 있어라. 전화하면 나오너라. 알았지!"

"예 형님, 누구 명이라 거역하겠습니까?"

그러면 이따 보자며 전화를 끊었다. 여태껏 한 번도 이런 일은 없었다.

'회장님께서 저녁을 사주신다고? 허허 살다 보니 별일도 있네.'

하루가 금방 지나가고 개성이 형에게서 전화가 왔다.

"어, 형님 벌써 오셨네예."

"그래 방금 왔다, 빨리 나오거라."

"알았어요."

경구는 최대한 예의를 갖추기 위해 밑에는 청바지 위에는 줄무늬 셔츠 그리고 슈트를 걸쳤다. 머리는 단정하게 빗어 올렸다.

개성의 차는 시동이 걸린 상태였고, 경구는 문짝을 열고 형님 옆에 탔다. 차는 소리 없이 움직여갔지만, 벨트를 매지 않아 차 안에는 딩동 소리가 요란하게 들렸다. 벨트를 매라는 소리였다.

"아, 내가 또…."

경구는 벨트를 정성스럽게 꼽았다.

"형님 어디로 가는데예?"

"가보면 안다."

차는 산기슭 쪽으로 올라갔다.

"회장님 별장이다."

"아, 예, 난생처음 가보는 곳이라, 긴장되네예."

삶이란 언제나 행복과 불행, 기쁨과 슬픔이 갈마들며 이어지는 것이라 했다. 오늘 저녁만은 모든 걸 잊고 기분 좋은 자리가 되었으면 했다.

경구는 안과 밖이 철저히 다른 이중적인 이곳 모습에 당황한 적이 한두 번이 아니었지만, 세상이 죄악으로 말미암아 지구상

271

어디에서나 더러운 하루살이로 오염된 사실 앞에 이곳 사람들이 그런 세상을 살아가야 한다는 생각에 참 서글펐다. 이곳은 동물 농장이나 다름이 없었다. 먹이 사슬이 동물의 세계에 나오는 포식자들에게만 있는 게 아니라 인간 시장을 들여다보면 사람 사는 이곳이 더 치열하고 살벌했다.

경구는 하늘을 바라보다 까마귀 울음소리를 듣고, 이내 땅을 바라보았다.

산기슭을 10분쯤 올라갔을까? 큰 저택이 숲속에서 드러났다. 사냥개다운 기풍으로 외부인을 경계하며 컹컹 짖는 도사견을 보노라니, 저 목줄이 풀리면 바로 달려와 허약한 나의 허벅지를 물어뜯고도 남을 기세였다. 대문이 크게 열리고 차는 지하로 들어갔다.

지하 주차장에는 여러 대의 차가 주차되어 있었고, 더러는 운전 기사들이 잠시 쉬고 있었다. 경구는 입을 다물지 못하고 그 외곽 규모에 놀라 한동안 어리둥절하며 그 웅장한 별장 외관에 달리 설명할 길이 없었다.

회장님이 오시는 주 건물 뒤쪽으로 연결된 건물이 있었으나, 도저히 뭐 하는 곳인가는 알 수가 없었다.

엘리베이터 2층을 눌렀다. 사르륵 문이 열리고 오르는가 했더니, 금방 문이 열렸다.

화려한 수목들이 병풍처럼 휘돌아 나오고, 연못에서는 팔뚝만한 잉어들이 색깔별로 엉덩이를 흔들며 저희 맘대로 휘돌아다녔다. 거실에서 바라본 느낌은 그냥 여기서 죽을 때끼지 살고 싶다는 생각 외에는 없었다. 넋을 놓으며 의식이 무너지고 있을 때, 어여쁜 여비서가 다가와 회장님이 기다리신다며 두 명을 모셨다. 문이 열리고 꽤 넓은 리셉션장이 보였다.

회장은 화려한 옷차림이 오히려 편안해 보였다. 그런데 그곳에는 우리 일행만 있는 게 아니었다. 회장님과 관계되는 수 명의 손님들이 와 계셨다.

"자, 먼저 식사하고 얘기합시다."

회장이 박수 두 번을 치니, 이미 세팅된 음식들이 총천연색으로 나왔다. 경구는 이런 음식은 단연코 먹어보지 못한 최고급 요리였다. 회장님은 음식을 먹기 전에 포도주를 따르며 건배 제의를 했고 다들 백색 포도주를 잔에 채우고 건배사를 기다렸다.

"무궁한 참 빛 영광을 위하여!"

회장님이 외치니 모두가 힘차게 제창했다.

"모두, 위하여, 위하여, 위하여!"

이탈리아의 감미로운 포도주를 반 잔 정도 마시다 내려놓고 주

위를 둘러보았다. 무대 뒤에서는 실내 악단의 클래식 혹은 재즈
풍의 음악이 흘러나왔고, 회장님은 각 테이블을 돌며 감사 인사
를 했다. 잠시 음악이 멈추고 잠깐 참 빛 직원을 소개했다. 자신
의 분신이라며 개성과 경구도 소개했다. 개성은 경구에게 귓속말
로 말했다.

"네가 일을 잘하니 회장님께서 다음 달부터 진급 인사발령을
할 예정이다. 과장 말이다."

경구는 숨이 멈출 것 같았다.

"형님 이게 무슨 말이고, 진짜가?"

"그래 인마 뭐, 내가 니한테 구라치겠고 뭐 할 건데, 미친놈."

"어쨌든 형님의 입김이 결정적이네, 형님 고마워."

개성은 경구의 머리를 쓰다듬어 주었다.

"그리고 경구야, 좀 있다가 무슨 일이 있어도 그냥 못 본 체하
고, 회장님 하는 대로 그냥 두어야 한다."

"무슨 짓을 해도?"

경구는 알 수 없는 씨부렁거리는 말에 도저히 알아들을 수 없
었다.

술이 서너 잔 들어가고 음악이 흐르고, 다들 기분이 좋아지며
흐느적거렸다. 개성은 경구에게 얘기했다.

"내가 잠깐 갔다 올 때가 있으니, 너는 여기서 좀 기다리라."

"왜 같이 가면 안 됩니까?"

"나중에 따로 설명해줄게."

개성은 감쪽같이 사라져 뒷동으로 갔다.

대기하고 있던 여직원 서미숙이기 다기왔디.

"준비됐나!"

서미숙은 서 과장 여동생이었다. 서 과장의 소개로 이쪽에서 일하게 되었는데, 이곳은 본관과는 상관없는 별장이었다. 3층 건물로 되어 있는 장애아시설로 10대들 그리고 몸매 건강한 지적장애인들만 있었다. 이곳은 아무나 올 수는 없었고 조건에 해당하는 애들만 선정하여 데리고 왔다.

"서미숙 씨, 이런 리셉션 한두 번 하는 것도 아닐 테고, 아이들 탄탄한 애 7명만 보내주세요. 메이크업도 좀 시키고."

"네, 이미 훈련이 되어 있는 애들이라 잘할 거예요."

"조금 있다가 벨을 누르면 애들 들여보내세요."

"네, 빈틈없이 하겠습니다."

개성은 시간을 보며 이제 3부 순서를 기다렸다. 술이 어느 정도 돌아가니, 회장님이 박수를 두 번 치니, 준비된 10대들이 교육과 훈련받은 데로 들어왔다.

"아! 저 애는 그래 우리 본관에서 본 지적 장애인인데!"

경구는 놀라 자세히 보았다. 그랬다. 처음 들어올 때, 경구가 심사와 교육을 하므로 이 애들은 본관에서 이송해 온 애들이 분명했다. 그 이후로 모든 것들을 개성 형님이 관장하고 있었으므로, 경구는 이런 기가 막힌 광경에 머리가 아찔했다.

개성은 귀엣말로 말했다.

"여기 계시는 분들은 경찰서장, 복지부 간부, 시 관계 부서장, 구청장…. 그러니까 권력의 핵심자들이다."

회장은 이런 자들에게 성 접대를 놀잇거리로 피어나는 십 대 그것도 지적 장애인들을 옆자리에 앉히고, 딸 같기도 하고, 손주만 한 애들을 가학적으로 가지고 놀았다. 심지어 물에 타서 먹는 마약까지 먹여가며, 쾌락의 깊은 물을 밤새껏 마셨다.

경구는 형님을 조용히 불렀다.

"형님, 이건 너무한 것 아니에요. 진짜 기분 엿 같네."

경구의 뚜껑이 약간 열려 김이 새고 있었다.

개성은 놀라서 말했다.

"야, 이 새끼야! 아까 말했지, 어쨌든 주둥아리 쳐 닫고 있으라 했지!"

"이 더러븐 새끼!"

말썽 지기면 안 될 건데 싶어, 개성은 마음이 초조했다. 경구는 일은 잘하는데, 문제는 저기 또라이가 되면 골치가 아픈 애였다. 아무도 갈지 못하는 잔인한 행동도 불사하는 독종이기 때문이었다. 그 더러운 성질을 익히 아는지라, 한편으로 개성은 늘 염려가 되는 부분이었다.

경구 옆에도 한 십 대 후반으로 보이는 애가 앉았다.

"너 이름은?"

"보미입니다."

"몇 살?"

"18세입니다."

나이는 어렸지만, 몸은 이미 숙성되어 벌써 암컷 냄새를 진하게 풍겨내고 있었다.

여러 가지 얘기를 나누었다. 보미는 히죽히죽 웃으며 이 자리를 즐기고 있었다. 보미는 이 행사를 마치고 숙소로 가면, 선물로 맛있는 과자를 많이 준다며 행복해하였다.

다른 높으신 양반들은 환락의 천국으로 온 것같이 아이들의 몸 구석구석 더러운 손을 넣으며 인간의 존엄성을 잡초처럼 짓밟고 있었다.

개성은 아동 성 착취뿐만 아니라 물에 타서 먹는 마약을 먹여

환각성 파티를 주선하고, 그들을 방으로 모셨다. 그리고 방마다 CCTV를 설치하여, 그놈들이 장애아들을 성 착취하며 짓밟는 장면들을 빠짐없이 몰래 다 담아 두었다. 그리고 그들이 돌아간 후 개성은 잘 편집하여 회장님께 보고하였고, 김 목사는 이런 비디오를 아주 재미있는 양, 껄껄 웃으며 보면서 배꼽을 잡았다.

"저 경찰 새끼 봐라. 진짜 변태 새끼네!"

이렇게 작성된 파일은 민원 문제라든지, 막히는 결정적 순간에 그놈들에게 협박하기 위한 미인계 놀이였다.

북한방문을 꺼리는 이유도 북한의 미인계는 세계적으로 정평이 나 있어, 다 찍히고 돌아와서 그들의 하부 수발 노릇을 꼼짝없이 하는 것이었다.

정, 재계, 심지어 목회자 중에서도 그들의 수법에 걸려 난감한 일을 당하는 경우가 허다했다.

경구는 세모 같은 세상에 역시 힘없는 세모들이 온갖 것 다 빼앗기고, 유린당해도 말 못 하는 이곳 장애원 시설이 하늘 아래 별천지로 보였다.

밖에는 비를 뿌리려 하는지 구름이 그럴싸하게 움직이고 있었다.

제10장

오이디푸스

상미는 애자의 6촌뻘 되는 당숙의 딸이었다. 아직 취업이 안 되어 준비하고 있었기에 애자는 혹시나 하는 마음에 전화했다.

　"어, 이모 어쩐 일이세요?"

　"어, 그래, 니 요즘 취직했나?"

　"아니요, 시간 아르바이트로 편의점 두 군데 뜁니다. 돈도 안 되고 죽겠습니다."

　애자는 조심스럽게 말을 붙였다.

　"다름이 아니고 내가 재혼한 건 네가 소식 들어 알고 있제?"

　"네, 들었어요."

　"집에 도우미가 필요해! 그래서 혹시나 해서! 아무래도 남보다는 나을 것 같아서…. 우리 집에 춘자가 키우는 토리가 있어, 그리고 아들 재성이가 있는데, 재성이가 장애라 좀 힘들거든, 할 수 있겠나?"

　상미는 편의점 지점장이 자꾸 찝쩍거려서 신경 쓰여 힘들었는데, 잘 됐다 싶었다.

　"걱정하지 마세요! 장애인 협회 봉사자 자격증도 있고, 다른 사람보다 케어를 많이 해봤어요."

"그렇나, 다행이네. 그래서 단도직입적으로 얘기할게, 애 좀 네가 봐주면, 내가 월급은 섭섭지 않게 줄게. 내가 벌이는 사업 하랴 집안일 하랴 도저히 힘들어서 못 하겠어, 마땅한 사람이 없어 찾다가 그래도 혈족이 안 낫겠니 싶어, 물어물어 전화했다니가."

"그래요, 이모! 나도 지금 돈이 꼭 필요하거든요."

상미는 이모 집에서 소위 말하는 가사도우미로 수고를 하게 되었다.

토리는 새 식구에 민감한 반응을 보이며 이빨을 드러내고, 동네가 떠나갈 듯 소릴 질렀고, 상미는 진심으로 토리를 돌봤다.

상미의 진심 어린 손길과 사랑을 느꼈는지 토리는 이제는 짖지 않았다. 상미는 시간 되면 토리를 산책시켰다. 휴지와 비닐봉지를 준비하여 토리의 볼 일을 대비했다. 토리는 산책 시간은 귀신같이 알고 대문 앞에 달려와서 끙끙거리며 산책하러 가기를 종용했다. 상미가 목줄을 채우고 산책 준비를 하면, 꼬리를 큰 원형을 돌리며 한없이 기뻐했다. 대문을 열고 나오는 순간 토리는 상미 몸을 이리저리 끌고 다니니 정말 신기했다.

"이놈은 장사가 되었다."

조그마한 체구에서 어찌 그런 힘이 생기는지 알 수가 없었다.

집 근처 아모르 공원에 풀어놓으면, 목줄을 벗어난 토리는 미칠 듯 달리고 가다가 서서 돌아보고, 무슨 냄새 맡을 게 많은지, 그냥 쉽게 지나치는 법이 없었다. 코를 땅에 처박고 마음껏 스트레스를 풀고 있는 모습이 행복해 보였다. 내실에서 식사할 때면 까만 눈동자로 정말 슬픈 표정을 지으며, 상미 얼굴만 애처롭게 바라보고 있었다.

한 달이 지났을까? 토리의 몸 상태가 안 좋았다. 데려올 때부터 건강에 이상이 있었는데 토리는 밤마다 잠을 제대로 못 이루고 기침이 잦아드는 것 같았다. 하루 이틀 지나면 괜찮겠지 하였건만, 토리는 점점 쇠약해져 갔다. 애자와 상미는 하는 수 없이 토리를 동물병원으로 데리고 갔다.

수의사는 토리의 건강 상태가 아주 안 좋다며 입원시킬 것을 권했다.

"지금 나이도 있고 폐렴까지 겹쳐 토리가 많은 고통 중에 있어요."

애자는 너무 불쌍해서 눈물을 글썽였다.

"그렇게 하세요, 우선 일주일 병원에 두겠습니다."

"그리고 손님, 이렇게 폐렴 때문에 고통이 심해지면, 안락사도 고민하셔야 합니다."

의사 선생님의 청천벽력 같은 소리에 애자의 심장은 바닥으로 떨어져 주어 담을 수 없었다. 떨리는 마음으로 병원을 나서는 애자의 마음은 흔들리는 갈대보다 못하였다.

토리의 빈자리는 생각보다 컸다. 텅 빈 운동장처럼 집안은 평온히기 그지없었다. 물론 다운증후군으로 삶을 모르는 아들도 있었지만, 그때그때 위로가 되어준 토리가 더 마음이 가고 신경이 쓰였다. 애자의 꿈자리도 뒤숭숭했다. 간밤에는 잠시 목줄을 풀어주고 급하게 들어오는 전화를 받느라 분주할 때, 토리가 주변을 보지 않고 뛰다가 달려오는 화물차에 치여 죽는 끔찍한 장면을 보고, 깜짝 놀라 깨어났다.

옆에 있던 덕칠이 물었다.

"무슨 일인데 그래 고함을 쳐? 더러운 꿈을 꿨나 보네? 정신 차리라."

덕칠은 어벙한 애자를 일으켜 세웠다. 애자는 거실로 나가 냉수 한 컵을 먹고 나서 겨우 정신을 찾을 수 있었다. 이마에 젖은 땀을 닦고 가슴을 쓸어내렸다.

토리의 병세는 더욱 깊어져 갔고, 의사도 한계를 넘은 것 같았다.

"어머님, 어쩔 수 없이 주사를 놔야겠습니다. 먼저 토리에게 아픔의 고통을 덜어주는 일이고, 토리의 고통은 어머님의 고통이므로 이쯤 해서 정리해야 합니다."

애자는 울먹이다 대성통곡을 했다.

"잠시 시간을 주세요!"

결국, 토리는 안락사의 주사를 맞으며 고통 없는 하늘로 올라가고 말았다.

개인택시를 하는 박 씨는 그날도 오후 3시경 안락동 대로변에서 전화를 받고 기다리고 있었다. 차선을 하나 차지하고 있었기에 조바심이 났다.

"콜, 대기 중입니다, 도롯가에 있어서 손님, 빨리 와 주서야 합니다."

목소리는 다급함이 묻어나 걱정이 잔뜩 담긴 목소리로 상대편에게 전달되고 있었다.

한참을 기다린 후에 중년을 넘은 한 여자가 가슴에 하얀 포대기를 안고 택시에 올라탔다. 그리고 뒷문을 닫지 않고 있었다.

"손님 문 좀 닫아주세요."

"우리 조카가 탈 거라, 조금만 기다려주세요."

그곳은 동물병원 앞이었다. 이내 조카는 올라탔고 간신히 출발할 수 있었다.

기사는 강아지일 거라는 직감이 들었다.

"많이 아픈가 보죠?"

"네, 많이 아파요."

차마 죽었다는 말을 그의 입술로 발설하기가 두려웠던 모양이었다.

"몇 살이에요?"

"나이가 많아요."

기사는 주제넘게 보통 15년 사는 데 오래 살았다며 죽음을 애달파하는 유족에게 염장을 질렀다. 아차 실수했구나 싶어, 입술을 굳게 다물고 뒷좌석 동태를 유심히 살폈다. 워낙 청각 훈련이 탁월한지라 둘 간에 얇은 목소리도 귀청을 소홀히 지나가지 못했다. 중년 여자의 흐느끼는 울먹임이 폭포처럼 쏟아져 귓등을 마구 두드리고 지나갔다.

"내 잘못으로 우리 토리가 갔구나. 이 불쌍한 것"

뒷좌석에서는 연신 슬피 울었다.

"흑흑흑…."

흐느끼는 여인의 목소리가 차 안을 짓누르며 어진 감성을 마구 흔들고 있었다.

"이모, 패혈증이래! 토리가 고통이 심하니까, 의사 선생님께서 혈관 주사를 통해 안락사시킨 거야!"

못내 서글펐든지 여태껏 잘 참았던 조카도 훌쩍훌쩍한다.

"아주머니! 뒤쪽에 화장지 있어요."

기사는 분위기를 감지했는지 성실히 도와주고 있었다.

애자는 현실이 믿기지 않는지 상미를 바라다보며 아직도 토리 몸이 따뜻하다며 또 통곡했다. 장안사에 가기 전에 얼굴 밑으로 목욕시키고 가자며, 상미의 붉은 눈을 마주하며 내뱉었다.

정들었던 토리를 보내는 애자의 가슴에 비가 내렸다. 낮엔 따갑고 세상은 정신이 없는데 애자의 가슴에는 슬픔의 쓰라린 비가 촉촉이 쉬지 않고 내렸다.

'이제 누가 내 텅 빈 가슴을 채워줄까? 흔들리며 외로움에 쓰러진 나를 위해 수없이 많은 날을 재롱과 사랑으로 나를 지켜줬던 토리!'

"토리야! 네가 가면 난 어떻게 살아…. 이 텅 빈 가슴, 이제 누가 지켜 줄 건데, 토리야!"

애자는 아픈 비를 끊임없이 뿌리며 오열했다.

'정이란 게, 이렇게 무서울 줄이야!'

장안사로 가는 길, 토리는 춤을 추며 수심을 묻지 않았다.

춘자의 몸에 이상이 왔다. 태아가 골반 쪽으로 수풀 헤치듯 전진해왔고, 벼락같은 진통이 시작되었다. 이마에는 땀방울이 총총 줄 서서 떨어지며 맺히고를 수 없이 반복하고 있었다.

"아, 아 점순 씨! 나 지금 아기가 나올 것 같아요! 담당 의사를 불러주세요!"

신음이 온 건물을 뒤흔들고 있었다.

수미 씨는 춘자가 진통이 왔음을 인지하고, 인터폰을 통해 긴급힘을 진하며, 산모가 이슬이 벗겨지며 양수기 곧 터질 것 같다는 소식을 전했다. 출산 담당 의사 김희자는 서둘러 직원 한 명을 데리고 왔다. 양수가 터져 산모가 위험하니 빨리 서두르자며 춘자를 이동 침대에 눕혀 분만실로 황급히 옮겼다. 아기는 뭐가 급한지 아래로 남하 작전을 시작했고, 산모는 이를 악물고 진통과 고통을 수반한 전쟁을 시작했다. 몇 시간이 지났을까, 오후 5시경 붉은 피부를 한 핏덩어리가 커다란 검은 울음과 함께 세상에 나왔다.

김희자는 춘자의 귀에 대고 말했다.

"아들이야! 수고 많았어!"

자연분만이라는 뿌듯함이 생기고, 세상에 사람을 낳았다는 자랑스러운 느낌, 그리고 떡두꺼비 같은 아들을 낳았다는 기쁨을 느꼈다. 전에 느꼈던 긴장감과 진통의 씨름이 가져다준 힘겨움도 나비처럼 날아가 버렸다.

춘자는 하염없이 눈물을 흘렸다. 누구보다도 위로받고 축하받아야 할 그녀였지만, 지금 곁에는 그의 아픔과 기쁨을 안아 줄 사

람이 아무도 없었다. 아이는 신생아실로 옮겨졌고 가느다란 발목
엔 김동수 2018년 10월 3일 Am 11시, 식별 명찰에는 출생과 시간
이 똑똑히 적혀 있었다.

'아이는 누굴 닮았을까? 손가락 발가락은 다 있는가?'

김정숙 간호사는 파일철을 들고 여러 가지 동수에 관한 건강
상태를 조사하고 있었다. 산모 회복실에 들러 아기가 건강하다는
얘길 하고, 산모 손을 꼭 잡아주었다.

저녁 시간에 산모에게 좋다는 미역국이 나왔다. 숟가락을 들고
국그릇에 넣는데 왜 그리 서럽든지, 춘자는 미끈거리는 미역 건더
기를 씹어 목구멍에 가기까지가 너무도 힘겨웠다.

알게 모르게 통하게 되어 있는 내부 구조라 이내 경구에게도
소식이 전해졌다. 춘자가 아기를 출산했다는 소식과 아들을 낳았
다는 기쁜 소식도 아울러 그의 정보망에 전달되어 인지하고 있
었다. 자기가 아빠가 되었다는 사실이 전혀 느낌이 없었다. 아니,
어쩜 거짓말일 거라는 생각이 지배적이었다. 이것들이 다 꾸며낸
허구를 얘기하는 것 같았다. 산모가 회복되고 아기와 어느 정도
시간을 가지면 입양하라고 난리일 건데 어떡해야 하나, 경구는
서글프고 가슴이 아팠다. 중2 때 자기 아버지가 친부가 아니라는
사실을 알았을 때 느꼈던 태생에 대한 배신감, 저놈도 어쩌면 강

건너 입양이라는 절차를 거쳐 아무도 모르는 나라로 전혀 상관 없었던 사람들과 인연을 맺고 인생이라는 구름다리를 건너야 하는 그런 쪼가리 인생인가? 자신이 책임질 수 없다는 걸 누구보다도 자신이 잘 알았다. 어릴 때 받았던 충격 때문인가, 경구는 자라오면서 내심으로 절대로 결혼 같은 건 안 할 것이며, 자식을 낳는다든가 양육한다는 것은 꿈에도 생각해본 적이 없었다. 사람의 운명은 한 치 앞을 내다볼 수가 없다고 했던가, 자신에게 이런 일이 닥칠 줄 어떻게 알았겠나. 경구는 죄 없는 담배에 수많은 죄를 추궁하고 있었다.

애자는 춘자가 아기를 낳았는지도 모르고 얼마 전 죽은 토리와의 추억 때문에 생이빨을 뽑는 홍역을 치르고 있었다. 다시는 개를 안 키우겠다며 다짐하고 또 맹세했다.

"내가 성을 간다. 성을 갈아!"

누군가를 사랑하고 그 사랑으로 인해 영혼에 물들여졌다면 또한 이별을 통한 가슴 구석진 어느 곳에서도 그 흔적을 지우고, 깎아 내어야 한다면, 고통은 정말 사람이 할 짓이 아니다. 누구에게든지 사랑이라는 영적인 메커니즘을 만든다는 것은 한 개인에게 충격적인 사건이다. 그리고 진실한 사랑을 받은 사람은 정말 미친다. 세상에서 가장 진실하게 자기를 사랑해준 토리를 어찌 가슴에서 도려낼 수 있겠는가?

가령 예를 들자면, 그 남자가 세상에서 가장 진실하게 자신을 사랑한다고 알았을 때, 여자는 미친다. 그의 모든 걸 걸고 사랑하듯이, 애자도 토리를 그렇게 사랑하고 모든 걸 걸었었다.

경구는 참 빛 재단에서 일어나는 일들을 작은 수첩에 메모하는 습관을 지녔다. 병동마다 기이한 일들이 하루걸러 일어났고, 그때마다 회장님의 잔소리와 심지어 화가 날 땐 뺨까지 후려치는 일도 예사로 있었으며, 허울 좋은 인권은 이곳에서는 웃기는 얘기였다.

제일 안쪽 병동은 장애인 시설보호 센터였다. 부모가 능력이 안 되어서 맡기는 경우가 있는가 하면, 어떤 땐 재단 앞에 몰래 두고 가는 몰염치한 사람들도 있었다.

육체적 정신적으로 억압당하고 포획당해 조롱받는 그들의 처량한 눈동자를 경구는 내심 분노와 울음으로 바라볼 때가 많았다. 구속당한 그들을 자유롭게 하는 방법이 없을까, 늘 마음이 아려 왔다.

얼마나 지났을까? 춘자는 아기가 연골 무형성증이라는 장애아임을 확인했다. 산부인과 의사를 상대로 소를 제기할까 생각하다가 죄책감이 들었다. 이 아이가 이런저런 통증과 신체의 변형을 감내하면서 살아가야 할 날들에 대한 회의감이 밀려왔다.

평균 수명도 매우 짧으며 움직임의 자유가 극도로 제한된다는 이 질병에 소스라치게 자신의 운명을 저주하고 싶었다. 장애와 질병이 분명 한 인간에게서 깊은 고통을 가져다줄 건데 싫어, 달려오는 어두운 밤이 싫어 차라리 저 태양에 들어가 녹아 없어지는 게 더 낫겠다 싶었다.

왜 이런 일들이 연속되어 일어나는 걸까? 경구가 이 사실을 안다면 어찌할 것인가? 좀 더 나은 환경으로 입양하겠다는 계획이 수포가 되었다. 이 아이를 정중히 가치 있게 키우기 위해선 그것이 최선이라 믿었건만, 억장이 무너지는 심정을 뭐라 말할 수 없었다.

이 아이는 장애인 보호시설에 짐짝처럼 버려졌다가 뒤틀린 육체의 균형을 잡지 못해 쓰러지고 피 흘리고 그러다 지쳐, 어느 날 세상과 이별한 나비처럼 저 태평양을 건너가겠지.

춘자는 얼마나 슬피 울었는지 이젠 메마른 눈물도 나오질 않았다.

미혼모 병동에서는 이런 일들이 간혹 발생하기에 큰 신경은 안 썼지만, 입양 담당 허설구는 내심 불편하게 생각하고 있었다. 입양의 과정은 법적으로 여러 단계를 거쳐 양부모에게 인도되지만, 입양아가 부족한 상태에서는 웃돈이 미리 오가는 일도 많기 때문이었다.

이렇게 사전검사 미비로 출산한 경우 그 담당 의사는 위층에 불려가 대단한 꾸중을 들어야 하기에 허설구는 더더욱 심기가 편치 않았다. 여러 미혼모가 입양 전 아이를 안고 모성애를 다하는 모습을 볼 때 춘자의 가슴은 뻘건 인두로 젖가슴을 지져오는 아픔을 겪었다.

경구는 어디서 정보를 확인했는지 이미 자신의 아이가 절대적 장애를 지니고 태어난 연골무형성증 장애아라는 사실 앞에 그는 비틀거리며 가슴에 적개심 백 단을 밤새도록 심었다.
장애아 병동을 또는 내실을 드나들며 그가 보아온 그들의 삶은 차라리 없는 게 더 자유롭고 편안할 거라는 생각을 늘 품어왔기 때문이다.
사실 경구는 춘자가 입양할 거라며 이곳에 데려왔지만, 속마음은 여기서 쉬며 윗사람들에게 자초지종 얘기를 하고 여기서 잠시

키운 후 춘자와 살림을 차릴 계획이었다. 그러나 이제 모든 꿈이 허물어진 것이다. 남들은 그렇게 쉽게 당연하게 가지는 가정이라는 울타리가 그에게는 하나의 사치품인가 싶었다.

운명은 늘 자기가 소망하는 반대편으로 이끌어갔다. 살아오면시 한 번도 순하게 연결되는 꼴을 보지 못했다. 늘 산이 앞에 버티고 있었고 기어이 넘고 나면, 또 다른 세상이 되어 있었다.

경구는 이 비참한 현실의 트라우마를 풀기 위해 과거보다 더 폭력적이고, 가학적이면서도 그 속에 움직이는 분노를 주체할 수 없어 광분의 수준을 넘고 있었다.

목사 안수를 받고 거룩한 다짐을 하고 김 회장이 발령하여 지방에 나가 교회를 세워 목회에 힘쓴다고 하더라도, 이쪽 규율에 어긋나면 가차 없었다.

"아, 신 대명 목사 되십니까? 네, 여기는 본부입니다. 긴급회의가 있어 오후 5시까지 목회관 2층 회의실로 오세요."

"네, 지금 당장 버스터미널로 가서 곧장 가면 회의 시간 전에 도착할 겁니다."

"네, 그때 보죠."

아무것도 모르는 신 대명 목사는 목회관 2층으로 들어왔다. 그 순간 앞문이 잠기고 야구방망이를 든 경구가 모자를 눌러 쓴 채 나타나 그의 앞에 섰다.

"어이, 신 목사! 니가 그래 똑똑하나? 나는 배우지 못해 아는 게 없어서 이런 짓하는 것밖에 모르는데."

"혹시, 뭔가 착각하시는 것 같은데, 무슨 오해가 있는 것 아닙니까?"

"그래요. 오해? 그러면 오해를 풀면서 얘기합시다."

야구방망이는 사정없이 신 목사 하체를 갈겼다. 신 목사는 욱 하는 소리에 주저앉았고, 부들부들 공포감에 말도 못 하고 경구의 붉은 눈동자만 쳐다보고 있었다.

"니가 똑똑하면 너만 똑똑하지, 왜 너희 7기 기수한테는 와 속닥거리는데. 뒤에서 속닥속닥 지랄하며 회장님을 헐뜯어! 그게 공짜로 매겨주고 목사안수까지 준 은혜에 보답이야?"

몽둥이는 신 목사 등을 후려갈겼다. 그리고 경구의 날카로운 발길에 구석으로 날아가 처박혔다.

경구는 종이 한 장을 내밀었다.

"앞으로 만약 두 번 다시 이런 일이 발생하여 회장님 심기를 건드리면, 너 딸 있지? 큰일 난다. 내는 그 후는 모른다. 자, 여기 내용에 충성한다는 서약에 도장 찍어라!"

지옥을 미리 경험한 신 목사는 다시는 이런 일이 없을 거라는 맹세로 서명란에 오른손 지장을 꾹 눌러 찍었다. 딸년 어쩌고저 쩌고하는 통에 혼비백산하여 정의고 뭐고 다 제비처럼 날려 보냈다. 현실의 부조리가 얼마나 주위를 붉게 물들게 하고, 성경의 고귀한 말씀과는 다른 양의 탈을 쓴 두 얼굴의 사이가 긴 회장이었다.

실컷 두들겨 맞은 신목사는 비틀거리는 몸을 이끌고 참 빛 재단 밖으로 허우적거리며 내려가야만 했다.

애자는 춘자가 사단법인 참 빛 재단 미혼모 시설에 입소해있다는 정보를 아는 지인에게서 듣게 되었다. 애자는 가슴이 콩닥거렸다.

'문디 가스나 우짠다고, 얼라는 쳐 베어서 가출을 하노! 그래, 이래야 속이 풀리더나.'

애자는 서둘러 참 빛 재단으로 달려갔다.

"아저씨 좀 빨리 가주세요. 내가 좀 급합니다."

"네 알겠습니다만, 거리 곳곳에 단속 카메라가 설치되어있어서 우리도 맘대로 못 합니다. 부산에는 시속 평균 50킬로입니다. 10

킬로 초과 시 과태료를 물기에 한 장 찍히면, 온종일 고생한 거 말짱 도루묵입니다."

택시 기사는 입에 게거품을 물고 속도를 오히려 줄이고 있었다. 가는 날이 장날이라 도로 교통체증이 심했고 곳곳에 지하철공사, 버스 전용 노선 공사가 진행되는 관계로 도로 주차장이라는 말이 맞을 것 같았다.

어느덧, 재단 앞에 도착했다. 택시 기사는 물끄러미 참 빛 재단을 둘러보고 쌩하게 도망쳐갔다. 애자는 경비원에게 면회신청을 했다. 태영호 경비원은 낯선 중년 여자에게 물었다.

"어떻게 오셨습니까?"

"아, 네. 딸년 면회 좀 하러 왔습니다."

경비원은 주민증과 연락처를 확인했다.

"잠시만 옆 소파에 앉아 기다리세요. 곧 연락드릴게요."

태영호는 미혼모관리동 사무실로 전화를 돌렸다.

"네, 미혼모관리동입니다."

"아, 예. 여기 경비실인데요. 김춘자 씨 어머니 면회 왔습니다."

"아, 네! 알겠습니다. 준비되는 대로 내려보내겠습니다."

서 과장은 춘자를 불렀다. 춘자는 아기가 잘못된 줄 알고 가슴이 바닷물처럼 출렁거렸다.

"춘자 씨! 경비실로 가보세요. 면회 왔어요."

"누가?"

"가보면 알 거 아니에요."

춘자는 누가 왔을까 하며 고개를 흔들며 면회실로 향했다. 면회실 문을 여는 순간, 엄마가 가냘프게 서 있었다.

"엄마!"

깜짝 놀라 눈이 휘둥그레졌고, 달려가서 엄마의 넓은 가슴에 안겨 서리서리 슬프게 두 모녀는 한동안 울고 서 있었다.

"야, 이년아! 매정한 년! 니가 나가면 어딜 간다고 나갔느냐? 엄마 속을 이렇게 잿더미로 만들어 놓고, 엉엉."

또 폭포수처럼 울었다. 두 모녀는 울기 시합에 나온 전사처럼 끝없이 울었다.

"그래, 아기는 잘 있어?"

엄마는 내심 손주 얼굴이라도 봐야겠다는 욕심이 끓어 올랐다.

"엄마 그런데…."

말을 잇지 못하고 죄인처럼 또 오그라들고 있는 딸을 보며 물었다.

"이것아 솔직하게 얘기해봐. 엄마가 다 들어줄게."

"엄마 나 어떡해! 애가 처음엔 몰랐는데, 얼마 전에 알게 되었는데, 연골무형성증이라는 장애아래!"

그 순간 애자는 현기증이 나고 구토증이 몰려왔다. 지금 집에도 다운증후군 아들이 고통 중에 있는데, 딸년도 장애아를 출산했다는 사실 앞에 망연자실할 수밖에 없었다. 엄마는 한숨을 내쉬었다.

"그래, 니 애미가 죄가 너무 커서 그런가 봐! 내가 죄인이여, 암 그럴 수가 없지!"

엄마의 가슴속에 적개심이 일어났고, 분노와 애환이 교차하며 부들부들 떨고 있었다.

"이게 뭐야! 내 인생이 뭐냐고?"

묻고 또 물었다.

"너의 아버지가 배 갑판에서 씨름하다 사고로 죽고, 큰아주버님은 고속도로에서 교통사고로 죽고, 막내 도련님은 폐렴으로 돌아가시고, 네년은 어린 나이에 얼라를 베고 또 장애아를 낳고…. 귀신이 옴부터서야. 무슨 원한이 있길래, 영가들이 이 노무 가문에 들러붙어 천도를 아직 하지 않는가 봐!"

애자는 가문에 불어온 폭풍들을 손으로 세어보았고, 춘자의 붉은 점은 엄마의 하소연 앞에 반짝거렸다.

"엄마 다시 또 오마!"

애자는 딸년을 뒤로한 채 뚜벅뚜벅 고갯길을 힘없이 내려가고 있었다.

기분도 그렇고 해서 애자는 집 청소를 해야겠다 싶어 자개농을 열고 옛날 입던 덕칠이 옷을 챙기는데, 뭔가 수첩 같은 것이 툭 떨어졌다. 그것은 오래된 선원수첩이었다. 이게 뭐야 하며 수첩을 열어보니, 성명란에 이수길이라는 이름이 새겨져 있었고 오른쪽 위에는 덕칠이 사진이 붙어있었다.

그 순간 아찔한 생각이 스쳐 지나갔다. 18년 전 춘자 아비가 씨름할 때 과실치사시킨 주범이 수길이었기에 '참 이상하네! 어찌 이름이 같을까?' 생각했다. 수상한 직감은 화살같이 파고들었다. 애자는 수첩을 자기 가방에 따로 보관하고, 덕칠이가 오면 물어봐야겠다고 생각했다.

'설마 아니겠지! 이름도 다르고…'

애써 마음을 추스르고 저녁을 기약했다.

"당신 왔어? 오늘 고생 많았지. 어서 여기와 앉아. 된장찌개 맛있게 끓여놨거든."

갈치조림, 된장찌개, 콩나물무침, 멸치볶음, 파래김 등이 가지런히 덕칠이를 기다리고 있었다.

"많이 먹어. 밥통에 밥 많이 있어."

"당신은 안 먹어?"

"응, 속이 좀 좋지 않아서 이럴 때 먹으면 꼭 체해서. 오늘은 신경 쓸 일이 많아서, 그냥 오늘 저녁은 금식할래. 그러고 밥 먹고 나면, 뭐 물어볼 게 있어. 일단 맛있게 먹어."

덕칠은 배가 고팠던 탓인지, 된장찌개와 여러 가지 반찬을 곁들여 허기진 배를 채운 뒤 물 한잔으로 행복을 가득 채웠다.

간단히 식탁을 정리하고 덕칠이 좋아하는 사과를 가지런히 깎아 놓았다. 덕칠은 사과 한 조각을 베물며 물었다.

"아까 물어본다는 게 뭔데?"

덕칠은 아무 의심 없이 물었다.

"잠깐 있어 봐."

애자는 안방에서 가방에 든 선원수첩을 들고나와 덕칠에게 내밀었다.

"응, 이건 옛날 내 선원수첩이네."

"근데, 왜 이름이 이수길이야?"

"응, 그때 안 좋은 일이 있어서 개명한 거야! 하도 뒤숭숭해서 점집에 갔더니, 이름을 고치는 게 좋다고 해서 바꾼 거야."

애자는 점점 침이 바짝 말라왔다.

"무슨 사고길래?"

덕칠은 지난 일이라 잊고 싶었지만, 자꾸 조르는 애자의 성화에 못 이겨 과거를 털어놓고 말았다.

"옛날에 배 탈 때 사고였지, 갑판에서 씨름하다 상대편이 머리를 다쳐 사망하는 사고였지. 그 일로 나는 국립호텔에 6개월 정도 기름진 콩밥을 먹어야 했어."

애자는 등줄기가 오싹해왔다. 이걸 어떻게 해야 하나 싶었다.

"그래 잘 들었어."

애자는 얘기를 중단시켰다.

과거로 돌아갔다. 그 당시 사고가 나고 애들 아빠는 응급실에 달려갔으나 과다출혈로 이미 사망했고, 상대 피의자가 이수길인 것은 알았지만 피의자 수길은 곧장 현행범으로 체포, 그리고 구속되었기에 얼굴은 몰랐던 게 사실이었다.

"이게 무슨 씨나락 까묵는 일일까? 그러니까 춘자 아버지를 죽인 놈이 덕칠이고, 나는 그놈하고 결혼하여 살고 있단 말인가? 맙소사!"

애자의 가슴에는 뭉쳐있던 붉은 피가 거꾸로 돌아가고 있었다. 잠시 바람 쐬러 나간다며 집을 빠져나왔다.

옛날 학교 시절 「오이디푸스」 얘기가 갑자기 떠올랐다.

오이디푸스는 그리스 신화에 나오는 친부 살해, 근친상간, 모친 성애에 관계되는 이야기다. 오이디푸스는 테바이 왕의 아들로 태어났지만, 아버지를 죽이고 어머니와 결혼하리라는 신탁 때문에 세상에 나오자마자 산속에 버려졌다. 하지만 목동에게 발견되어 요행히 살아남는다. 이웃 나라의 왕자로 성장하여 결국 신탁 예언대로 아버지를 죽이고, 헤바이의 왕위에 올라 어머니와 결혼하고, 또한 그의 자식을 낳았던 그야말로 비극 중 상 비극이라 생각했다. 누가 이런 비극사를 썼는지 고약하다고 말했건만, 자신이 오이디푸스에 갇힌 사람이 되리라곤 상상도 하지 못했다.

그러니까 저 인간이 춘자 아버지를 죽이고, 애자와 결혼하고, 애자는 지아비를 죽인 자와 몸을 나누고 결혼하여, 마음마저 다 주었단 말인가? 애자는 미친년처럼 거리를 헤맸다.

"이건 아니지! 이건 아냐."

수만 번 허공에 외치며 물어보았지만, 현실은 당산에 서 있는 튼튼한 나무처럼 변한 게 아무것도 없었다. 춘자의 붉은 점이 이상하게 반짝거리는 이유를 이제야 알 것 같았다.

"아, 이건 저주. 지독한 저주라고! 누군가 덫을 쳐놓고, 내 가족사를 멸망시키려는 영가들의 합창, 회칠한 무덤이야!"

애자는 인생의 덧없음을 체감하며, 그 자리에 폭 쓰러졌다. 애자는 헛구역질이 났고 속이 불편했다. 이게 현실인지를 시험하기 위해 왼쪽 팔뚝을 피멍이 들 정도로 꼬집고 또 꼬집었다. 역시 현실은 변하지 않았고, 시퍼렇게 꿈쩍도 하지 않았다. 곰곰이 생각의 꼬리를 물고 과거 여행을 시작했다.

과연 무엇이 오늘 나를 오이디푸스까지 엮어 데리고 왔을까? 영가들을 생각하지 않을 수 없었다. 그러니까, 우리 할아버지 때에 일제 강점기 때인데, 우리 할아버지가 유명한 경찰관이었다는데, 악명이 어찌나 높았던지 죄수들이 할아버지 앞에 서면 오줌을 좔좔 쌌다는 얘기도 있었다. 고모의 말에 의하면 할아버지 이름은 김덕술이었고, 일제 앞잡이 노릇을 하며 갖은 고문과 폭행으로 한 번 서에 잡혀 온 사람들은 치를 떨며, 그 모욕감과 고문에 헛소리까지 하며 거짓 자술서에 사인까지 하게 했단다.

김덕술은 일제 형사보다 더욱 악랄하게 고문을 가했으며, 코에 고춧물 붓기, 전기 고문, 비행기 태우기 등 전통적인 고문은 물론이고, 거의 죽음에 이를 정도로 구타를 일삼다 맞아 죽거나 고문 후유증으로 산에 올라가 목매 자살한 사람도 부지기수였단다.

아이러니하게도 김덕술이 해방 후에도 두둔 세력이 있었는지 건재함을 과시했다는 사실이다. 애자는 찬찬히 생각했다. 할아버지 손에 억울하게 죽어간 영가들이 과연 얼마나 피눈물을 흘렸으며, 그의 후손들에게 앙갚음하려 들었겠는가, 피를 토하는 억울함에 자살로 그 분노를 표현한 가슴 슬픈 사람들을 생각하자니, 어쩌면 내 딸, 붉은 점의 피 흘림이 어쩌면 당연한 일이 아니겠는가?

어떻게 이렇게 산산조각이 날 수 있을까? 이 상태에서 과연 애자는 무얼 하며 살 수 있을까?

덕칠이와의 관계도 과거를 안 이상 더는 그와 같이 산다는 것은, 짐승보다 못한 짓이기에 당연히 그럴 수 없는 노릇이었다. 그러면 그가 도움을 주는 자갈치 생선고기 판매사업도 접어야 한다. 결코, 되돌릴 수는 없는 노릇이었다.

바람이 불어와 애자의 얼굴을 거칠게 휘감고 있었다. 이 모든 형벌과 고통은 왜 애자 주위를 맴돌며 애자의 영혼과 육체를 파멸로 인도하는가 싶었다.

피 흘리는 이 아픔은 이내 단단한 삶의 옹이를 만든다지만, 슬픔은 절대 썩지 않는 어머니의 고무신처럼, 그것은 어두운 마음

어느 구석에 초승달처럼 슬퍼 오래오래 흐린 빛을 애자 가슴에 뿌리고 있었다.

2000년 전에 돌아가신 부활의 예수님은 아직도 살아계시는가? 살아계신다면 이런 가슴 찢어지는 삶의 형태를 막지 못하여 고통을 고스란히 안겨주는가? 노아 홍수처럼 애자를 쓸어가고, 심지어 딸년마저 송두리째 데려가려 하는가? 부모가 지은 죄는 자식 삼사대까지 이른다는 성경의 말씀은 진실인가? 끝없이 자신에게 질문하고 대답 없는 하늘을 원망했다.

애자는 집으로 돌아왔다. 헝클어진 머리가 정돈되지 않은 채, 산발 머리로 바람결에 미친년처럼 춤을 추고 있었다.

아들 다운증후군 재성이를 두 팔로 꼭 앉았다. 재성이는 기분이 좋아 해맑게 웃으며 좋아했다. 품에 안긴 재성이는 엄마 등을 매만지다 머리카락도 손으로 살살 쓰다듬어 주었다. 재성의 호수 같은 눈을 바라보며 말없이 눈물을 흘렸다.

덕칠이는 아무것도 모른 채 집으로 돌아왔다. 애자는 저녁 준비도 하지 않은 채 멍청한 눈빛으로 정신병자처럼 혼이 나가 있었다.

"여보! 왜 이래? 무슨 일 있어? 왜 이런 거야? 사람이 이상해졌잖아! 그래, 이참에 좀 쉬어. 당신 돈 안 벌어도 되잖아, 내가 혼자 벌어도 내 가족은 책임질 수 있어! 걱정하지 않아도 돼!"

덕칠이는 아내 애자를 다독거리고 있었다. 애자는 굳은 결심을 했는지, 해서는 안 될 금기를 긴 호흡을 하며 터트리고 말았다.

"당신이 과거 선원 생활할 때, 사고 쳐 죽은 김정구라는 사람, 그 사람이 내 남편이야!"

"뭐야?"

덕칠은 놀란 눈이 닫히지 않았다.

"무슨 말을 하는 거야? 당신이 정구 아내였다고? 허허, 이게 무슨 씨나락 까먹는 인연이야!"

덕칠이도 이해할 수 없는 진실에 어안이 벙벙해졌는지 입술이 불처럼 타들어 가자, 냉수 한잔을 숨 없이 들이 켰다. 그리고 담배를 입에 물고 기막힌 인생을 잘게 잘게 씹어 연기처럼 내뱉고 있었다. 애자는 입을 열었다.

"이게 현실이라면, 나는 당신과 살 수 없소. 내 자식의 아버지를 죽인 사람과 한 이불을 덮고 산다는 건, 짐승보다 못한 짓이요,

서류가 준비되는 대로 당분간 내가 나가 살 테니, 이해하세요."

애자의 핏기 없는 얼굴과 모든 걸 체념한 듯한 발언에 덕칠은 무슨 말을 해야 할지, 한동안 정신을 차리지 못하고, 황당한 표정으로 깊은 담배 연기만 품어대고 있었다. 자욱한 파란 연기는 이

내 집안을 휘감고 서서히 차분히 내려앉고 있었다. 애자는 간단하게 차려입고 손가방만 든 채 집을 나왔다.

잊으려 애쓰지 않아도 천사슬의 시간은 그녀를 이 모든 기억 속에서 떠나보낼 것이리 믿었다. 더칠은 멀어져가는 애자의 뒷모습만 잡으며 허탈한 심정이었다.

"아니, 이게 뭐야? 뭐냐고?"

같은 말만 되풀이하면서 탁자 위에 놓인 질그릇을 던져버렸다. 고급 위스키와 양주가 들어있는 유리 케이스 찬장이 와장창 부서지며, 숨겨놓은 양주들이 그동안 참았던 울음을 터트렸다.

밀란 쿤데라의 「참을 수 없는 존재의 가벼움」 중에 "무게가 무거우면 무거울수록 우리의 삶은 실제적이다"라는 말이 나온다. 문득 이 매서운 글귀가 생각났다. 애자는 참담한 심정을 새기며, 포장마차 호롱불 아래서 소주병이 가벼워질 때까지 마셨다. 현실을 차마 잊고 싶었다.

경구는 아침밥을 먹으면서 밥알이 모래알이 되면 어떤 기분인지 이제야 알 것 같았다. 꽤 잘 나온 식단이었지만, 경구는 세 숟

갈째 수저를 내려놓고 반환 음식물 통에 잔여 음식물을 부어 넣었다. 곁에서 광경을 지켜보던 서 과장이 말했다.

"김 대리, 오늘 밥맛이 전혀 없는가 봐!"

이런 적이 없는 경구를 향해 한마디 거들고 있었다. 다들 모르게 경구는 장애아실 창문으로 흐느적거리는 아들의 모습을 봤다. 몇 번이고 가슴이 저미어 왔다.

'어이구, 제기랄. 더러운 내 팔자. 풀릴만하면 지랄이고, 풀릴만하면 지랄인 내 인생.'

자신의 인생에 화가 머리끝까지 나 있었다. 세상이 확 뒤집혀야 속이 편할 것 같았다.

'저놈은 평생 문어처럼 흐느적거리다가 아무도 모르는 날숨을 거두며 하늘로 가겠지! 세상에 빛을 언제 보고, 언제 행복이라는 단어를 이해할까? 아, 다 내가 죄가 커서 그런걸, 누구에게 원망하랴?'

경구는 깊이 생각하다가 저들에게 영원한 자유를 주어야겠다는 생각이 불현듯 떠올랐다. 진정 평화로운 자유는 죽음을 통한 자유가 이 땅에서 이룰 수 있는 마지막 최고의 수단이라 믿었다. 저들에게 자유와 평화를 선물로 줘야겠다는 생각이 그를 꽁꽁 빈틈없이 되감고 있었다.

경구는 자기 아들과 이 지긋지긋한 세상의 연들을 끊고 싶었다. 내 아들 동수도 아마 기쁘게 받아들일 것으로 생각했다. 사는 게 힘겹고, 김 회장을 생각하면 구역질이 먼저 올라왔다. 수십 명 10대 지적 장애인들을 농락하고 그것도 모자라 전국적 지부를 통해 지적 장애인 중 미모와 신체조건을 가진 아이들을 그의 아방궁으로 불러들였고, 이 무엇도 모르는 아이들은 GHB라는 마약성 기운에 환각의 나락으로 빠져 허우적거리는 것을 그 누구도 알지 못하였다.

비밀의 아방궁, 그 신음을 아는 자는 절대적 신임을 받는 자이며, 이곳에서는 몇이 안 되었다.

"이 도적놈 김대철 목사!"

경구는 갑자기 이빨을 갈고 있었다. 거사 일을 오는 김 목사 생일날 잡기로 했다. 그날은 전국적 모임과 파티로 대체로 경계도 소홀하고 미흡해서 작업하기에는 안성맞춤이었다.

드디어 김 목사 생일날이다. 전국에서 목사와 관계자들이 다 모여들었고, 참 빛 직원들도 일 년에 한 번 있는 행사에 기쁜 마음으로 참석했다.

대강단에서 한 해 수고한 직원들과 목사들에게 감사패와 금일봉이 전달되었다.

특히, 회장님은 특별 직원 승진을 발표했는데 그 속에 김경구도 포함되어 있었다. 대리에서 과장으로 승진이 되었다. 동료 직원들은 한결같이 축하해주었고 덕담을 건네며 손뼉을 쳤다. 갑자기 강단에서 회장님이 불렀다.

"김경구 씨!"

경구는 황급히 강단으로 올라갔다. 모든 직원이 그를 주시하는 가운데, 회장님은 특별히 경구의 근무 태도를 언급하며 타에 본보기가 된다며 침이 마르도록 칭찬했다.

참 빛 재단의 모범 사례가 되니, 근무자들은 경구를 적극적으로 본받기를 언성 높여 강조했다. 그리고 부상으로 금일봉도 두둑이 전달했다. 우레와 같은 박수와 질투심 어린 모습으로 다들 바라보았다. 여태껏 회장님이 공식 석상에서 칭찬하는 걸 본 적이 없는 서 과장은 어리둥절하며 고개를 흔들었다.

어쨌든 회장님은 내심으로 경구의 존재를 흐뭇하게 생각하고 있었다.

2019년 7월 24일 새벽, 부산 자갈치역에서 50분 정도 떨어진, 외딴곳에 있는 참 빛 재단 내에 장애인 복지시설 병동에 경구가 조용히 침입했다. 경구는 이미 이곳 직원으로 일하고 있었기에 구석구석 그의 손길이 닿지 않은 곳은 없었다. 물론 내부구조는 더 말할 나위가 없었다. 한밤중 시설관리 직원들도 모두 잠을 자는 시간에 먼저 CCTV 통제실 직원을 급습하여 손발을 묶고 관리 서버를 전체 내려버렸다.

그는 우선 중증장애아 시설에 침입하여 잠자고 있던 아이들을 찔렀다. 목 부위여서 단번에 숨도 못 쉬고 쓰러졌다. 그 가운데 자기 아들 동수도 포함되어 있었다. 경구는 죽어간 동수의 머리 위에 피 묻은 손을 얹고 서서 울면서 기도를 올렸다.

"우리 동수에게 자유와 진정한 평화를 주소서."

짧은 소원을 올리고 그 가운데서 열아홉 명을 그 자리에서 죽였다. 죽은 사람은 모두 몸을 가눌 수 없는 중증장애인들이었다. 경구는 범행 후 이들에게 영원한 자유와 평화가 임하기를 다시 한번 기도했다. 기도를 올리고 온몸이 피로 얼룩진 모습, 피가 얼굴에도 튀어 비린내가 진동하는 병동을 두고, 경구는 비밀 문을 통과해 스스로 경찰을 찾아갔다.

그의 진술과 그간 지내왔던 참 빛 재단의 비리를 적어놓은 수첩을 순순히 내려놓았다. 환한 미소로 바라보는 경구의 모습은 정말 섬뜩했다.

날이 밝아오자 경찰청에서는 긴급 수사본부를 설치하고, 경구가 적어놓은 수첩의 기록을 토대로 압수수색에 들어갔고, 형사들은 김 회장 거처로 긴급 투입하여 현행범으로 체포하였다. 형사들은 미란다 원칙을 내뱉으며, 연행 이유와 변호인의 도움을 받

을 수 있는 권리, 진술을 거부할 수 있는 권리를 미리 숙지시키
며, 쇠고랑을 채운 뒤 체포 연행했다.

김 회장은 이게 무슨 일이냐며 완강히 반항했지만, 재단 담당
변호사로 소식을 들은 회장은 입을 다물지 못하고 한숨만 연거푸
내뱉었다.
"아니. 이런!
경구, 이놈이!"
모든 게 일순간에 일어난 끔찍한 사고였다. 김 회장은 긴급 체
포되어 서울로 압송되었다.

그다음 날 신문에 대서특필로 온 신문사 일 면 기사로 도배가
되었고, 소식을 들은 시민들은 끔찍한 살인 행위가 중중장애인
상대로 벌어졌다는 사실에 모두 치를 떨며 소름이 끼쳐, 어느 누
구도 김경구라는 이름조차 겁이 나, 발설하는 데 두려움을 느끼
고 있었다.

에필로그

사람이 잘 다니지 않는 산속 가파른 비탈길을 숨을 헐떡거리며 올라갔다. 계곡에는 비가 오질 않아 계곡물이 졸졸 흐르고 있었다.

얼마쯤 갔을까? 암자가 보이고 보리암이라는 글귀가 눈에 들어왔다.

애자는 애끓는 마음을 이끌고, 법회에 참석했다. 성호 스님의 설법을 가슴팍에다 새기지 않으면 그냥 죽을 것 같았다. 이대론 살 수가 없었다. 대웅전 바닥은 차가웠으나 중진하는 신도들의 염주 알은 뜨겁게 돌아가고 있었다. 작은 체구, 짙은 눈썹, 단단한 호소력, 쩌렁거리는 울림, 진실한 구절의 설법이 가슴을 뒤흔들고 들어왔다.

"보아라! 세상에 비 맞지 않고 크는 꽃이란 없어! 고통은 인간, 누구에게나 주어지는 십자가란 말이야! 고통의 빛깔이 붉던, 검은색이든, 그 색깔을 결정하는 건, 네가 할 수 있는 영역이 아니란 말이야! 고통으로 인해 색깔이 붉다고 하여 어느 놈은 자살로

생을 마치고, 어떤 놈은 술독에 빠져 허송세월하다 중병으로 다들 돌아가시지. 보아라! 인생의 허기진 세월, 고통으로 붉은 점이 수백 개 얼룩져 박혀있다고 하자, 그건 네가 결정하여 만든 게 아니란 말이야! 고통의 까마귀가 나를 아프게 할 때, 조용히 눈을 감고 겸손히 묵상하란 말이야! 자네 인생의 어떠한 고통도, 어떤 환경의 결과도 겸손으로 받아들이란 말이야! 눈에 보이는 것이 다가 아니란 말이야! 중생들아! 럭비공이 어디로 튈지 아는 사람이 어딨어?"

성호 스님의 설법은 고통받는 중생들의 회한을 마음 아파하며, 눈에 보이는 안개가 절 속으로 사라지는 인생의 노여움과 고통 앞에, 절대 좌절해서는 안 된다고 강단을 두드리며 열변을 토했다.

"너 인생을 두고, 원망하거나, 불평하지 마! 눈에 보이는 게 다가 아니야, 울고 싶어도 그냥 묵묵히 받아들이고 겸손하란 말이야! 진정한 인생의 성공적인 단어는 '겸손'이라고…. 내가 한 게 아니라고…. 정녕 내가 한 게 아니라고…."

성호 스님의 쩌렁쩌렁한 설법은 아파하며 울고 있는 애자의 가슴을 조금씩 조금씩 밝게 치유하고 있었다.

"고통이 나은 색깔은, 하늘이 그리는 그림이야! 내가 주인이 아니야! 겸손해! 겸손해! 제발, 무엇에든지, 겸손해지라고!"

스님의 진실한 설법은 비수가 되어 심장 구석구석 차근차근 찔러왔고, 대웅전 풍경 소리는 가늘게 바람 물결에 다가왔다.

<끝>

작가의 말

어쩌다가 만난 사람이 있습니다.

불치병의 아이를 둔 이십 대 초반으로 보이는 젊은 아이 엄마였습니다. 아이 엄마는 아이를 앞으로 돌려매고 힘들어했습니다. 아이는 20개월 정도 되었지만, 걷지도 말하지도 못하였습니다. 이 아이는 중증 장애가 있는 뇌병변 1급 장애아였습니다.

아이 엄마는 어릴 적 사춘기를 지난 시절, 철없는 불장난으로 임신했고, 아이의 친부는 동거생활 4개월 만에 가족의 곁을 떠났습니다. 점점 힘겨워 오는 가장의 무게에 짓눌려 생활하다가 무책임하게 어느 날 종적을 감추고 만 것입니다. 아이 엄마는 하늘이 무너지는 아픔을 견디기에는 아직 힘겨운 어린 나이였습니다.

그녀는 다른 여성에 비해 체격이 크고 몸 상태는 스트레스로 인한 음식 관리에 실패한 탓인지, 꽤 비만형에 가까웠습니다. 세상을 만만하게 보았든지, 세상을 어떻게 마주하며 살아야 할지, 전혀 준비되어 있지 않았습니다. 아이는 문어처럼 흐느적거리고 엄마 곁에서 매미 울음소리를 열심히 연습하고 있었습니다.

갑자기 찾아온 이상한 환경에서 어찌할 줄 몰라, 그녀의 입에선 연신 이런 얘기가 흘러나왔습니다.

"아! 세상에 기댈 곳이 없어! 기댈 곳이 하나도 없어!"

무시운 세상에 버려진 존재라는 인식과 자존감이 무너진 상태였습니다.

왠지 말할 수 없는 동정심과 비애감이 함께 몰려왔습니다.

집으로 돌아와 침대에 누웠는데, 자꾸만 그녀의 슬픈 고백이 내 영혼을 붙잡고 호소하듯이 들려왔습니다.

'세상에 기댈 데가 없다고! 정말 기댈 데가 없다고…'

시인이란 남을 대신해서 울어주는 사람이다.

곡비(哭婢)처럼 '이 세상 사람들의 울음'을 전문적으로 '까무러치게 대신' 우는 사람인 것이다. 타자의 슬픔을 온몸으로 받아들여 '가장 아프고, 가장 요염하게' 우는 존재이다. 시인과 곡비는 이처럼 슬픔을 먹고 사는 사람들이다.

문정희 「곡비」의 글귀가 생각났습니다. 그래, 나도 같이 울어줘야겠다고 생각했습니다.

그녀의 울림은 나의 가슴에 전이되어 가슴 한쪽을 울리기 시작했습니다. 나도 모르게 글을 써야겠다는 마음을 가지게 되었고, 미지의 섬으로 닻을 올려 무작정 떠나기로 하였습니다.

바람이 불고 풍랑이 일 거라는 두려움은 생각지도 않았고, 항해를 위해 바다로 배를 띄웠습니다. 얼마를 가야 섬에 도착할 수 있을까? 그 도착 지점의 거리를 상상치도 못하면서 겁 없이 바다에 뛰어들었습니다.

무식한 게 용감하다는 말이 있습니다. 어리석은 용기와 오만은 때로는 생각지도 못한 선물을 가져다주기도 했습니다.

바닷물은 생각 외로 잔잔하였고, 하늘이 별자리를 잘 지켜줘서 그런가? 먹구름도 모여들지 않았습니다.

소설은 우리 세상사 이야기를 허구 바탕으로 진실하게 이야기를 만드는 것입니다.

초장에 쥐불놀이라는 우리 조상님들의 전통 놀이를 핵심 단어로 가져오므로, 쥐불놀이 속에 감춰진 액운을 몰아내고자 하는 심정으로, 글 진행에 앞서 예를 드렸습니다. 인생사 살다 보니, 인생은 고통의 순간들로 얼룩져 있는 붉은 점이었습니다.

미혼모와 장애아. 즉 사회적 약자 편에 서서, 그들이 신음하는 현실의 현장을 생중계하였고, 미시적으로는 커다란 짐이요, 거시적으로 봐도 인생은 고해라는 단어가 입증되기에는 충분했습니다.

경구의 말처럼 진정한 평화와 자유가 있는 세상을 산 넘어 그리워하고 있었는지도 모를 일입니다.

이 소설은 니의 문학적 행운을 불러다 준 자품입니다. 비록 온전치 못한 문맥과 부족한 언어적 묘사로 서툰 흔적이 있다고 할지라도, 부디 이 소설 속으로 들어오셔서, 인생이 가져다주는 비릿한 인간 세상사 고통의 맛을 느끼시고, 한평생 살면서 겪게 되는 고통의 진정한 의미를 되새김하면서 깨닫게 되는 바가 있기를 소원해봅니다. 그 고통을 이해하고 초연히 넘을 수만 있다면, 진정한 평화와 자유를 누리시는 독자님이 될 수 있으리라 의심치 않습니다.

또한, 세상에 기댈 곳 없는 이 땅의 약자, 미혼모와 장애인들을 위로하며, 그들에게 이 책을 바칩니다.

이 소설 시작에서 마지막 순간까지 변함없는 애정의 눈길로 지켜봐 준, 하나님께 깊은 감사를 드립니다.

영도 외딴섬에서,
김승덕